Antje Szillat

Nimm das Glück in beide Hände!

atb aufbau taschenbuch

Antje Szillat, 1966 in Hannover geboren, ist Autorin von Kinder- und Jugendbüchern und arbeitet als freie Redakteurin. Sie lebt mit ihrem Mann, vier Kindern, zwei Hunden, drei Pferden und vielen Teichfischen in einer Kleinstadt vor den Toren Hannovers.

Mehr zur Autorin unter www.antjeszillat.de

Eigentlich hatte Clara Obermueller sich ihr Leben ganz anders erträumt. Karriere machen, die Welt bereisen …

Genialer Plan! Bis Paul in ihr Leben trat und ihr Herz im Sturm eroberte. Paul ist die Liebe ihres Lebens, immer noch. Auch wenn er mittlerweile im Familienalltag meistens eher unsichtbar ist und Clara mit den beiden Töchtern Luzie und Lilli und der trotzigen Labradorhündin Maya alleinlässt. Claras einziger Lichtblick im chaotischen Familienleben: ihr Aushilfsjob in dem kleinen Laden ihrer besten Freundin Katja. Als sich diese dann aber Hals über Kopf verliebt, ihren Laden dichtmacht und auswandern will, Paul mal wieder für einen wochenlangen Arbeitstrip auf die Großbaustelle nach China verschwindet, und Lilli den Kindergarten aufmischt, hat Clara die Nase endgültig voll. Es muss sich dringend etwas ändern, ich will mein Leben zurück!

ANTJE SZILLAT

Nimm das Glück in beide Hände!

Roman

atb aufbau taschenbuch

FSC
www.fsc.org
MIX
Papier aus verantwortungsvollen Quellen
FSC® C083411

ISBN 978-3-7466-3055-7

Aufbau Taschenbuch ist eine Marke der
Aufbau Verlag GmbH & Co. KG

2. Auflage 2015

Umschlaggestaltung Mediabureau Di Stefano, Berlin
unter Verwendung der Motive von
Getty Images © Grenouille Films und © Phil Ashley
Druck und Binden CPI books GmbH, Leck, Germany
Printed in Germany

www.aufbau-verlag.de

Give everyday the chance,
to be the best day of your life.

Mark Twain

Für meine Mutter Marlies!

KAPITEL 1

Glück ist alles,
was die Seele durcheinander rüttelt.
Arthur Schnitzler

»Herzlichen Glückwunsch, Frau Obermueller, Sie sind schwanger!« Meine Gynäkologin strahlte, als ob ich gerade Günther Jauchs Eine-Millionen-Frage richtig beantwortet hätte.

Ich hingegen zuckte erschrocken zusammen, während mein Herz panisch flatterte und mir tausend Dinge gleichzeitig durch den Kopf schwirrten.

Du hast dich verhört, Clara, oder die Ärztin sich verguckt. Das kann nicht sein – Paul hat doch immer aufgepasst. Und außerdem …

»Sind Sie sich ganz sicher, Frau Doktor Riemknecht-Dose? Ich meine, na ja … eigentlich war mit dem zweiten Kind unsere Familienplanung abgeschlossen.«

Hektisch strich ich mir eine Strähne meines langen, dunklen Haares aus der Stirn, die sich aus meinem Zopf gelöst hatte.

»Tja, meine Liebe, das wahre Leben kann man nun mal nicht planen. Es geschieht einfach.«

Nachdem sie mich an dieser phänomenalen Weisheit hatte teilhaben lassen, erhob sie sich von ihrem Untersuchungshocker, nickte mir freundlich zu und marschierte strammen Schrittes aus dem Raum.

Ich blieb noch einen Moment auf der Liege zurück, völlig verdattert, und zerbrach mir den Kopf darüber, wie ich das hinkriegen sollte: zwei Kleinkinder, ein Säugling, ein renitenter Hund und das bei einem Ehemann, der so gut wie nie zu Hause war.

Seufzend griff ich nach rechts, zerrte ein paar Kleenex-Tücher aus der Box, die auf dem Tisch neben dem Behandlungsstuhl stand und wischte mir damit das glibberige Gel vom Bauch.

Als ich kurz darauf ins Sprechzimmer kam, saß Frau Doktor an ihrem Schreibtisch und lächelte mir entgegen.

»Ich habe bereits Ihren Mutterpass ausgefüllt, Frau Obermueller. Erklären muss ich Ihnen dazu ja nichts mehr, oder?«

Ich verneinte, nahm das blaue Heftchen entgegen und schlappte damit wie ein geprügelter Dackel zur Tür.

»Wir sehen uns nächsten Mittwoch, meine Liebe«, trällerte sie mir hinterher.

»Ich freue mich wie verrückt«, murmelte ich ohne rot zu werden. Dabei war das die womöglich größte Lüge aus meinem Mund, seitdem ich Frank Meier beim Tanzkurs versichert hatte, dass mir sein Hang zum übermäßigen Schwitzen überhaupt nichts ausmachen würde.

»Clara!« Leonie riss mich stürmisch in ihre durchtrainierten Arme. »Dich habe ich ja ewig nicht mehr gesehen.«

Aus gutem Grund, hätte ich beinah geantwortet. Doch irgendwie fühlte ich mich im Moment nicht stark genug für eine derart gewagte Aussage.

»Sag mal, Schätzchen, du siehst tatsächlich wieder fast schlank aus. Respekt, das letzte Mal, als wir uns sahen, habe ich mir ernsthaft Sorgen um dich gemacht. Mit Mitte dreißig muss man sich doch nicht schon mit Speckrollen abfinden. Wie ich sehe, hast du das inzwischen selber erkannt. Aber nun sag schon, was treibst du so den ganzen lieben Tag lang?«

Lächelnd hakte Leonie mich unter und wollte mich an dem Café vorbeiziehen, in das ich gerade gehen wollte – unmittelbar bevor ich ausgerechnet *ihr* in die Arme laufen musste.

»Ähm … ich wollte eigentlich gerade ins Café«, krächzte ich mit dünner Stimme. Was mich im nächsten Moment innerlich gleich wieder auf hundertachtzig brachte. Warum um alles in der Welt schaffte es Leonie noch immer? Weshalb war ich nicht in der Lage, ihr klipp und klar zu sagen, dass ich ihr mit Absicht aus dem Weg ging, weil ich sie für eine eingebildete, überkandidelte Matschkuh hielt?

»Aber, Schätzchen, du willst dir doch wohl deine mühsam abtrainierten Pfunde nicht gleich wieder anfressen. Schon mal was vom Jojo-Effekt gehört?«

Schon mal was von: Noch so'n Spruch, Kieferbruch! gehört?!, knurrte es tief in mir. Doch wie immer biss ich mir nur fest auf die Unterlippe, während ich dem Gefühl, von ihr ertappt worden zu sein, nichts entgegenzusetzen hatte, außer beschämt den Blick zu senken.

Leonie Maurer, meine Ex-Arbeitskollegin, Ex-Freundin und Miss-Super-Karriere-Woman.

Dieser Tag war sowieso nicht meiner. Warum musste ich ausgerechnet heute auch noch sie treffen? Gerade jetzt, wo ich den ersten Schock über die erneute Schwangerschaft mit mindestens drei fetten Sahneteilchen verarbeiten wollte. Für jedes Kind eines.

»Ich-ich wollte nur einen Kräutertee trinken«, log ich und spürte – verdammt, jetzt ist aber mal gut, Clara –, wie mir die Röte ins Gesicht stieg.

»Soso«, musterte mich Leonie skeptisch.

Genau, *soso*, am besten du trippelst jetzt zu deinem nächsten superwichtigen Bussi-Bussi-Geschäftstermin und lässt mich in Ruhe massigen Kuchen essen – dachte ich.

»Eigentlich hab ich es ja eilig«. Seufzend warf sie einen langen Blick auf ihre todschicke Armbanduhr, die natürlich perfekt auf den anderen Schmuck abgestimmt war. »Aber nicht, dass am Ende deine Standhaftigkeit beim Anblick der ungesunden Kalorienbomben ins Wanken gerät. Nein, nein, Schätzchen, das darf ich natürlich nicht zulassen und außerdem kann ich zu dem Get-together ruhig ein paar Minuten später dazustoßen.«

Während ich es noch nicht wirklich begriff, hatte sie schon die Richtung gewechselt und mich ins Café geschoben. Kommentarlos ließ ich mich von ihr zu einem kleinen Zweiertisch, weit entfernt von der Kuchenauslage, dirigieren und sank auf den Stuhl, den sie mir mit einem herrischen Kopfnicken zuwies.

»Wo sind eigentlich deine Kinder?«, fragte sie mich jetzt so unvermittelt, dass ich selbst kurz überlegen musste.

»Ähm … bei-bei … äh … ja klar, im Kindergarten natürlich.«

Konsterniert schüttelte Leonie ihren glänzenden Pagenkopf. »Kann es sein, dass du etwas neben der Spur bist, Clara?!«

Eine junge Kellnerin in weißer Bluse und schlichtem schwarzen Rock trat an den Tisch, lächelte uns erwartungsvoll an und ersparte mir somit erstmal die Antwort auf Leonies Frage.

»Guten Tag, die Damen, was darf ich Ihnen bringen?«

»Wir nehmen zwei Gläser stilles Wasser mit einem Spritzer Zitrone«, erklärte Leonie knapp.

Dann beugte sie sich stirnrunzelnd vor und umfasste mit ihren perfekt manikürten Fingern meine weitaus weniger gepflegten Hände. »So, nun erzähl mal, wie ist das Leben einer nur Hausfrau und Mutter?«

Ich holte tief Luft. Nahm mir fest vor, ihr jetzt aber mal ordentlich die Meinung zu sagen, dieser überheblichen Schnepfe und hörte mich nuscheln: »Na ja, ich arbeite ja auch noch halbtags bei *Fashion Point*, dem Jeansshop meiner Freundin Katja.«

Leonie lachte hell auf. »Jeansshop? Hach wie spannend.«

Ihre Stimme triefte vor Ironie und die silbernen Armbänder an ihrem linken Handgelenk klimperten, als sie ihren Griff löste, um sich weit auf dem Stuhl zurückzulehnen.

Wie sie mich musterte, so überheblich, nein, das war eindeutig Mitleid in ihrem Blick. Clara Obermueller mit ue, geborene Specht, kurzzeitig auf dem Weg zur Karrierefrau, bis dieser unmögliche Paul sie geschwängert und damit an Haus und Herd verbannt hatte, wo sie nun das unterirdischste und trostloseste Leben führte, das sich eine Frau in dieser Zeit überhaupt nur vorstellen konnte.

All das las ich in Leonies Blick und verteidigte mich reflexartig: »Ich denke gerade darüber nach, als Teilhaberin einzusteigen.« Blödsinn! Was redest du denn da, Clara?

»Aha, und weiß deine Freundin schon etwas von deinen gewagten Überlegungen?« Spöttisch kräuselte Leonie die Lippen und ich kam mir endgültig wie ein Volltrottel vor.

»Natürlich, ich meine … ähm … ich wollte es ihr schon längst vorschlagen. Aber irgendwie ist mir immer was dazwischengekommen und …«

Wieder dieses schrille, sarkastische Lachen. Warum saß ich hier wie eine Idiotin und versuchte verbissen, mich vor dieser überspannten Kuh zu rechtfertigen? Was machte ich eigentlich hier? Außer stilles Wasser zu trinken, das ich kein bisschen mochte, und mir von Leonie die Sahnetorte verbieten zu lassen.

»Weißt du was, Leonie, eigentlich geht dich das doch überhaupt nichts an.«

»Aha«, erwiderte Leonie mit hochgezogenen Augenbrauen.

Genau, aha! Und wenn sich diese gehässige Natter nicht

augenblicklich bei dir entschuldigt, dann zählst du bis zehn und gehst. Absolut! Bei sechs klingelte Leonies Handy und mit einem genervten Augenrollen kramte sie es aus ihrer kornblumenblauen Prada-Tasche hervor.

Während Leonie mit irgendjemandem über irgendeinen superwichtigen Termin schwadronierte, hatte ich endlich Gelegenheit, sie etwas genauer zu mustern. Was ich sah, war eine auf den ersten Blick bildschöne und topgepflegte Mittdreißigerin. Soweit ich wusste, Single. Und das, wie sie immer wieder beteuerte, freiwillig. Doch nahm ich ihr das ab?

Zu gut waren mir die alten Zeiten noch in Erinnerung, als ich meinte, mit ihr befreundet zu sein. Damals dachte ich sogar, sie und ich, dazwischen passe kein Blatt Papier. Die Abende, an denen wir von Club zu Club, Bar zu Bar gezogen waren. Immer auf der Suche. Lustig, locker, gut drauf und dennoch unter Hochspannung. Ist er diesmal dabei, mein Mister Right?!

Und plötzlich war Paul aufgetaucht. Lichtjahre von dem entfernt, was ich mir vorgestellt hatte. Von Leonie mit höhnischen Kommentaren begleitet, hatte er es dennoch ganz tief in mein Herz geschafft – und weil Leonie sich damit nicht abfinden wollte, immer wieder gegen Paul wetterte, war unsere Freundschaft schließlich zerbrochen.

Nun waren Paul und ich Eltern. Fast dreifache. Und da war nichts, und zwar absolut gar nichts in meinem Leben, wofür ich mich schämen musste. Erst recht nicht vor Leonie.

Und während sie das Telefonat beendete, mir mit erhobener Hand zu verstehen gab, dass sie noch kurz einen Gedanken zu Ende bringen musste und dann irgendetwas in ihren Timer eintippte, entspannte ich mich.

»Was grinst du so?«, wandte sie sich schließlich wieder mir zu.

Ich zuckte die Achseln. »Nur so.«

»Nur so. Tolle Konversation.«

»Stimmt«, nickte ich.

Erneutes Pagenkopfschütteln. »Du hast dich wirklich sehr verändert, Clara. Kommst mir irgendwie komisch vor.«

Die Kellnerin stellte zwei Gläser und eine kleine Schüssel mit Kräckern vor uns auf dem runden Granittisch ab.

»Die Kräcker können Sie gleich wieder mitnehmen«, herrschte Leonie sie an.

Blitzschnell schob ich mir einen der Kräcker in den Mund und erklärte kauend: »Das sehe ich aber ganz anders!«

»Soll es doch etwas vom Kuchenbuffet für Sie sein?!« Die junge Kellnerin lächelte mich verschwörerisch an.

Doch mir war der Appetit auf Sahnestückchen inzwischen vergangen. »Die Verlockung ist wirklich groß. Aber wissen Sie, ich bin schwanger, und wenn es wie bei den beiden Schwangerschaften davor abläuft, dann habe ich zwar Heißhunger wie blöd nach allem was süß, sahnig und fettig ist, aber anschließend fieses Sodbrennen. Deshalb, danke, lieber nicht.«

Leonie hyperventilierte fast neben mir. »Was-was bist DU?«

»Oh, herzlichen Glückwunsch«, lächelte die junge Kellnerin mich an und entfernte sich mit einem vielsagenden Blick auf die schwer nach Luft ringende Leonie vom Tisch.

»Jetzt sag mal, Clara, du machst Scherze, oder?!«

Ich schüttelte den Kopf. »Nö.«

»Nö? Einfach nur nö? Clara, bist du denn total bescheuert?« Leonie war völlig außer sich. Auf ihren eben noch so ebenmäßig geschminkten Wangen prangten rote Flecken. »Noch ein Kind. Wie schrecklich. Das ist das Ende. Mit drei Kindern kannst du doch nie wieder zurück in den Beruf. Mit drei Kindern bist du für alle Zeiten in deine miefige Küche verbannt. Clara, das kann nicht dein Ernst sein. Das kannst du unmöglich wollen?!«

»Wie recht du hast. Ich bin tatsächlich total bescheuert.« Ich holte tief Luft, konnte nur den Kopf über mich selbst schütteln. »Ich sitze hier und lasse mich von dir beleidigen und habe darüber ganz vergessen, mich zu freuen.«

Damit erhob ich mich, kramte aus meiner Manteltasche, zusammen mit einem Hundeleckerli, einen zerknüllten Fünfeuroschein und knallte ihn auf den Tisch. »Du tust mir echt leid, Leonie. Das ist mir in den letzten fünf Minuten so was von klar geworden. Und weißt du was, wenn du ganz ehrlich bist, dann tust du dir selbst am allermeisten leid. So, und nun muss ich los. Meine beiden anderen schrecklichen Kinder abholen, damit ich ihnen ganz schnell von ihrem kleinen Geschwisterchen erzählen kann.«

»Sag mal«, keuchte Leonie empört, »wie redest du denn mit mir? Spinnst du?!«

Ich lachte laut auf. Befreit. Und endlich wieder klar im Kopf.

»Oh ja, ich spinne wie verrückt vor lauter Freude.«

Und während ich mit wehendem Pferdeschwanz aus dem Café rauschte, wurde die Freude immer größer, wuchs in mir heran, breitete sich aus und schäumte fast über, sodass ich es am liebsten laut hinausgerufen hätte: drei Kinder. Was für ein unfassbargeniales Glück. Seltsam, dass es erst die abfälligen Blicke und Bemerkungen von Leonie gebraucht hatte, um mir das bewusst zu machen. Auch wenn mich die erneute Schwangerschaft wieder ein gutes Stück von der Berufstätigkeit entfernte, so wie Leonie wollte ich bestimmt nicht sein. Nein, das war kein Lebensmodell für mich. Absolut! Paul und ich, wir würden das schon hinkriegen. Sein

Auftrag als Architekt auf einer Großbaustelle in China war bald vorbei, dann würde er sicher wieder mehr zu Hause bleiben. Hach, ich freute mich auf unsere Zukunft!

KAPITEL 2

Glück besteht in der Kunst,
sich nicht zu ärgern,
dass der Rosenstrauch Dornen trägt,
sondern sich zu freuen,
dass der Dornenstrauch Rosen trägt.
Arabisches Sprichwort

Kurz darauf fand ich mich bei *Herzstück* wieder. Wie ferngesteuert hatte ich den kleinen, schönen Laden für Mutter und Kind angesteuert, in dem es ganz entzückende Dinge für Neugeborene gab.

Am liebsten hätte ich alles gekauft. Ganz besonders zwei kleine Jäckchen aus weichem Nikistoff, eines in Hellblau, das andere in Rosa, ich konnte nur schwer widerstehen. Doch letztendlich entschied ich mich dagegen. Es war so etwas wie eine innere Regel – vielleicht sogar schon eine Art von Aberglauben, vor Ende des dritten Monats kaufte ich nichts für das Kleine in meinem Bauch. So hatte ich das bei Lilli und auch bei Luzie schon gemacht.

Doch der kleine Ausflug ins Baby-Moden-Reich hatte dafür gesorgt, dass meine Vorfreude auf das Kleine noch mehr wuchs und ein Dauergrinsen in mein Gesicht gezaubert hatte, das es locker mit jedem Honigkuchenpferd aufnehmen konnte.

Als ich einige Zeit später beschwingt die blaue Eingangstür zum Regenbogen-Kindergarten aufzog, war ich so gutgelaunt, dass selbst Elkes leicht vorwurfsvoller Blick an mir abprallte.

»Sie sind spät dran, Frau Obermueller«, stellte die Erzieherin der Pinguin-Gruppe streng fest.

»Sorry, kommt nicht wieder vor«, trällerte ich und schwebte an ihr vorbei.

Okay, das mit dem Schweben war leicht übertrieben. Frauen wie Leonie schwebten, ich war eher der Typ Stampferin. Aber seitdem ich in den entzückenden Babyklamotten herumgestöbert hatte, fühlte der Boden unter meinen Füßen sich so elastisch an, wie lange nicht mehr.

Ich fand meine beiden Mädchen im Garten. Sie hockten in seltener Einhelligkeit in der Sandkiste und spielten.

»Na ihr beiden Himbeertörtchen«, winkte ich ihnen ein paar Schritte vor der Sandkiste fröhlich zu. »Was spielt ihr Schönes?«

»Mami …«, freute meine fast fünfjährige Luzie sich. Wie ein Flummi hüpfte sie mir in die weitausgebreiteten Arme.

Ihre um ein Jahr ältere Schwester hingegen schob trotzig das runde Kinn vor.

»Jan und Michelle sind schon lange abgeholt«, maulte sie mich an. »Und außerdem bin ich kein albernes Himbeertörtchen.« Damit rauschte sie in den Gruppenraum und Luzie und ich zuckelten ihr kichernd hinterher.

»Auweia«, flüsterte ich meiner kleinen Tochter verschwörerisch zu. »Lilli ist stinkstiefelstinkig.«

»Das habe ich gehört«, motzte Lilli, ohne sich dabei zu uns umzudrehen.

Normalerweise liebte sie es, sich alberne Wörter auszudenken. Sie war eine wahrhaftige Meisterin darin. Es verging kaum ein Tag, an dem Lilli nicht ein neues Wort ausspuckte. Wir bewunderten sie alle dafür. Doch jetzt musste ihre Laune so tief im Keller feststecken, dass ich selbst mit: »Ach Lilli, ich schäme mich gruseliggarstig wie Otternasenpüree, dass ich zu spät bin«, nichts daran ändern konnte.

Auf dem Nachhauseweg wurde wenig gesprochen. Nur

Luzie brabbelte irgendwas in ihrer abenteuerlichen Phantasiesprache vor sich hin, während sie meine Hand fest umklammert hielt. Lilli stampfte mit gesenktem Kopf vorweg und ich zermarterte mir das Hirn, wie ich den beiden am besten von ihrem kleinen Geschwisterchen erzählen sollte.

Eigentlich hatte ich vorgehabt, mit ihnen in die nächste Buchhandlung zu trippeln und irgendein schönes Ich-werde-große-Schwester-Buch zu kaufen. Kakao, Kekse und ab aufs Sofa damit, wo die beiden dann alles über den Werdegang eines Embryos erfahren sollten.

Doch Lilli war so schlecht gelaunt, dass ich wohl besser erst einmal in Erfahrung brachte, warum. Nur meine Verspätung allein, konnte der Grund dafür nicht sein.

Nein, der Augenblick war alles andere als günstig, um den beiden Mädchen vom neuen Geschwisterchen zu erzählen, also beschloss ich, kurz bevor wir in unsere gemütliche Wohnstraße, das Kümmelloch, einbogen, das Thema Geschwisterchen auf Pauls Rückkehr zu verschieben und besser erst einmal Lillis schlechter Laune auf den Grund zu gehen.

Unser Hund Maya begrüßte uns, als ob wir viele, viele Jahre auf einer einsamen Insel verschollen gewesen wären. Sie sprang abwechselnd an mir hoch, versuchte Lilli und Luzie durchs Gesicht zu schlecken und jaulte in den höchsten Erleichterungstönen. In unserem engen Flur war es dazu eine Höchstleistung, den knallharten Freudenschlägen ihrer schwarzen Hunderute auszuweichen.

Ausgerechnet heute traf sie damit Lilli. Normalerweise hätte ihr das nichts ausgemacht, schließlich liebte sie unsere etwas zu klein geratene Labradorhündin heiß und innig.

Heute jedoch schrie sie Maya an: »Du doofer, doofer Blödkackhund!«, und verzog sich heulend hoch ins Kinderzimmer, das sie sich mit Luzie teilte.

Luzie wollte ihr nachlaufen, aber ich hielt sie zurück. Und zwar mit einem unschlagbaren Angebot. »Bis das Mittagessen fertig ist, Mäuschen, darfst du ein bisschen Kinderfernsehen schauen.«

Sie kreischte begeistert, wodurch Maya sich animiert fühlte, jetzt erst so richtig mit den Freudensprüngen loszulegen. Sicherheitshalber öffnete ich die Haustür und zog sie kurzerhand am Halsband nach draußen. Eigentlich hatte ich vorgehabt, erst mit ihr Gassi zu gehen, weil sie ansonsten gern mal ihr Geschäft im Garten erledigte. Anschließend konnte ich dann das komplette sechshundert Quadratmeter große Grundstück nach ihrem Haufen absuchen, wenn ich verhindern wollte, dass eines der Mädchen später beim Spielen reintapste. Aber jetzt musste ich mich erstmal um Lilli kümmern. Auch wenn das anschließend eine Hundekackesuche bedeuten würde.

Meine große Tochter hockte auf ihrem Bett. Die Beine fest umschlungen, blickte sie mir mit verweinten Augen entgegen, als ich eintrat.

Leise seufzend setzte ich mich neben sie und strich ihr tröstend über den schmalen Rücken. »Was ist denn nur los mit dir, Lilli-Maus?«

Schweigen. Noch nicht einmal ein Schluchzen kam über die Lippen meiner Tochter, obwohl ihr die Funkeltränchen in kleinen Bächlein über die Wangen liefen.

»Du bist doch nicht so grimmig … nein, wohl doch eher untröstlich, weil ich ein paar Minuten zu spät gekommen bin, nicht wahr?!«, fragte ich behutsam weiter.

Sie wackelte mit dem Kopf. Wenigstens etwas.

»Hast du dich im Kindergarten mit irgendjemandem gezankt?«

Erneutes Kopfschütteln.

»Hat Luzie dich geärgert?« Überflüssige Frage. Sonst hätten die beiden wohl kaum in harmonischer Eintracht zusammen in der Sandkiste gethront.

»Nein …«, wisperte Lilli. »Es ist nur wegen … wegen dieser …« Sie zögerte, wischte sich energisch mit dem Handrücken die Tränen von den Wangen und schob dann hinterher: »Matschkuh!«

Aha, die Matschkuh war also die Schuldige. Woher hatte das Kind nur solche Ausdrücke?

»Lilli-Maus, wer oder was ist denn wohl eine Matschkuh?« Innerlich sandte ich blitzschnell ein Stoßgebet Richtung Himmel, dass damit doch bitte nicht eine der Erzieherinnen gemeint war und meine temperamentvolle Tochter Derartiges bereits laut ausgesprochen hatte. Ansonsten konnte ich mir nämlich mal wieder einen ausgedehnten und natürlich pädagogisch wertvollen Vortrag über Lillis ebenso kreativen wie ungewöhnlichen Wortschatz anhören.

Obwohl, nein, Elke hätte mich vorhin im Kindergarten auf der Stelle zusammengefaltet, wenn Lilli sie oder eine ihrer Kolleginnen als Matschkuh bezeichnet hätte, beruhigte ich mich.

»Maxima«, erklärte Lilli mit verächtlichem Blick.

Oh ja, die war wahrhaftig eine Matschkuh. Genauso wie ihre Mutter, da konnte ich Lilli nur beipflichten. Laut sagte ich das natürlich nicht.

»Hm«, ich neigte den Kopf etwas nach rechts, wovon ich mir eine leicht vorwurfsvolle Haltung erhoffte. Lilli sollte schon erkennen, dass ich es nicht gut fand, dass sie ein anderes Kind als Matschkuh bezeichnete. Ob das ausreichte? »Das ist aber nicht gerade nett von dir, Lilli«, schob ich hinterher.

»Na und!«, trotzte Lilli zurück. »Ich will ja auch gar nicht nett sein zu dieser doofen Mat …«

»Lilli«, fiel ich ihr ins Wort. »Jetzt ist aber mal gut. Was hat dir Maxima denn getan, dass du so wütend auf sie bist?«

»Nix!«, knurrte sie.

»Versteh ich nicht«, gab ich ehrlich zu.

Geräuschvoll zog Lilli die Nase hoch. »Die hat nur wieder so eklig angegeben …«

Genauso wie die Mutter. Voll die Angeberin.

»Und warum? Ich meine, womit kann Maxima angeben, dass du dich so darüber ärgerst, ja sogar weinst?«

»Ich hab gar nicht geweint«, erklärte Lilli empört. »Ich schwitze nur so doll …«

Sie sprang auf, stürmte zum Fenster, stellte sich auf die Zehenspitzen und erreichte den Griff dennoch nicht. »Mama, hier drinnen ist es schrecklich warm.«

Ich folgte Lilli zum Fenster und öffnete es. Unten im Garten war Maya gerade dabei, ein Loch mitten in den Rollrasen zu buddeln, den wir vor kurzem erst von einer viel zu teuren Garten- und Landschaftsbaufirma hatten verlegen lassen. Unsere buddelwütige Hündin hatte es nämlich geschafft, die vorherige Grünfläche in ein wüstes Kraterfeld zu verwandeln. Ein weiterer Grund dafür, dass sie eigentlich nicht mehr alleine im Garten sein sollte. Eigentlich.

»Maya!«, brüllte ich aus dem Fenster. »Aus! Lass das!«

Sie hielt kurz inne, blickte zu mir hoch, wedelte freundlich mit dem Schwanz und wühlte weiter.

Verdammt!

»Na warte«, drohte ich ihr. »Lilli, ich bin gleich wieder da.« Dann rannte ich aus dem Zimmer, stürmte die Treppe hinunter, riss die Haustür auf, eilte in den Garten und trat nach wenigen Schritten in einen noch leicht dampfenden Hundehaufen.

Wäh, wie widerlich.

Während ich mit spitzen Fingern die Senkel meiner Sneakers öffnete und mich zugleich ärgerte und ekelte, klingelte drinnen das Telefon.

Gefühlte drei Sekunden später stand Luzie neben mir. Das mobile Telefon in der einen Hand, ihren Teddy Bruno Bär in der anderen.

»Mami … hier«, strahlte sie mich stolz an, weil sie es neuerdings schaffte, ein Gespräch entgegenzunehmen. Dann aber fiel ihr Blick auf meinen Schuh und ein helles: »Ihhh, Hunde-Kack-Kack«, schallte so laut aus ihr heraus, dass, wer auch immer da gerade am Apparat war, es tausendprozentig gehört hatte.

Lass es meine Mutter sein, hoffte ich inständig, die hatte nämlich für alles Verständnis. Und lass bitte Maya mit dem Buddeln aufgehört haben, wünschte ich mir weiter, während ich Luzie das Telefon abnahm.

»Obermueller«, keuchte ich in den Hörer.

»Clara? Bist du es?«

»Äh … ja …«, erwiderte ich unsicher, weil ich die weibliche Stimme nicht zuordnen konnte. Da sie mich aber duzte, kannten wir uns anscheinend.

»Hier ist Gesina.«

Gesina? Gesina? Gesina??? Welche Gesina um Himmels willen?

»Ja, ähm … hallo, Gesina.«

Ein leises Räuspern. Dann die vorwurfsvolle Frage: »Du weißt doch wohl, welche Gesina hier ist?!«

Okay, ich konnte jetzt so tun, als ob und auf einen Hinweis im Verlauf des Gesprächs hoffen. Aber an meinem linken Schuh klebte Hundekacke, Maya buddelte in unsere bildschöne Grünfläche metertiefe Löcher, Luzie war kaum davon abzuhalten, mit einem kleinen Stock in Mayas Haufen herumzustochern, weil sie gerade die Alles-genau-erforschen-Phase durchlebte und oben im Zimmer hockte meine große Tochter, heulte wahrscheinlich bittere Tränen ins Kissen und ich wusste nach wie vor nicht, warum. Außerdem hatte ich noch immer nichts zum Mittagessen gekocht. Also gestand ich offen und ehrlich: »Tut mir wirklich leid, aber ich habe keinen blassen Schimmer.«

Das Räuspern wurde noch ein Deut vorwurfsvoller. »Gesina Mendel. Maximas Mutter. Wir kennen uns aus dem Kindergarten. Deine und meine Tochter sind zusammen in der Pinguin-Gruppe. Schon seit drei Jahren.«

Verdammt, das war die Matschkuh-Mutter.

»Ach ja, klar, hallo Gesina«, beeilte ich mich freundlich zu sein, da ich ahnte, dass ihr Anruf wenig mit einer netten Plauderstunde zu tun hatte. Denn wie sagte mein Vater Rudi immer: Mit Freundlichkeit nimmt man dem Grantigen den Wind aus den Segeln. »Entschuldige bitte, bei uns ist es gerade etwas trubelig. Deshalb habe ich dich nicht auf Anhieb an der Stimme erkannt.«

»Das war kaum zu überhören«, ranzte sie mich an.

Okay, meine Freundlichkeitsoffensive schien an ihr abzuprallen wie ein Völkerball an der Wand. Kein Problem, denn ich konnte auch anders.

»Was kann ich für dich tun, Gesina?«, fragte ich betont sachlich.

Ein Geräusch, als ob sie mit der Zunge schnalzen würde, schallte durch die Leitung. Dann wieder dieses Räuspern – vielleicht hatte sie einen Räusper-Tick?! – bevor sie forsch erklärte: »Deine Tochter Lilli hat zu meiner Maxima Kotzkuh gesagt.«

Herrje, die Kotzkuh wurde also auch noch bemüht. Oder Klein-Maxima hatte sich verhört.

»Kann es nicht sein, dass es die Matschkuh war?«, hinterfragte ich.

»Sag mal, findest du das etwa auch noch lustig?!«, empörte Gesina sich.

»Um Himmels willen, natürlich nicht! Ich wundere mich nur, weil Lilli mir gegenüber etwas von einer Matschkuh gesagt hat.«

»Matschkuh, Kotzkuh, das ist doch völlig egal. Fakt ist, deine Tochter hat meine mit einem Ausdruck beleidigt, der absolut nicht akzeptabel ist!«

»Die Frage ist nur, warum?«, ich versuchte, sachlich zu bleiben.

»Wie meinst du das?« Gesinas Tonfall nach zu urteilen, war sie an einer objektiven Klärung nicht sonderlich interessiert.

»Ich würde gern den Grund erfahren, der zum Streit geführt hat.«

Schon wieder räusperte Gesina sich und nun war ich mir ganz sicher, die Arme litt eindeutig an einem Tick. Viel Zeit, sie deshalb zu bedauern, blieb mir nicht, denn jetzt schimpfte sie los: »Weil deine Tochter vor lauter Eifersucht …« Der Rest ihres Satzes ging im lauten Hundegebell unter. Im nächsten Moment schoss unsere Labradorhündin wie ein Pfeil an Luzie und mir vorbei auf den Zaun zu, der unser Grundstück von der Straße trennte. Der Grund dafür war Herr Hirse, der mit seiner Silberpudelhündin Clarissa an unserem halbhohen Gartenzaun vorbeimarschierte.

Mist! Mist! Obermist!

Maya war der freundlichste Hund der Welt und verstand sich wirklich mit allem, was kreuchte und fleuchte. Selbst mit der Katze der Hölkers von Gegenüber. Nur beim Anblick von Clarissa verwandelte sich mein Labrador in einen zähnefletschenden Bluthund, der nur ein Ziel verfolgte: dem Silberpudel die Locken glatt zu ziehen.

Herr Hirse wusste das, ich wusste das. Und deshalb mieden wir das Grundstück des anderen so gut es nun mal ging. »T t ir le d, F au Oberm l er«, drangen Herrn Hirses entschuldigende Wortfetzen zwischen Mayas tollwutverdächtigem Gekläffe zu mir hindurch, während er anfing zu laufen. »I h d ch e, S e si d ni t zu Ha se …«

»Schon okay«, winkte ich ihm nach und an Mayas Adresse gewandt brüllte ich: »Maya, aus! Komm hierher! Sofort!«

Erst als meine Hündin überraschenderweise gehorchte, und zu mir zurücktrottete, fiel mir das Telefon wieder ein, das ich mit der linken Hand umklammert hielt. Ich hatte dermaßen laut in den Hörer gedröhnt, dass der Guten am anderen Ende bestimmt noch in zwei Stunden das Trommelfell vibrierte.

»Oh weh, Gesina, entschuldige bitte …«

Stille. Womöglich war ihr vor Schreck der Hörer aus der Hand geflogen.

Ich legte all mein weinerliches Bedauern in die Stimme. »Gesina? Hallo? Bist du noch dran?«

»Bin ich«, hörte ich es krächzen.

»Maya, äh … unser Hund. Sie kann den Pudel von Herrn Hirse nicht ausstehen«, versuchte ich den Lärm zu erklären.

»Das war nicht zu überhören«, zischte sie.

»Was ist denn nun aber eigentlich mit Maxima und Lilli?« Wenn's brenzlig wird, schnell das Thema wechseln. Auch diese Weisheit stammte von meinem Vater. Nur leider schien Gesina gegen jegliche Art von Lebensregeln immun zu sein.

»Wenn es bei euch immer so chaotisch zugeht, dann wundert mich Lillis Ausdrucksweise wirklich nicht.«

Okay, das wurde mir jetzt eindeutig zu doof.

»Ich weiß zwar nicht, wie du von Hundegebell auf Matschkühe schließen kannst, aber ganz ehrlich, es ist mir auch völlig egal. Entweder sagst du mir jetzt, was du sonst noch von mir möchtest oder behältst es für immer für dich. Ich jedenfalls habe nun keine Zeit mehr, zu telefonieren. Wie du ja schon sehr treffend formuliert hast: das Chaos wartet darauf, von mir bewältigt zu werden. Also, Gesina, komm auf den Punkt oder hab einfach nur einen schönen Nachmittag.«

Mannomann, Clara, heute bist du ja energisch wie nie. Erst Karriere-Super-Woman, dann Matschkuh-Mutter und du hast ihnen locker die entspannte Stirn geboten.

»Sag mal, wie sprichst du denn mit mir? Das ist ja unerhört.«

Ups, und so etwas Ähnliches hatte ich heute auch schon mal gehört. Instinktiv legte ich die Hand auf meinen Bauch und plötzlich besann ich mich, warum ich momentan so kämpferisch drauf war. Schließlich wurde ich gerade mit unzähligen Super-Mami-Hormonen durchflutet.

»Okay, du hattest deine Chance, tschüss!«, beendete ich Knall und Fall das Gespräch.

Ich schlüpfte aus meinem Schuh, erklärte Luzie, dass in Hundehaufen herumstochern zu den Dingen gehörte, die man echt nicht erforschen muss und schaffte es sogar, dass sie sich von ihrem neuen besten Freund, dem kleinen Prockelstöckchen, trennte. Dann gingen wir ins Haus, wo Lilli es sich inzwischen auf dem Sofa vorm Fernseher bequem gemacht hatte.

»So, Fräulein Lilli«, baute ich mich entschlossen direkt vor dem heißgeliebten Gerät auf. »Jetzt will ich aber endlich erfahren, was zwischen dir und Maxima vorgefallen ist?!«

Lilli blinzelte. Das tat sie immer, wenn ihr etwas nicht so leicht über die Lippen kommen wollte.

»Es ist wegen dem Lesen …«, gab sie schließlich leise zu. »Maxima kann das nämlich schon voll gut und damit gibt sie ganz eklig an. Und dann werde ich immer so knatterwütend, weil ich es noch nicht kann, und dann hat sie sich über mich lustig gemacht und gesagt, dass ich sowieso im September nicht in die Schule komme und überhaupt für immer bei den kleinen Babys im Kindergarten bleiben muss.«

»Ich bin aber kein kleines Baby«, beschwerte Luzie sich.

Lächelnd strich ich ihr über die dunklen Haare.

»Bestimmt bist du das nicht.«

Dann wandte ich mich wieder meiner großen Tochter zu. »Lilli-Maus, wenn diese Maxima so etwas Dummes sagt, dann ist sie wirklich eine Matsch-, Kotz-, oder was auch immer Kuh und soll sich bloß nicht beschweren, wenn du sie so nennst.« Okay, das hatte mit pädagogisch wertvoll bestimmt nichts zu tun. Aber wenn es doch nun mal der Wahrheit entsprach. Lügen war bestimmt auch nicht vorbildlich.

»Mama, jetzt wo du gar nicht böse auf mich bist«, plinkerte Lilli mich sichtbar erleichtert an, »muss ich dir unbedingt etwas sagen: Ich habe ganz schrecklichen Hunger.«

Hach, dieses Lächeln war mein unpädagogisches Handeln allemal wert. Und Hunger hatte ich auch. Und wie.

»Was haltet ihr davon, wenn wir uns ins Auto setzen, zu Ikea fahren und Köttbullar und Pommes essen?«, schlug ich meinen beiden Töchtern vor.

Der Jubel war ohrenbetäubend, und, nachdem ich Mayas Haufen beseitigt und unter Androhungen von fiesen Hundestrafen das Loch im Rollrasen notdürftig wieder zugebuddelt hatte, machten wir uns gutgelaunt auf den Weg.

Maya musste zu Hause bleiben. Da konnte sie noch so dramatisch mit den Hunde-Toffiffee-Augen klimpern.

Strafe musste sein!

KAPITEL 3

Und plötzlich weißt du:
Es ist Zeit, etwas Neues zu beginnen
Und dem Zauber des Anfangs zu vertrauen.
Unbekannt

Es war kurz vor halb elf. Ich lag im Bett und konnte nicht schlafen. Zu viele Gedanken schwirrten mir durch den Kopf. Lose Fäden, die sich nicht miteinander verknüpfen lassen wollten. Ich dachte an Paul. Am Wochenende würde er endlich nach Hause kommen, und dann konnten wir in Ruhe über die erneute Schwangerschaft reden.

Auch das unschöne Gespräch mit Leonie, und ihre hässliche Reaktion auf mein ach so grausames Mutter- und Hausfrauendasein, hing mir noch nach. Was Leonie von mir hielt, war mir egal. Dennoch hatte sie damit einen wunden Punkt bei mir getroffen, denn ich sehnte mich tatsächlich nach mehr Herausforderung, und dabei dachte ich nicht an den täglichen Kampf gegen die chaotische Unordnung im Haus. Manchmal fühlte ich mich wie in einem viel zu engen Käfig, und die Chance, da auf absehbare Zeit wieder herauszukommen, rückte natürlich mit Kind Nummer drei in noch weitere Ferne.

Natürlich liebte ich meine beiden Mädchen über alles und ja, ich freute mich auch auf das neue Leben, das da gerade in mir heranwuchs. Kinder waren etwas unbeschreiblich Schönes, eines der wenigen Wunder, das uns vom Paradies geblieben war. Davon war ich überzeugt.

Trotzdem fiel mir die Vorstellung schwer, nur Mutter zu sein. Ich wollte etwas erreichen, mich weiterentwickeln, auch ein Stückchen Unabhängigkeit zurückgewinnen, und trotzdem für meine Kinder da sein. Sie sollten sich stets in der Sicherheit wiegen können, dass sie bei mir an erster Stelle standen.

Doch wie sollte das funktionieren? Paul war als Brücken-Architekt ständig in der Weltgeschichte unterwegs und konnte mich deshalb wenig unterstützen. Vielleicht würde er bei Kind Nummer drei endlich sein Versprechen wahrmachen und häufiger zu Hause bleiben?

Seufzend knipste ich die Nachttischlampe an und betrachtete eine Weile die weiß getünchte Wand, bevor ich die Bettdecke zur Seite schlug und aufstand.

Unentschlossen lief ich im Zimmer umher, löschte schließlich das Licht wieder und trat ans Fenster, um es zu öffnen und mich weit über den Sims in die laue Nacht hinauszulehnen. Wenn nichts mehr hilft, dann bleibt nur noch die frische Luft, lautete eine weitere Weisheit meines Vaters.

Der tiefschwarze Himmel war von Sternen übersät. Gebannt schaute ich nach oben, als plötzlich eine Stimme in der Dunkelheit erklang. »Zum Glück, du schläfst noch nicht.«

Der Schreck peitschte mir durch die Adern, noch bevor mein Hirn realisierte, von wo die Stimme gekommen war.

Pfeifend schoss der Atem aus mir heraus. »Wer … wer ist da?«, krächzte ich.

»Natürlich ich! Oder denkst du, Romeo, der dich mit Julia verwechselt hat?!«

Katja. Meine Freundin und Teilzeit-Chefin stand unten vorm Gartentor.

Erleichtert atmete ich auf. Aber nur, um sie im nächsten Moment anzuranzen: »Mir ist fast das Herz stehen geblieben. Spinnst du, mich so zu erschrecken?!«

»Bist du schon im Bett?«, fragte sie völlig ungerührt zurück.

»Eigentlich ja.«

»Lässt du mich trotzdem rein?«

Ich nickte. »Warte, ich zieh mir nur schnell etwas über.«

Wenige Momente später öffnete ich Katja die Haustür. »Das hat ja ewig gedauert.«

»Ich dachte, Luzie wäre wach geworden und habe noch mal kurz nach ihr gesehen«, verteidigte ich mich.

Doch Katja hörte mir nicht zu. Sonderbar vor sich hinknurrend raufte sie sich die sowieso schon wirre Lockenmähne und stampfte ins Wohnzimmer.

Diese Körperhaltung kannte ich. Katja war wütend. Seitdem wir uns vor sechs Jahren zufällig im Wartezimmer meines damaligen Frauenarztes – Katjas Mann – kennengelernt hatten, waren wir beste Freundinnen. Deswegen wusste ich sofort, wer für Katjas Ärger verantwortlich war: ihr Ehemann, Dr. Georg Melchert, ein kultivierter Anfangfünfziger mit grauen Schläfen und verständnisvollen dunklen Augen. So feinfühlig im Umgang mit seinen Patienten, dass man gar nicht anders konnte, als ihm sein übervolles Herz auszuschütten.

Was allerdings das Fingerspitzengefühl in Bezug auf seine Frau betraf, so schien es, als ob er es nach Sprechstunden-Ende zusammen mit dem Arztkittel an der Garderobe zurückließ. Der private Georg Melchert war ein ganz anderer, hatte Katja mir in den letzten Jahren mehr als anschaulich geschildert und ja, auch ich durfte schon das ein oder andere Mal unfreiwillig Zeugin seines kittellosen Agierens werden und hatte darum inzwischen auch die gynäkologische Praxis gewechselt.

Natürlich war Georg niemals aggressiv oder gar handgreiflich geworden. Bestimmt nicht. Seine Stärke war der Zynismus, mit dem er seine vierzehn Jahre jüngere Frau regelmäßig attackierte, weil sie nach all den Jahren noch immer nicht die angepasste und repräsentative Arztfrau war, die er sich wohl erhofft hatte. Damals als er, der junge aufstrebende Klinikarzt, sich mit der noch viel jüngeren Lernschwester eingelassen hatte, um mit ihr ein geordnetes Leben mit Haus, Kind und später eigener Praxis aufzubauen.

Zu seinem wohl größten Bedauern war ihm das nach fast zwanzig Ehejahren aber immer noch nicht gelungen, denn Katja war meilenweit von Georgs Idealbild einer Ehefrau entfernt.

Ich hatte mich nicht getäuscht. Auch diesmal war Georg der Grund für Katjas explosive Stimmung.

»Sieh mich an«, forderte sie mich auf, während sie mir ihren gut proportionierten Hintern entgegenstreckte, der wie fast immer in hautengen Bluejeans steckte. »Clara, schau ihn dir ganz genau an und dann sag mir, offen und ehrlich, was du siehst?!«

Okay, jetzt hieß es, aufpassen. Katja war eine wirklich gute Freundin. Hilfsbereit, mit einer positiven Grundeinstellung zum Leben und eine wahre Wundertüte, wenn es um Rat und Tat im Umgang mit zahnenden Babys, rebellischen Kleinkindern und überpingeligen Kindergartenmüttern ging.

Im letzten Jahr war Lilli rückwärts vom Klettergerüst gestürzt und hatte für einige schreckliche Momente das Bewusstsein verloren. Während ich nur schluchzend neben ihr auf dem Boden gehockt hatte, Paul mal wieder weit, weit weg auf irgendeiner Baustelle war, hatte Katja sich um Lilli bemüht. Den Notarzt verständigt, sich auch um Luzie gekümmert und war im Krankenhaus nicht eine Sekunde von meiner Seite gewichen. Sicherlich hätten viele Freundinnen so reagiert wie Katja. Bestimmt. Doch die Art und Weise, die Zuversicht, ihr fester Glaube daran, dass stets alles nur gut werden konnte, hatten mich vorm totalen Durchdrehen, aus lauter Sorge um mein Kind, bewahrt.

Später, als der Kinderarzt mit einem beruhigenden Lächeln Entwarnung gab, erklärte, dass außer einer kleinen Beule an Lillis Hinterkopf nichts passiert sei und auch mit keinerlei Spätfolgen zu rechnen war, hatte ich sie fest in den Arm genommen und in ihre blonden Locken geschnieft: »Katja, dich hat mir echt der Himmel geschickt. Ich bin so froh, dass es dich gibt.«

Seitdem war unsere Freundschaft noch enger geworden, mittlerweile kannte ich sie in- und auswendig.

»Deinen wirklich beneidenswert knackigen Po?«, erwiderte ich ihre Frage mit einer wachsamen Gegenfrage.

Gute Reaktion, stellte ich gleich darauf erleichtert fest, denn Katja ließ sich nickend aufs Sofa sinken.

»Peinlich«, krächzte sie. »Er meint, eine Frau mit Vierzig, die in engen Jeans und Converse-Sneakern herumläuft, sei einfach nur noch peinlich.«

»Georg hat Converse gesagt?« Ich sah Katja ungläubig an.

»Natürlich nicht.« Katja rollte mit den Augen. »Der genaue Wortlaut war Leinenschuhwerk. Aber darum geht es doch gar nicht, Clara«, erklärte sie und sprang wieder vom Sofa auf, während ich mich fast zeitgleich darauf sinken ließ. Wie ein Tiger im Käfig lief sie im Wohnzimmer auf und ab. »Dabei hat der Abend richtig gut angefangen. Wir haben zusammen gegessen, Georg hat ausnahmsweise nichts an der Lasagne rumzumäkeln gehabt. Keine versteckten Zusatzstoffe, null fiese Säuren im Biowein, die ihm hinterhältiges Sodbrennen bescheren könnten. Selbst Leander hat sich zu uns gesetzt.« Sie stockte, blieb unvermittelt stehen, schaute mich an und fragte in gänzlich veränderter Stimmlage: »Sag mal, hast du Wein da? Ich meine, richtigen?! Nicht so 'ne Plörre wie sie bei uns zu Hause vom Superökodoktor gewünscht wird.«

Ich nickte. »Klar. Sogar 'ne ganze Kiste. Ist gestern geliefert worden.«

»Geliefert?«

»Meine Eltern haben mit ihrem Kegelverein so ein dreitägiges Mosel-Wein-Wochenende gemacht.«

»Verstehe«, erwiderte Katja mein Grinsen. »Dabei haben sie dann ordentlich eingekauft.«

»Und natürlich an ihr armes, kleines Töchterchen gedacht«, ergänzte ich und äffte dabei augenzwinkernd meinen Vater nach, »die sich, vor lauter Kinder, Haushalt, Hund, und ständig abwesendem Ehemann, viel zu selten was richtig Gutes gönnt.«

»Solche Eltern hätte ich auch gern«, seufzte Katja.

Ich nickte, denn meine Eltern waren wirklich ganz wunderbar. Dennoch, oder vielleicht gerade deshalb war ich froh, dass wir ein gutes Stück voneinander entfernt wohnten. Wenn wir ständig aufeinander hocken würden, wäre unser Verhältnis womöglich nicht so gut und entspannt.

Ich erhob mich vom Sofa und ging in die Küche, wo die weiße Pappkiste mit den sechs Rotweinflaschen noch ungeöffnet vorm Regal stand.

»Dornfelder Barrique trocken vom Weingut Ludger Veit«, las ich Katja über den breiten Tresen hinweg vor, der unsere Küche vom Wohnzimmer abtrennte. »Gehaltvoller, im Geschmack lang anhaltender Rotwein mit feiner Vanillenote.«

»Her damit«, nickte Katja. »Am besten gleich zwei Flaschen. Eine für dich, eine für mich.«

Okay, der Moment war perfekt, die Einleitung genial, um Katja von meiner Schwangerschaft zu erzählen. Doch bisher hatte ich noch immer nicht erfahren, was zwischen ihr und

Georg vorgefallen war, und wenn ich ihr jetzt von Baby Nummer drei berichtete, dann würde das bestimmt auch so bleiben.

»Ich muss leider passen, Katja«, bediente ich mich darum einer kleinen Notlüge. »Irgendwie habe ich heute den ganzen Tag schon Kreislaufprobleme. Wenn ich jetzt auch noch so schweren Wein trinke, dann kippe ich garantiert um.«

Ich nahm ein Rotweinglas und ein Wasserglas aus der Vitrine und stellte sie zusammen mit der Weinflasche auf dem kleinen Wohnzimmertisch ab. Dann ging ich in die Küche zurück, um eine Wasserflasche und den hochmodernen Korkenzieher zu holen, den Paul meinte, unbedingt kaufen zu müssen, weil er so eine schöne Form hatte. Das war aber auch schon alles, was das sauteure Hochglanzteil zu bieten hatte. Bisher war es mir nämlich noch nicht ein einziges Mal gelungen, damit einen Korken aus einer Flasche zu bekommen. Inzwischen hatte ich es aufgegeben und benutzte wieder unseren gelben Plastikgrifföffner, den ich vor etlichen Jahren für 1,99 Euro im Supermarkt gekauft hatte. Paul übrigens auch.

Aber vielleicht kam Katja ja damit zurecht und ich konnte es mir bei dieser Gelegenheit abgucken. Als ich Katja das Hightec-Teil in die Hand drückte und sie bat, ihr Glück damit zu versuchen, musterte sie mich skeptisch. »Kreislaufprobleme? Warst du damit schon beim Arzt?«

Ich winkte ab. »Quatsch. Mir war nur ein bisschen schwindelig. Nicht der Rede wert. Liegt bestimmt daran, dass das Wetter umschlägt.« Ich ließ mich aufs Sofa sinken, zog die Beine hoch und umschlang sie mit den Armen.

»Hast du mal deinen Blutdruck gemessen?«, bohrte Katja dennoch nach. »Vielleicht ist der zu niedrig. Ganz ehrlich, ich wollte es vorhin nicht so sagen, aber du siehst verdammt käsig aus.«

»Katja«, erklärte ich entschieden, »mir geht es gut, hörst du?! Aber dir nicht und ich möchte jetzt endlich erfahren, warum. Tu mir den Gefallen, schenk dir ein, trink einen Schluck und dann erzähl endlich!«

Unvermittelt schlug sie die Hände vors Gesicht und für einen panischen Augenblick lang befürchtete ich, dass sie zu weinen anfangen würde. Auweia, dann musste es wirklich richtig, richtig übel zwischen Georg und ihr abgegangen sein.

In all den Jahren hatte ich Katja nur ein einziges Mal weinen gesehen, und das war bei Leanders Konfirmation, als der Kirchenchor plötzlich Rolf Zuckowskis Song *Ich könnte ein Lied davon singen* anstimmte, der selbst die hartgesottenste Konfirmandenmutti zum Heulen brachte. Sogar in Pauls Augen hatte es damals verdächtig geglitzert – was er natürlich anschließend empört abgestritten hatte.

Doch dann ließ Katja die Hände sinken und ich erkannte zu meiner meterhohen Erleichterung, dass sie grinste. Zwar leicht irre, aber es war definitiv kein Heulgesicht. »Weißt du, Clara, am meisten ärgere ich mich über mich selbst. Immer wieder falle ich auf sein Getue herein.«

Sie öffnete völlig problemlos mit unserem bisher praktisch jungfräulichen Korkenzieher die Weinflasche, goss ihr Glas randvoll, nahm einen tiefen Schluck und ließ sich neben mich aufs Sofa sinken. »Leander wird ja drei Tage vor meinem vierzigsten Geburtstag neunzehn. Gestern hat er mich gefragt, ob wir nicht zusammen eine große Party schmeißen wollen.«

»Das ist doch super«, fand ich.

Katja nickte, bevor sie einen weiteren Schluck Rotwein trank. »So ist es. Ich meine, ganz ehrlich, ich kenne verdammt wenige in seinem Alter, die Lust haben, ihren Geburtstag mit der eigenen Mutter zusammen zu feiern.«

Ich knuffte ihr schmunzelnd gegen den Oberarm. »Es gibt ja auch verdammt wenige Mütter, die so cool drauf sind wie du.«

Geräuschvoll schrappte ihr Glas über den Tisch, als sie es abstellte. »Zu cool, Clara! Und nicht nur das, lächerlich mache ich mich auch noch ständig.«

»Hat Georg gesagt«, ahnte ich.

Sie nickte. »Ich blöde Kuh dachte, die Gelegenheit sei günstig, und hab' beim Abendessen dann fröhlich von Leanders Vorschlag erzählt. Woraufhin der Herr Doktor gleich wieder das Gesicht verzogen hat, als hätte ich ihm irgendeinen Geschmacksverstärker unter die Lasagne gemischt.« Sie schnaufte wie ein wütender Stier. »Ob ich wirklich mit Leanders zweifelhaften Freunden feiern wolle. Schließlich käme zu meinem vierzigsten Geburtstag unser gesamtes gesellschaftliches Umfeld zusammen, und ob die nun unbedingt mitbekommen müssten, in welchen Kreisen Leander inzwischen verkehrt. Dagegen möchte er entschieden protestieren. Und weil schon mal das Thema runder Geburtstag diskutiert wurde, hat er dann gleich noch hinzugefügt, dass er zukünftig von mir erwartet, dass ich mich angemessener und vor allem meinem Alter entsprechender kleide. Nur weil ich die Inhaberin eines Jeansshop sei, müsse ich ja nicht automatisch in Teenagerklamotten herumlaufen. Was meine Haare betrifft, so ist er der Meinung, dass mir eine flotte Kurzhaarfrisur wesentlich besser stehen würde.«

Mir entfuhr ein leises »Ach du Scheiße!«, während ich zeitgleich über Georg staunte. Wie konnte ein dermaßen beliebter und feinsinniger Mann zu Hause so ein Riesenarschloch sein?!

»Du sagst es«, keuchte Katja, damit griff sie nach dem halbvollen Glas, und leerte es in einem Zug.

»Ich muss eine rauchen«, erklärte sie anschließend.

Im nächsten Moment war sie aufgesprungen und auf die Terrasse hinausgegangen. Die Tür ließ Katja weit offenstehen, so dass wir unser Gespräch fortsetzen konnten.

»Wolltest du nicht aufhören?«, erinnerte ich sie.

Katja nickte, während ihre vollen Lippen gierig an der Zigarette sogen. »Wollte ich, weil Georg es will. Aber weißt du was, der kann mich mal …«

Wie zum Beweis inhalierte sie den Rauch ganz tief ein. »Und wie der mich kann.«

»Und Leander?«, fiel mir plötzlich ein zu fragen. Schließlich wusste ich um das eh schon schlechte Verhältnis zwischen Vater und Sohn, das seit seiner Weigerung nach dem Abi Medizin zu studieren, sich nur noch verschlechtert hatte. Georg redete quasi kein Wort mehr mit ihm, weil er sich stattdessen für eine Ausbildung zum Steinbildhauer entschieden hatte. Später wollte er dann vielleicht Restauration studieren, aber jetzt erst einmal einen handwerklichen Beruf erlernen.

Katja drückte die hastig heruntergerauchte Zigarette in den kleinen Blumenkübel, der extra ihretwegen auf der Fensterbank stand, und kam zu mir ins Wohnzimmer zurück. »Leander ist sofort abgehauen. Ich bin ihm bis zur Haustür hinterher, hab versucht, irgendwie zu schlichten. Dabei hätte ich Georg selbst mit Anlauf ins Gesicht springen können.«

»Und ist es dir gelungen? Ich meine natürlich das Schlichten.«

Sie schüttelte den Kopf und plötzlich sah sie richtig verzweifelt aus. »Er hat gesagt, dass es das jetzt endgültig gewesen sei.« Sie stockte, atmete tief durch, als ob sie für die nächsten Worte ganz viel Kraft brauchte und hauchte dann mit dünner Stimme: »Er zieht aus, Clara … Leander will weg. Er kann es mit Georg unter einem Dach nicht mehr länger aushalten.«

Deshalb diese Verzweiflung in Katjas Gesicht. Sie hatte sich schon so oft über Georg geärgert, war stinkwütend im Karree gesprungen, aber diese Verzweiflung war neu. Jetzt kapierte ich es endlich.

»Vielleicht ist das gar nicht mal die schlechteste Lösung«, dachte ich laut nach.

Katja, die gerade im Begriff war, sich das Glas erneut vollzuschenken, stoppte abrupt in der Bewegung und starrte mich fassungslos an: »Spinnst du? Weißt du eigentlich, was das bedeutet?«

Ich nickte langsam. »Dass du mit Georg alleine bist.«

Jetzt war Katja diejenige, die nickte. »Und das ertrage ich nicht«, murmelte sie. »Das krieg ich echt nicht gebacken.«

»Vielleicht ist es ein Neuanfang?!«

Katja ließ im Sitzen die Schultern hängen. »Vergiss es, Clara«, erklärte sie mit tonloser Stimme. »Wir haben seit Jahren getrennte Schlafzimmer, wie du weißt. In Sachen Liebesleben ist bei Georg und mir dermaßen die Luft raus, dass wir glatt als Bruder und Schwester durchgehen. Tja, und wenn der Sex wegfällt, dann könnte die Liebe eine Ehe eventuell noch retten. Es soll ja viele Paare geben, die sich heiß und innig lieben, ohne miteinander in die Kiste zu steigen. Aber für mich ist das nichts.« Sie hielt kurz inne, schien zu überlegen, ob sie es wirklich aussprechen sollte. »Na ja, es ist nicht nur der fehlende Sex. Ich liebe Georg nicht mehr. Wenn ich ehrlich bin, Clara, dann widert er mich einfach nur noch an.«

»Schöner Mist.« Ich wusste nicht, was ich anderes hätte sagen können.

»Ja, schöner Mist.«

»Und nun?«

Katja zuckte die schmalen Schultern. »Ich weiß es nicht. Mal schauen, ob Leander es sich noch mal anders überlegt. Ansonsten …«

»Katja«, fiel ich ihr kopfschüttelnd ins Wort. »Ich meine nicht Leander. Es geht um dich und Georg. Euer Sohn ist sowieso irgendwann weg. Selbst wenn er sich jetzt wieder einkriegt, ewiglange wird er nicht mehr bei euch wohnen bleiben.«

Katja seufzte tief. »Ich weiß, Clara, darum habe ich mir auch etwas einfallen lassen, damit ich zukünftig wenigstens finanziell nicht mehr von Georg abhängig bin.«

»Aber das bist du doch sowieso nicht«, widersprach ich ihr erstaunt. »Du hast doch Fashion Point und verdienst dein eigenes Geld.«

Katja lachte bitter auf. »Sag mal, bist du wirklich so naiv oder tust du nur so?«

Ich verstand nicht – und der sarkastische Unterton in ihrer Stimme war mir auch fremd. »Was meinst du damit?«

»Fashion Point ist inzwischen nichts mehr als eine Beschäftigungstherapie für das kleine Arztfrauchen. Der Laden wirft schon seit Ewigkeiten nichts mehr ab. Die Umsätze sind sogar so beschissen, dass Georg Monat für Monat Geld reinpumpt. Was er mir dann hintenrum natürlich wieder vorhält.«

»Was?« Ich konnte es echt nicht fassen. »Aber ich dachte immer …«

Katja ließ mich nicht aussprechen. »Clara, das glaube ich jetzt wirklich nicht. Du arbeitest doch bei mir. Drei Vormittage die Woche. Da wirst du doch wohl mitgekriegt haben, dass die Luft raus ist und zwar ganz gewaltig?!«

Ich hob nur die Schultern. Tatsächlich war mir nicht ein einziges Mal der Gedanke gekommen, dass Katjas Laden inzwischen zum Georg-Zuschussprojekt mutiert sein könnte.

Natürlich rannten die Kunden uns nicht gerade die Tür ein. Aber das hatten sie nie getan, und Katja hatte dennoch immer gemeint, sie wäre zufrieden mit dem Umsatz.

Andererseits, warum sollte sie mir gegenüber jetzt so etwas behaupten, wenn es nicht der Wahrheit entsprach? Nein, Clara, scheinbar bist du wirklich total naiv, weil du von all dem nichts mitbekommen hast; ich konnte nur innerlich den Kopf über mich selbst schütteln.

Oder hatte ich die desaströse Entwicklung nicht bemerken wollen, weil es so wunderbar für mich war, bei meiner Freundin zu arbeiten? Drei Vormittage, an denen ich zu Hause mal rauskam? Etwas Abwechslung vom Alltagsleben einer Mutter und Hausfrau, deren Mann durch die Welt reiste und Karriere machte. Ein kleines bisschen Anerkennung und Bestätigung. Wenigstens schon mal ein Hauch von Berufstätigkeit, die ich mir doch so sehr wünschte. Trotz Kinder – oder gerade deshalb.

»Es tut mir wirklich leid, Katja«, murmelte ich beschämt. »Kann ich dir irgendwie helfen? Ich meine …« Ich brach ab, weil mir plötzlich die unschöne Begegnung vom Vormittag mit Leonie und meine gewagte Aussage wieder in den Sinn kam. Natürlich konnte ich ihr helfen – und mir vielleicht auch.

»Du, Katja, auf die Gefahr hin, dass du mich jetzt für völlig verrückt hältst, aber wie wäre es denn, wenn ich mich bei dir einkaufen würde?«

Überrascht schüttelte Katja den Kopf. »Einkaufen? Was meinst du damit?«

Himmel, plötzlich bekam ich Angst vor meiner eigenen Courage.

»Ich habe gedacht, vielleicht könnte ich so etwas wie eine Teilhaberin in deinem Laden werden?!«

»Wie bitte?« Katja starrte mich an, als ob ich ihr gerade gebeichtet hätte, dass ich zu den Zeugen Jehovas übergelaufen wäre – völlig konsterniert. »Das meinst du doch jetzt nicht ernsthaft?!«

Ich nickte wie ein Wackeldackel. »Doch, Katja, das ist sogar mein voller Ernst. Ich möchte unbedingt wieder beruflich aktiver werden und na ja, als Teilhaberin könnte ich mich zum Beispiel um den Einkauf kümmern? Du weißt ja, dass ich mich damit gut auskenne, außerdem könnte ich die Arbeit auch gut von zu Hause aus erledigen. Und wegen des Geldes musst du dir keine Sorgen machen, das bekomme ich bestimmt zusammen.«

Während ich sie aufgeregt anstarrte, auf irgendeinen Hinweis in ihrem Gesicht für absolute und großartige Begeisterung suchte, goss sie sich das Glas erneut randvoll.

»Jetzt sag schon, wie findest du meinen Vorschlag?«, drängte ich sie.

»Bescheuert!«, blaffte Katja mich ungewöhnlich heftig an. »Komplett idiotisch, denn scheinbar hast du mir gerade nicht richtig zugehört, Clara. Der Laden wäre längst geschlossen, wenn Georg ihn nicht künstlich am Leben halten würde. Warum um alles in der Welt willst du also dein Geld in den Müllschlucker werfen? Oder glaubst du, nur weil du plötzlich Mitinhaberin bist, kommen die Kunden in Scharen angerannt?« Meine Freundin funkelte mich wütend an. »Mannomann, was für ein Bullshit!«

Okay, Katja hatte eindeutig zu viel Wein in zu kurzer Zeit heruntergekippt. Anders konnte ich mir ihre schroffe Reaktion nicht erklären.

»Lass uns ein anderes Mal darüber reden«, versuchte ich vorsichtig einzulenken. »Ganz in Ruhe und vor allem nüchtern.«

»Vergiss es!«, zischte Katja und sprang abrupt auf.

»Das Thema ist durch. Der Laden wird geschlossen und zwar schon zum nächsten Ersten. Eigentlich wollte ich es dir schonender beibringen, aber …«

Ich war so fassungslos, dass mir bestimmt sämtliche Gesichtszüge entglitten. »Aber – aber, das kannst du doch nicht machen«, stammelte ich.

Das bedeutete ja, dass zukünftig auch die drei Vormittage wegfielen. Natürlich hätte ich mir in spätestens sieben Monaten sowieso etwas überlegen müssen. Mit einem Neugeborenen konnte ich wohl kaum im Laden stehen und Kunden bedienen. Aber bis dahin wäre mir bestimmt etwas eingefallen. Zum Beispiel hätte ich den kleinen Bereich hinter dem Aufenthaltsraum zu einer Art Babyzimmer umfunktionieren können. Ursprünglich hatte Katja ihn als Büro nutzen wollen, doch inzwischen erledigte sie sämtlichen Schreibkram von zu Hause aus. Er stand also leer und bot locker Platz für ein Kinderbettchen, eine Wickelkommode und einen gemütlichen Sessel. Klar hätte ich das alles noch mit Katja absprechen müssen, aber so wie ich sie kannte, wäre sie sofort einverstanden gewesen. Schließlich wusste sie, wie wichtig mir das bisschen Berufstätigkeit war.

Katjas Hand auf meiner Schulter holte mich zurück auf den harten und bitteren Boden der Tatsachen.

»Ach komm, Clara, jetzt lass doch den Kopf nicht so hängen. Wenn ich den Laden erst einmal los bin, dann starte ich richtig durch«, verkündete sie mit zuversichtlicher Stimme. »Und bestimmt findet sich dann auch eine Möglichkeit für dich.«

Bevor ich darauf etwas erwidern konnte, hatte sie sich wieder neben mich aufs Sofa sinken lassen. »Aber egal, was geschieht, völlig schnurz, wohin es uns verschlägt, wir beide bleiben Freundinnen. Das schwöre ich dir!«, versprach sie und hob die Hand.

Den letzten Schwur in dieser Form hatte ich vor gut zweiundzwanzig Jahren in den Reiterferien abgelegt. Anschließend hatten meine damalige Ponyhoffreundin und ich uns gegenseitig in die Hände gespuckt und uns beteuert, dass wir für alle Zeiten beste Ponyfreundinnen blieben. Heute konnte ich mich nicht einmal mehr an ihren Namen erinnern. Aber Katja schien das mit der Schwörerei ganz ernst zu meinen, denn sie wurde richtig fiebrig.

»Ich habe mir alles ganz genau überlegt. Vor einigen Jahren, da kannten wir uns noch nicht, habe ich Geld von meiner Oma geerbt. Eine recht stattliche Summe, die ich bis heute nicht angerührt habe, weil sie mir die Sicherheit bietet, dass ich jederzeit mein Leben ändern könnte und zwar völlig unabhängig von Georgs finanzieller Gunst.« Sie holte tief Luft und ich nutzte die Chance, um ihr eine mehr als verständliche Frage zu stellen.

»Und warum hast du das Geld nicht für Fashion Point verwendet? Dann wärst du doch nicht auf Georg angewiesen gewesen. Zumindest beruflich.«

Vehement schüttelte Katja ihre blonde Lockenmähne. »Damit ich jetzt völlig mittellos dastände?! Nein, nein, irgendwie war mir immer klar, dass das mit dem Jeansladen nie wirklich meine Sache war, und daher habe ich meine eiserne Reserve dafür nicht angerührt. Und außerdem, ich habe Georg zu keinem Zeitpunkt um Geld für Fashion Point gebeten. Ganz im Gegenteil, als ich ihm vor einem Jahr gesagt habe, dass ich den Laden schließen muss, hat er es mir quasi aufgedrängt. Und weißt du auch, warum?«

Ich verneinte, obwohl ich natürlich einen leisen Verdacht hegte.

»Weil er mich noch mehr in der Hand haben wollte. Aus keinem anderen Grund«, sprach Katja prompt aus, was ich vermutet hatte. »Aber das ist nun vorbei, denn jetzt ist es an der Zeit, mit dem Geld meiner Oma etwas Sinnvolles anzufangen, und in ein neues, unabhängiges Leben durchzustarten.«

»Okay, das klingt irgendwie nachvollziehbar«, murmelte ich. Auch wenn ich nicht den Hauch einer Ahnung hatte, in welche Richtung Katja dabei dachte. Fonds? Aktien? Gold? Palmöl?

Mit eiskalten Händen umfasste sie meine Oberarme und zwang mich, ihr direkt in die Augen zu blicken. »Ich würde gern ein Yogazentrum eröffnen.«

»Waaas?«

»Das ist mein Traum«, nickte sie eifrig.

»Waaas?«, konnte ich nur wiederholen.

Katja zog die Hände zurück und grinste mich schief an. »Einen Leiter für mein geplantes Zentrum habe ich auch schon gefunden. Er heißt Ramón und ist zertifizierter Yogalehrer. Ich habe ihn vor drei Monaten zufällig im Sportverein kennengelernt, als er Lisa beim Power-Yoga vertreten hat. Na ja, seitdem stehen wir in Kontakt.«

Hatte ich mir das nun eingebildet oder waren Katjas Wangen bei Erwähnung des Namens Ramón etwas rötlich angelaufen? Wie auch immer, ich konnte nicht anders, ich musste lachen. Und zwar leicht hysterisch. Katja stieg in mein Lachen ein. Wenn auch eher verhalten und fragend.

Als ich mich endlich wieder beruhigt hatte, wollte sie dann aber von mir hören: »War das nun ein Begeisterungslachen oder findest du meinen Vorschlag so lächerlich?«

»Ganz ehrlich?«, fragte ich sie.

Sie nickte. »Ich bitte darum.«

»So richtig bekomme ich das alles im Moment nicht sortiert, denn mir ist nicht klar, wie du ausgerechnet auf die Idee kommst, ein Yogazentrum zu eröffnen.«

»Wie du weißt, liebe ich Yoga und praktiziere es täglich«, rief Katja enthusiastisch.

»Und ich liebe Tee, und trinke ihn täglich, wie *du* weißt. Dennoch mache ich keinen Teeladen auf«, hielt ich entgegen, damit sie sich ihrer völlig irrationalen Begründung bewusst wurde.

Doch Katja zuckte nur ungerührt die Schultern. »Und warum nicht?«

»Wie, warum nicht?«

»Warum eröffnest du keinen Teeladen? Du hast dich doch schon zigmal darüber aufgeregt, dass es in unserer Stadt locker sieben Nagelstudios und ebenso viele Drogerien gibt, aber keinen Teeladen. Du könntest zum Beispiel die Räumlichkeiten von Fashion Point übernehmen. Das ist doch tausendmal besser, als in einen Laden zu investieren, der eh nicht mehr zu retten ist.«

Was für ein total verdrehter Tag. Was für ein völlig absurdes Gespräch. Was für eine komplett durchgeknallte Idee.

»So ein Blödsinn!«

Und genau das war es auch – genauso wie mein Vorschlag, in Katjas Geschäft einzusteigen. Inzwischen wusste ich wirklich nicht mehr, was mich geritten hatte, auf so einen Gedanken zu kommen. Womöglich die Vorstellung mit drei kleinen Kindern, wie Ätz-Leonie es vorausgesagt hatte, für alle Zeiten an Haus und Herd gefesselt zu sein?

Trotzdem oder vielleicht gerade deshalb war das Ganze eine komplett dämliche Schnapsidee gewesen – obwohl, so ein eigener Teeladen wäre schon ein Traum …

»Jetzt überleg doch mal, Clara«, machte Katja unbeirrt

weiter, »du hast vorher als Einkäuferin gearbeitet, kennst dich deshalb bestens mit dem ganzen Kram aus. Außerdem bist du die absolute Teeexpertin und allem Anschein nach, möchtest du doch auch gern etwas in deinem Leben ändern. Oder sehe ich das falsch?«

Ich schluckte und schluckte und als ich merkte, dass der dicke Kloß dennoch nicht verschwinden wollte, wurde mir noch etwas klar: nun war der Zeitpunkt gekommen, um die befruchteten Karten offen auf den Tisch zu legen.

»Bevor wir weiter über irgendwelche Geschäftsschließungen und Neueröffnungen diskutieren, muss ich dir noch etwas sehr, sehr Wichtiges sagen, Katja«, erklärte ich mit ernster Stimme.

»Und das wäre?«

»Ich bin schwanger!«

»Wow«, keuchte Katja.

Ich nickte. »So ist es. Bald bin ich dreifache Mutter und wenn ich eines nicht kann, dann ist es, in so einer Situation einen Teeladen zu eröffnen. Das ist ja wohl klar. Und noch mal sorry, dass ich dir eben gerade diesen unsinnigen Vorschlag gemacht habe, bei dir als Teilhaberin einzusteigen. Keine Ahnung, was mich da gepackt hat?! Womöglich die leise Panik, für alle Zeiten ans Kümmelloch gefesselt zu sein.«

»Wow«, sagte Katja gleich noch einmal. »Clara, das ist ja der absolute Burner. Drei Kinder. Wahnsinn!«

Ich sah ihr prüfend in die Augen. »Wahnsinnig schön oder wahnsinnig dumm?«

»Natürlich schön.«

»Das beruhigt mich«, gab ich ehrlich zu.

Erstaunt zog Katja die Augenbrauen hoch. »Aber du weißt doch, wie sehr ich Kinder mag. Mit dem richtigen Mann hätte ich bestimmt vier bekommen.«

»Vier«, schnaufte ich. »Um Himmels willen.«

Katja nahm ihr Weinglas vom Tisch und drückte mir zeitgleich mein Wasserglas in die Hand. »Darauf sollten wir trinken«, schlug sie lächelnd vor. »Und auf unsere Pläne.«

»Die sich in meinem Fall ja nun erledigt haben, zumindest was die beruflichen betrifft«, fügte ich ergänzend hinzu.

»Aber warum das denn? Das eine schließt das andere doch nach wie vor nicht aus?!«

Nein, darauf wollte ich heute Abend wahrhaftig nicht mehr eingehen.

»Katja, bitte, ich bin müde …«

Sie nickte. »Du hast recht. Aber dann trinken wir wenigstens noch schnell darauf, dass alle guten Dinge drei sind.«

Damit war ich einverstanden und so stießen wir klirrend unsere Gläser aneinander.

»Auf das Leben, die Liebe, die Freiheit und ganz besonders auf guten Sex«, rief Katja lachend.

Dass sie dabei an ihren exzentrischen Gatten gedacht hatte, hielt ich für ziemlich ausgeschlossen.

KAPITEL 4

Glück ist ein Parfüm,
das du nicht auf andere sprühen kannst,
ohne selbst ein paar Tropfen abzubekommen.
Ralph Waldo Emerson

»Hi Clara, hier kommt deine Ablösung.« Doro grinste mich mit geröteten Wangen an. Bereits im Gehen zog sie die Jacke aus, marschierte nach hinten in unseren kleinen Aufenthaltsraum und stand wenige Momente später neben mir hinterm Tresen.

Wie üblich steckte sie in einer ihrer heißgeliebten Cargohosen. Dazu hatte sie eine helle Bluse gewählt, die ihre knallrote Kurzhaarfrisur perfekt zur Geltung brachte. Obwohl Doro als alleinerziehende Mutter einer Teenager-Tochter nur recht wenig Geld für ihre Garderobe zur Verfügung hatte, sah sie stets topmodisch aus.

»Liegt heute etwas Besonderes an?«, fragte sie so arglos wie das Rotkäppchen den Wolf nach dem Weg.

Du bist eine Frau. Sei eine Frau. Frauen drücken sich nicht. Also los, sag es ihr! Schließlich hast du es Katja gestern Abend versprochen. Sogar hoch und heilig geschworen.

Ich schluckte schwer, und schluckte und – kniff. »Nö, eigentlich nicht.«

»Okay, dann fange ich mit dem Umdekorieren des kleinen Fensters an. Eigentlich wollte ich das gestern schon machen, aber …«

Überschwänglich abwinkend fiel ich ihr ins Wort. »Ach das macht doch nichts, Doro. Du bist immer so fleißig und überhaupt, ich soll dir von Katja ganz liebe Grüße ausrichten und dir sagen, wie zufrieden sie mit deiner Arbeit ist.«

Doro musterte mich skeptisch. »Ist alles in Ordnung, Clara?«

Mist! Doro kannte mich einfach zu gut. Ich konnte ihr nichts vormachen.

»Ja … ähm … klar doch«, eierte ich herum. »Was soll denn nicht in Ordnung sein? Nee, nee, alles ist bestens.«

Mannomann, wie kann man nur so feige sein. Schäm dich, Clara.

Andererseits war das Ganze eigentlich nicht meine Aufgabe sondern Katjas. Doro war ihre Angestellte, und Katja sollte daher auch diejenige sein, von der Doro den Verlust ihres Arbeitsplatzes erfuhr. Warum hatte ich dusseliges Schaf mich bloß von ihr dazu überreden lassen?!

»Sicher?«, hakte Doro misstrauisch nach.

»Ganz sicher«, log ich.

»Komisch, ich habe aber irgendwie das Gefühl, dass du etwas auf dem Herzen hast?!«

Zum Glück betrat in diesem Moment eine Kundin den Jeansshop und ersparte mir somit eine fadenscheinige Antwort.

»Ach hallo, Frau Klaaßen«, begrüßte ich sie erstaunt. Die ältere Dame wohnte wie wir im Kümmelloch, daher kannte ich sie. Zweifelsohne hatte sie sich für ihr Alter ziemlich gut gehalten. Dennoch entsprach sie nicht unbedingt unserer normalen Kundschaft. »Was hat Sie denn zu uns in den Laden verschlagen? Die Suche nach einer knackigen Jeans?«

Ich kicherte albern. Natürlich war das ein saudoofer Kommentar gewesen. Doch Doro schaute noch immer so skeptisch, da konnte ich eben nur auf eine von Vaters Theorien setzen: Wer viel redet, muss wenig sagen.

Zum Glück hatte Frau Klaaßen Sinn für Humor, denn sie stieg in mein peinliches Gekicher ein.

»Schön wär's, liebe Frau Obermueller, wenn ich so etwas noch tragen könnte«, fand sie. »Aber leider, leider bin ich dafür zu alt und auch in den Hüften etwas zu ausladend.«

»Aber Frau Klaaßen«, widersprach ich ihr. »Sie haben sich doch wahrhaftig gut gehalten.«

Doch Frau Klaaßen wollte sich von mir nicht in irgendeine Skinny Jeans stecken lassen sondern verlangte nach einem Gutschein in Höhe von einhundert Euro.

»Meine Enkelin hat nämlich in drei Wochen Geburtstag«, fügte sie noch erklärend hinzu.

»Verstehe«, nickte ich. Zeitgleich dachte ich fieberhaft nach, wie ich ihr klarmachen konnte, dass ihre Enkelin den Gutschein dann aber leider nicht mehr einlösen könnte, da es Fashion Point in drei Wochen nicht mehr gab, ohne dass die gute Doro davon etwas mitbekam.

»Manchmal ist Bargeld aber die bessere Wahl, Frau Klaaßen. Mit so einem Gutschein ist der Beschenkte an ein bestimmtes Geschäft gebunden, und findet sich dort nichts Passendes, dann steht Ihre Enkelin erst einmal mit leeren Händen da. Und Sie wissen doch wie die Kids sind, sie wollen immer alles auf der Stelle und sofort haben«, sagte ich mit scheinheiliger Miene und fand, dass das gar nicht mal das schlechteste Argument war, das mir auf die Schnelle einfallen konnte.

Leider schüttelte Frau Klaaßen vehement den eisgrauen Kopf. »Tessa hat sich aber ausdrücklich einen Gutschein und kein Geld gewünscht.«

Bevor ich mir ein weiteres abenteuerliches Gegenargument für einen Fashion-Point-Gutschein überlegen konnte, legte Doro mir ihre Hand auf den Unterarm.

Sie hatte unseren Wortwechsel mit wachsender Unruhe verfolgt, aber ihre vielsagenden Blicke hatte ich einfach ignoriert. »Clara, es ist Viertel vor eins. Musst du denn nicht Lilli und Luzie aus dem Kindergarten abholen?«

Klar musste ich das. Und ich war gut beraten, heute pünktlich auf der Kindergartenmatte zu stehen. Mehr als einmal in der Woche zu spät kommen, war genauso gefährlich wie Bungeejumping ohne Seil. Doch Frau Klaaßen von einem Gutscheinkauf abhalten musste ich auch. Genauso wie ich Doro endlich verklickern musste, dass sie in spätestens drei Wochen arbeitslos war. Doch ich brachte es einfach nicht übers Herz.

»Ich bediene Frau Klaaßen gern weiter«, drängte Doro darauf, dass ich endlich den Platz hinterm Tresen freigab.

Okay, dann musste jetzt wohl ein spontaner Taktikwechsel her.

»Meine Kollegin hat natürlich recht. Ich muss jetzt wirklich los«, erklärte ich Frau Klaaßen mit bedauerndem Lächeln. »Die Erzieherinnen im Kindergarten meiner Töchter sehen es nämlich gar nicht gern, wenn man zu spät kommt.«

Dann würde ich eben heute Nachmittag zu Frau Klaaßen nach Hause gehen, ihr das Dilemma erklären und das Geld für den Gutschein zurückerstatten.

»Ja, ja«, nickte Frau Klaaßen. »Heutzutage will keiner mehr als nötig arbeiten.«

Außer Doro, schoss es mir durch den Kopf. Der Verlust des Jobs würde sie noch viel härter als mich treffen, wusste ich, denn schließlich steckte ihre Tochter mitten in der Pubertät und so etwas war richtig teuer. Das hatte sie mir erst neulich erzählt, als ich mich über die irrsinnig hohen Preise für Kinderschuhe aufregte, die, wenn man Pech hatte, dann gerade Mal sechs Wochen passten.

»Was meinst du, was allein Lauryns Pickelcreme jeden Monat kostet«, hatte Doro geseufzt. »Und die Tanzschule, die

Mensagebühr, die ewigen Klassenausflüge, das Kopiergeld ... puh. Über die Zuzahlung beim Kieferorthopäden darf ich gar nicht erst nachdenken, sonst kann ich wieder nächtelang nicht schlafen, weil ich einfach nicht weiß, wie ich das alles bewältigt bekommen soll. Wenn das so weitergeht, dann komme ich mit dem Dreivierteljob bei Katja nicht mehr über die Runden.«

Himmel, und ausgerechnet ich sollte nun diejenige sein, die der armen fleißigen Doro noch viel, viel mehr schlaflose Nächte bereitete. Und wenn ihre Lauryn eines Tages heulend vorm Spiegel stand, sich vor Scham über ihre entsetzlich vorstehenden Zähne nicht mehr aus dem Haus traute, dann verfluchte sie dabei womöglich mich, denn wie hieß es so schön: Der Überbringer der schlechten Nachrichten ist immer der Schuldige!

»Clara?« Doro stupste mir mit dem Zeigefinger sanft gegen den Oberarm. »Geht es dir nicht gut?«

Zusammenzuckend kam ich in die Gegenwart zurück, wo nun auch meine Nachbarin Frau Klaaßen mit besorgter Stimme feststellte: »Sie sehen auf einmal ganz käsig um die Nasenspitze aus, Frau Obermueller.«

»Echt?«, murmelte ich.

Frau Klaaßen nickte eifrig. »Fast könnte man denken, Sie befänden sich in anderen Umständen, Frau Obermueller?!«

»Oh mein Gott, nein!«, sagte ich und lachte. Es klang ein bisschen schräg, aber es war eindeutig ein Lachen.

»Na ja«, winkte Frau Klaaßen ab. »Wer bekommt denn heutzutage noch drei Kinder?«

Doro schaute mich nur an. Ich konnte ihren Blick schwer deuten, aber ein bisschen erschrocken sah sie schon aus. Vielsagend verzog ich den Mund. Und ganz plötzlich fiel mir auf, was ich zuvor nie so richtig wahrgenommen hatte: Auch

Doro litt unter einem recht ausgeprägten Pferdegebiss. Womöglich war sie deshalb alleinerziehend?! Verdammt, wie anders wäre ihr Leben vielleicht verlaufen, wenn ihre Eltern damals das Geld für eine Zahnspange gehabt hätten?

Ich holte tief Luft, hätte mich dabei selbst ohrfeigen können, für das, was ich eigentlich vorgehabt hatte zu tun und versprach meiner Kollegin: »Doro, du musst dir keine Sorgen machen. Lauryn bekommt bestimmt ihre Zahnspange.«

Doro betrachtete mich, als ob ich vor ihren Augen einen Riesenjoint durchgezogen hätte. »Äh … ja …«

»Zahnspangen tragen die Kinder doch heute kaum noch«, belehrte Frau Klaaßen mich. »Die Kieferorthopäden arbeiten überwiegend mit Brackets, die fest auf die Zähne geklebt werden.«

Frau Klaaßen hatte fünf Enkelkinder und kannte sich deshalb wohl gut aus, denn Doro bestätigte ihre Aussage. »Lauryn hat auch Brackets.«

»Echt?«, staunte ich.

Doro nickte. »Seit einem halben Jahr, Clara.«

Herrje, in den letzten sechs Monaten hatte ich Lauryn bestimmt sieben, acht Mal gesehen.

»Bei deiner Tochter fällt das aber kaum auf«, verteidigte ich meine mögliche Wahrnehmungsstörung.

Doros Augenbrauen schnellten in die Höhe. »Sie sind bunt.«

»Bunt? Was ist bunt?«

»Ihre Brackets«, erklärte sie. In ihrer sonst so freundlichen Stimme schwang leichter Vorwurf mit. »Lauryn meinte, wenn schon Brackets, dann welche, die so richtig knallen.«

Okay, nun musste ich mich der bitteren Tatsache wohl endgültig stellen: Meine Sinneseindrücke waren stark beeinträchtigt. Genauso wie mein Zeitgefühl.

»Es ist fünf vor eins«, mahnte Doro mich erneut zum Aufbruch. Bestimmt wollte sie mich loswerden, was ich voll und ganz nachvollziehen konnte, so verpeilt wie ich mich gerade aufführte.

»Dann muss ich mich jetzt aber beeilen.«

»Stimmt«, nickte Doro.

»Oder ist noch etwas?«

»Wenn du nichts hast, Clara?!«

»Nö, habe ich nicht.«

»Dann ist ja gut.«

»Finde ich auch«, grinste ich sie an.

»Tschüss, Frau Klaaßen.«

»Machen Sie es gut, Frau Obermueller.«

»Dann also bis Montag, Doro.«

»Ja, bis Montag. Hab ein schönes Wochenende.«

»Du auch …«

Ich spurtete in den Aufenthaltsraum, schnappte mir Tasche und Jacke und stand wenige Momente später draußen vor der Tür, wo ich erst einmal tief durchatmen musste, bevor ich im Laufschritt zum Kindergarten weiterhetzte.

KAPITEL 5

Das Glück ist keine leichte Sache:
Es ist schwer, es in uns, und unmöglich,
es anderswo zu finden.

Nicolas-Sebastien Chamfort

Vom Laden bis zum Kindergarten waren es gut zehn Minuten. Heute glückte es mir in sechseinhalb. – Okay, sechseinhalb Minuten nach der offiziellen Schließungszeit.

»Na, hast du es mal wieder nicht pünktlich geschafft?«, wurde ich von Gesina angeranzt, kaum dass ich den kleinen Vorraum betrat, der gleichzeitig als Garderobe für die Pinguin- und Froschgruppen-Kinder herhalten musste.

In der heißen Abholphase staute sich hier alles.

Eltern kamen reingehetzt, Kinder wurden angezogen, wollten mit nach Hause oder auch nicht. Freuten sich oder heulten und quengelten auch mal gern. Brauchten ewig, um in Jacken und Schuhe zu kommen, rannten dann wieder zurück in den Gruppenraum, weil sie irgendein Bild, eine Bastelei oder auch nur ein Gänseblümchen, das sie im Garten gepflückt, in der persönlichen Schublade vergessen hatten und dies nun unbedingt mit nach Hause nehmen wollten. Dabei wurden immer wieder Elternstimmen laut, die ihre Kids zur Eile antrieben, weil das Essen auf dem Herd stand oder sonst ein wichtiger Termin drängte. Zwischen all dem hektischen Wirrwarr bemühte man sich natürlich auch darum, irgendwelche Spielverabredungen für den Nachmittag zu vereinbaren. Schließlich gab es keinen besseren Ort, um den Nachwuchs auch nach dem Kindergarten beschäftigt zu wissen. Nach geglückter Intervention und garantierter Schnappatmung herrschte dann einheitlich große Erleichterung darüber, endlich der engen Flurgarderobe entkommen zu sein.

Für mich war dieses Tohuwabohu der entscheidende Grund lieber erst auf den letzten Drücker dort aufzuschlagen. Zumindest behauptete ich das vehement.

Außerdem blieben mir dann normalerweise so nette Begegnungen mit Super-Muttis wie Gesina erspart. Denn die standen bereits fünfzehn Minuten vor eins im Flur, streckten ihre pädagogisch wertvollen Finger nach der bestmöglichsten Verabredung aus und ließen sich auch die einmalige Gelegenheit nicht entgehen, den Erzieherinnen und anderen, überwiegend Muttis, zu demonstrieren, was man doch für eine weltklasse und zuverlässige Supermami war.

Wie gesagt, normalerweise blieb mir all das erspart.

»Ich habe auf dich gewartet, Clara«, erklärte Gesina schnippisch.

Okay, patzig konnte ich auch.

»Schön für dich. Nur leider habe ich mal wieder überhaupt keine Zeit.« Damit wollte ich sie stehenlassen und in den Pinguin-Gruppenraum spurten.

Doch Gesina hatte andere Pläne. »Sag mal, findest du das nicht extrem unreif, dich deinen immensen Erziehungsproblemen einfach nicht stellen zu wollen?!«

Ups, jetzt musste ich doch kurz in die Eisen steigen.

»Wie bitte?« Mit hochgezogenen Augenbrauen wandte ich mich zu ihr um.

Gesina klemmte sich mit einer überheblichen Geste das glatte blonde Haar hinters rechte Ohr. »Einfach auflegen, nur weil man nicht mehr weiterweiß, dem anderen nicht gewachsen ist, nein, liebe Clara, so ein Verhalten ist mehr als unreif. Man könnte es schon als emotional-unintelligent bezeichnen.«

»Aha«, murmelte ich und beschloss, mich erst einmal in die abwartende Lauerposition zu begeben, zu lauschen, was noch so alles kam.

»Darum habe ich eben die Kindergartenleitung um einen Sonderelternabend gebeten.«

»Okay …«, ich blieb die passive Zuhörerin.

»Ich werde zunächst zum Thema Förderung der emotionalen Intelligenz bei Kindergartenkindern sprechen. Anschließend soll eine offene Diskussionsrunde dazu stattfinden.«

Ich mimte Interesse. »Du, das wird bestimmt toll. Wann sagtest du gleich, soll dieser Sonderelternabend stattfinden?«

»Mittwoch in zwei Wochen.«

»Ach, wie schade. Mittwochs ist mein Spinning-Abend. Der ist mir heilig. Ansonsten wäre ich natürlich sehr, sehr gern gekommen.«

»Die Zeit solltest du dir aber nehmen, Clara.«

Nachdenklich umfasste ich mein Kinn, und tat so, als ob ich ihren gutgemeinten Ratschlag ernsthaft in Erwägung zöge. Doch dann schüttelte ich den Kopf. »Nö, ich gehe lieber zum Spinning!«

Gesinas Gesicht lief rot an. »Das ist jetzt nicht dein Ernst. Deinetwegen veranstalten wir den Sonderelternabend doch nur.«

Bevor ich etwas erwidern oder noch besser, ihr einfach nur kommentarlos den Mittelfinger zeigen konnte, war Julia Grupe neben mir. »Aber, Gesina, jetzt bin ich etwas verwirrt. Eben hast du doch noch zu mir gesagt, dass es um Leon und Jan ginge. Wie denn nun? Sind meine Jungs oder Claras Mädchen die unakzeptablen Kids hier?«

Gesina sah sie streng an. »Es herrscht eben zu unterschiedlichen Themen Gesprächsbedarf.«

»Ach so.« In Julias Gesicht fand die Erleuchtung statt.

»Das ist wirklich gut zu wissen. Dann werde ich jetzt nämlich gleich noch einen weiteren Punkt auf die Tagesordnung setzen lassen.«

»Und der wäre?«, zischte Gesina.

Julia schenkte ihr ein süffisantes Lächeln. »Terroranrufe von renitenten Kindergartenmüttern zur besten Mittagessenszeit.«

»Tssshhh«, machte ich erstaunt. »Bei dir auch?!«

Julia verzog den Mund. »Regelmäßig.«

Ich kicherte, hörte aber wieder auf, als ich Gesinas finsteres Gesicht sah.

»Macht ihr euch etwa über mich lustig?«

»Also ich nicht. Du etwa?«, fragte Julia mich. Ihre Stimme triefte vor Ironie.

»Um Himmels willen. Das würde ich niemals wagen.«

»Na dann«, fand Julia, »ist doch alles in bester Ordnung.«

Da konnte ich nur zustimmend nicken.

»Das wird ein Nachspiel haben!«, fauchte Gesina und stiefelte davon.

»Jackpot!«, triumphierte Julia. Sie hielt mir die Hand zum High five hin und ich schlug klatschend ein. »Ich weiß, es ist albern, aber jetzt geht es mir besser. Diese ätzende Supermutti und ihr hochbegabtes Superkind gehen mir so was von auf den Geist.«

Erneut konnte ich ihr nur recht geben. »Du sprichst mir aus dem tiefsten Grund meiner unperfekten Mamiseele.«

»Emotional-unintelligenten«, fügte Julia augenzwinkernd hinzu.

Ich nickte zum dritten Mal. Dann hakte ich Julia unter und beschwingt trabten wir zu unseren Pinguinen, die uns schon sehnsüchtig erwarteten.

Als die Mädchen und ich kurze Zeit später ins Kümmelloch einbogen, war Frau Klaaßen gerade im Begriff, in ihrem Haus zu verschwinden.

»Ach, Frau Klaaßen«, rief ich ihr zu. »Warten Sie bitte mal. Ich muss Ihnen nämlich etwas Wichtiges sagen.«

Erstaunt drehte meine Nachbarin sich um. »Etwas Wichtiges?«

Ich kramte mein Portemonnaie aus der Handtasche und hielt Frau Klaaßen zwei Fünfzig-Euro-Scheine hin.

»Ich muss Ihnen leider den Gutschein wieder abnehmen, weil Fashion Point in knapp drei Wochen schließt. Das konnte ich Ihnen wegen meiner Kollegin vorhin nicht sagen. Die Arme weiß nämlich noch nicht, dass sie bald arbeitslos ist.«

Frau Klaaßen sah mich unschlüssig an, nahm mir aber weder das Geld ab, das ich ihr noch immer hinhielt, noch machte sie Anstalten, den Gutschein wieder herauszurücken.

Ich holte tief Luft. »Sie verstehen mich gar nicht, was? Ich weiß, ich kann es ja selbst alles irgendwie noch immer nicht verstehen. Aber es ist total verzwackt und na ja …«

»Mami, ich will jetzt aber nach Hause«, nölte Luzie neben mir.

Fahrig strich ich ihr über das weiche Haar. »Gleich, meine Süße. Erst muss Mami noch schnell etwas mit Frau Klaaßen regeln.«

»Ich habe aber Hunger.«

»Gleich …«

Ich warf Frau Klaaßen einen bittenden Blick zu. Doch scheinbar schien sie die Problematik noch immer nicht kapiert zu haben.

»Ich möchte Ihr Geld nicht, Frau Obermueller. Und den Gutschein gebe ich Ihnen auch nicht zurück, denn dann habe ich ja in drei Wochen kein Geschenk für meine Nichte.«

Hölle. Zum ersten Mal kam mir der Gedanke, dass Frau Klaaßen schon leicht senil sein könnte.

»Mama, ich will aber jetzt nach Hause!« Luzie stampfte mit dem Fuß auf, während Lilli inzwischen einfach weitergegangen war.

»Lilli«, rief ich, »warte bitte auf uns.«

Den kurzen Moment meiner Abgelenktheit nutzte Frau Klaaßen schamlos aus, um sich ins Haus zu verdrücken.

»Mist!«, fluchte ich. »Aber trotzdem wünsche ich Ihnen noch einen schönen Tag.«

Meinen geknurrten Wunsch konnte sie natürlich nicht mehr hören, denn ihre Tür war längst krachend ins Schloss gefallen.

Im Laufschritt und mit der störrischen Luzie an der Hand, hetzte ich Lilli hinterher, die bereits vor unserem Holzhäuschen angekommen war.

»Darf ich bis zum Essen noch in den Garten?«, fragte sie mich unschuldig.

Eigentlich hatte ich vorgehabt, ihr einen energischen Vortrag übers Weglaufen im Allgemeinen und in diesem ganz speziellen Fall zu halten. Doch niemand konnte so entwaffnend mit den Augen klimpern wie Lilli.

»Na gut, aber Luzie nimmst du mit«, erklärte ich. Wenigstens hatte meine Stimme sehr erziehungsgerecht geklungen.

Während die Mädchen jubelnd aufs Grundstück stürmten, ums Haus herumrannten und dann im Garten verschwanden, blieb ich noch einen Moment vorm Zaun stehen und betrachtete unser kleines Schwedenhaus, dessen Anblick mich auch nach sieben Jahren immer wieder aufs Neue verzückte.

Als Paul und ich damals das Häuschen entdeckt hatten, waren wir sofort beide begeistert. Etwas, das nicht sehr oft geschah, denn wenn ein weiser Leitsatz meines um Sprüche niemals verlegenen Vaters auf unsere Beziehung zutraf, dann dieser: Gegensätze ziehen sich an. Mein Mann und ich tickten so was von grundverschieden, dass wie Feuer und Wasser eine glatte Untertreibung war.

Was allerdings die körperliche Anziehungskraft zwischen Paul und mir betraf, tja, so stand diese Thematik auf einem ganz anderen Blatt.

Zunächst dachte ich, dieser junge blonde Mann, nicht besonders groß, aber dennoch gut gebaut, nur eben nicht dunkelhaarig und stattlich so wie ich es mir eigentlich erhofft hatte, wäre nur was für ein entspanntes Zwischen-Date. Zusammen essen gehen, ins Kino, ein bisschen flirten, alles ganz unverbindlich bis Mister Right endlich auf der Bildfläche auftauchte.

Schon an unserem ersten Abend, beim Italiener um die Ecke, direkt nachdem er mir erklärt hatte, dass er generell für getrennte Rechnungen sei, weil doch nicht automatisch der Mann derjenige wäre, der zahlt, war ich mir dann auch schnell sicher, dass der Typ absolut nicht geht. Nicht mal als Überbrückungs-Date. Jedoch nur, um mich später beim Verabschieden dann doch von ihm küssen zu lassen. Und dieser Kuss, ich konnte mich nicht dagegen wehren, schlug mir regelrecht die Beine weg. Ließ mich kopflos und peinlich werden, weil ich diejenige war, die ihn daraufhin auf die Rücksitzbank seines Autos zerrte, um auf der Stelle Sex mit ihm zu haben.

Tja, und so war es bis heute zwischen Paul und mir geblieben. Mein Ehemann übte eine Art von Magnetismus auf mich aus. Trotz einer sechs- und einer fast fünfjährigen Tochter im besten Trotzalter, ungeachtet des Alltagsstresses, fernab von irgendwelchen Problemen, sobald ich in Pauls grüne Augen blickte und er mich mit diesem entwaffnenden Grinsen in seine Arme zog, das blonde Haar ihm dabei verwegen in die Stirn fiel, war es um mich geschehen. Paul wusste genau, welche Knöpfe er bei mir drücken musste, kannte die Bedienungsanleitung so gut, als ob er sie selbst geschrieben hätte.

Ich liebte Paul und er mich. Und dass er häufig beruflich unterwegs war und sich auch ansonsten nicht allzu präsent in unser alltägliches Familienleben einbrachte, daran hatte ich mich inzwischen gewöhnt.

Okay, manchmal wünschte ich ihn mir schon mehr so wie den Typen neulich im Wartezimmer bei meiner Frauenärztin. Der seiner hochschwangeren Partnerin bestimmt jeden Wunsch von den veilchenblauen Augen ablas, sie auf Händen trug (wobei das bei ihrem Körperumfang bestimmt 'ne Höchstleistung war) und es kaum noch abwarten konnte, dass er voller Vaterstolz den pinken Kinderwagen durch den Park schieben konnte.

Paul hat nur selten unseren Kombiwagen geschoben. Entweder war er zu beschäftigt mit dem Handy an seinem Ohr gewesen oder das breite Teil ihm zu sperrig, was einen eh schon zur Ungeduld neigenden Mann noch nervöser werden lassen konnte.

»Schieb du mal lieber, Clara. Außerdem passt dein Shirt so nett zum Sonnenschirm.«

»Mein Shirt ist lila, der Schirm grün, Paul. Wie soll das zusammen, bitte schön, nett aussehen?«

»Ach, das ist lila …?«

Bevor ich etwas Empörtes darauf erwidern konnte, hatte wie üblich sein Handy geklingelt und kurz darauf war er verschwunden. Auf irgendeine Großbaustelle, an irgendeinen Ort, an dem Paul der einzige war, der die Welt vorm Zusammensturz bewahren konnte.

So war Paul. Immer bereit die Welt zu retten. Nur vergaß er dabei gelegentlich, dass es zu Hause, im Kümmelloch 23, auch noch eine andere Welt namens Familie gab.

Was nun aber unser gemeinsames Traum-Holzhäuschen, am Rande eines kleineren Waldstückchens gelegen, betraf, so würde Paul sich sehr bald etwas überlegen müssen, damit er es retten konnte. Mit drei Kindern war es nämlich eindeutig zu klein.

Doch dazu musste mein Göttergatte erst einmal wieder nach Hause kommen und das verschob und verschob sich immer weiter nach hinten. Auf der Großbaustelle in China lief es nicht rund, hatte Paul erst gestern Abend am Telefon erklärt und ganz nebenbei verlauten lassen, dass seine Rückkehr deshalb um gut eine Woche in die Ferne rückte.

»Aber das geht nicht, Paul«, hatte ich ihm klipp und klar erklärt. »Ich muss ein paar ganz wichtige Dinge mit dir besprechen.«

»Können wir das nicht auch am Telefon?«

»Nein!«

»Und warum nicht?«

»Weil ich dich dabei sehen muss.«

»Wir könnten skypen«, hatte er vorgeschlagen und mir war endgültig der Geduldsfaden gerissen.

»Weißt du was, Paul«, hatte ich ihn angefahren, »vergiss es einfach. Bleib du bloß in deinem China hocken, rette dort die Welt, und mach dir ja keine Gedanken darüber, ob zu Hause eben gerade diese vom Einsturz bedroht ist. Na dann, schlaf schön!« Damit hatte ich aufgelegt und anschließend vor Wut und Enttäuschung ewiglange in mein Kopfkissen geheult.

Verdammter Paul! Manchmal war es wirklich schwer mit ihm.

KAPITEL 6

Es gibt nur einen Weg zum Glück,
und der bedeutet, aufzuhören mit der Sorge um Dinge,
die jenseits der Grenzen unseres Einflussvermögens liegen.
Epiktet

Am Samstagnachmittag marschierte ich mit Lilli und Luzie zum Abenteuerspielplatz am Stadtpark, wo wir uns mit Julia und ihren beiden Söhnen verabredet hatten. Ihr Mann Karsten war auch mit von der Partie und kümmerte sich wirklich bilderbuchmäßig um seine Jungs. Meine beiden mal wieder vaterlosen Mädchen nahm er gleich mit unter seine Fittiche.

In diesem Moment beneidete ich Julia um ihren großen, schlanken Gatten, der zwar rein optisch absolut nicht mein Typ war, aber so lustig mit den Kindern herumtobte und sich außerdem Julia gegenüber wahnsinnig aufmerksam verhielt, dass ich mir nicht verkneifen konnte, zu sagen: »Du bist ein echter Glückspilz, Julia.«

»Wie kommst du denn darauf?«

»Na ja, Karsten ist echt klasse. Wie der sich um die Kinder kümmert und überhaupt, er scheint dir ja wirklich jeden Wunsch zu erfüllen.«

»Ohhh«, stöhnte sie. »Du glaubst gar nicht, wie mich das nervt.«

»Was?« Ich musste mich verhört haben. Bestimmt!

»Ständig wuselt er um mich herum. Überall mischt er sich ein.«

»Und was ist daran so verkehrt?«

Julia stöhnte gleich noch mal kummervoll auf. »Er erdrückt mich mit seiner übergroßen Liebe und Aufopferung.«

Wow! Das war ja echt mal was Neues.

Seitdem wir uns vor drei Jahren im Kindergarten kennengelernt hatten und schnell feststellten, dass wir rein erziehungstechnisch ziemlich ähnlich tickten, hatten wir schon so einige Stunden zusammen auf diversen Kinderspielplätzen verbracht. Oder bei Ikea. Wo wir die Kids im Småland abgaben und durchs Möbelhaus schlenderten. Dort bewunderten wir dann die aufgeräumten Beispielzimmer und träumten mit offenen Augen von einer ähnlich lässigen Ordnung in den eigenen vier Wänden. Natürlich war das total illusorisch.

Über unsere Ehemänner hatten wir uns bisher selten ausgetauscht. Klar, mal das ein oder andere Wort. Doch unsere Freundschaft war in erster Linie eine Mütter-Kinder-Geschichte. So richtig Intimes besprachen wir nicht miteinander. Darum war ich nun mehr als verdutzt.

»Aber es ist doch grundsätzlich erst einmal sehr schön, wenn man so geliebt wird. Ich meine, wie lange seid ihr verheiratet?«

»Neun Jahre.« Auch das klang wenig begeistert.

»Liebst du ihn etwa nicht mehr?«, traute ich mich zu fragen. Obwohl ich mir nicht sicher war, ob ich die Antwort darauf wirklich hören wollte. Wenige Meter von uns entfernt tollte ihr engagierter Göttergatte mit unseren Kindern auf dem Spielplatz herum, gab wirklich tausend Prozent, um die Kleinen bestens zu unterhalten und wir hockten als Zuschauer auf der Bank und lästerten über ihn.

»Doch, klar, sogar sehr. Karsten ist auch nach all den Jahren mein absoluter Traummann«, versicherte sie mir. »Aber deshalb muss man sich doch nicht ständig auf der Pelle kleben.«

»Tut er das denn? Er ist doch auch den ganzen Tag im Büro.«

Julia schüttelte sich die dunkelblonden Haare über die

Schultern zurück. »Zum Glück. Sonst würde ich durchdrehen. Aber kaum ist er zu Hause, geht es los. Julia-Schätzchen hier, Mausilein da. Soll ich heute kochen, kann ich dir sonst irgendwie helfen, muss noch gesaugt werden, steht ein Elternabend an … boah, selbst beim Sex ist er so aufmerksam, dass er es nicht wagt, vor mir zu kommen. Und wenn es doch mal passiert, dann entschuldigt er sich anschließend zigmal dafür.«

Ich kapierte es immer noch nicht so ganz. »Und das ist so … ähm … schlimm?«

In diesen Moment tauchte Karsten vor unserer Bank auf. »Julia, ich gehe mit den Kindern kurz zum Kiosk Eis kaufen. Möchtest du auch eins? Oder soll ich dir einen Kaffee mitbringen? Dir natürlich auch, Clara. Ich kann auch zum Bäcker gehen und euch ein Stück Kuchen holen?! Den Streuselkuchen von Bertram magst du doch so gern, Schatzi.«

Julia schüttelte den Kopf. »Ich möchte nichts. Du, Clara?«

»Auch nicht. Aber danke, Karsten, dass du gefragt hast. Warte, ich gebe dir Geld für das Eis.«

Doch Karsten lehnte empört ab. »Ich bezahle natürlich für deine Mädchen mit. Und du möchtest wirklich nichts haben, Schatz?«

»Nein!«, blaffte sie ihn an. »Ich möchte mich jetzt nur in Ruhe mit Clara weiter unterhalten können, Karsten.«

Puh … was für eine Zurechtweisung!

»Sorry«, murmelte er kleinlaut. »Ich wollte euch nicht stören. Dann sind wir jetzt mal ’ne Weile weg.«

Er trollte sich wie ein räudiger Hund und langsam begann ich zu begreifen.

»Irgendwann«, fuhr Julia fort, kaum dass er außer Hörweite war, »wird ihn dieses ewige nur für mich und die Jungs da sein ankotzen. Und dann wird er merken, dass er die ganzen Jahre nur hinter unseren Belangen zurückgesteckt hat und mit einer vollbusigen, zehn Jahre jüngeren Tusse durchbrennen, die er vögelt ohne Rücksicht auf Verluste und die ihm keinen Orgasmus vortäuscht, nur damit er endlich, endlich kommt.«

Mir fiel absolut nicht ein, was ich darauf erwidern sollte, und so kaute ich einfach nur schweigend auf meiner Unterlippe herum.

Abends machte ich es mir mit den Mädchen und jeder Menge Knabberzeug auf dem Sofa gemütlich. Wir schauten uns unseren Lieblingsfilm, *Hände weg von Mississippi*, auf DVD an. Wobei ich ab der Mitte des Filmes die Einzige war, die noch etwas davon mitbekam. Lilli und Luzie schliefen Seite an Seite, und wurden selbst dann nicht wach, als ich eine nach der anderen hoch in ihr Bett schleppte.

Der Sonntag verlief ebenso entspannt, auch wenn er zunächst mit einer fiesen Übelkeitswelle begann, die ich so zuvor noch nicht erlebt hatte.

Katja, die ich in meiner Verzweiflung anrief, und die mir zu Trockenfrüchten, Kräcker und Brot riet, wollte unbedingt vorbeikommen, um mir ein paar ätherische Öle wie Bergamotte, Mandarine, Pfefferminze und Zitrone aus Georgs privater Gynäkologen-Apotheke zu bringen.

»Aber du darfst nicht mit mir schimpfen, wenn ich dir gleich etwas gestehen muss«, baute ich sicherheitshalber schon mal vor.

»Dass du Doro nicht Bescheid gesagt hast, weiß ich bereits.«

Auweia! Wobei, vorwurfsvoll klang anders.

»Woher denn?«

»Von Doro. Ich war Samstag im Laden und …«

»Ich konnte es ihr einfach nicht sagen«, fiel ich ihr mit zerknirschter Stimme ins Wort. »Sie braucht den Job viel mehr als ich. Schon allein wegen Lauryns Pubertät.«

Katja lachte und erklärte, dass sie das bestimmt auch nicht wolle und wir sicher einen Weg finden würden. Nachdem das, zu meiner unendlichen Erleichterung, ganz locker und entspannt geklärt war, überkam mich auch schon die nächste Übelkeitswelle.

»Katja, ich muss aufs Klo …«, schaffte ich gerade noch in den Hörer zu hecheln.

Hölle, so schlecht konnte es einem doch gar nicht gehen?!

Erst nach dem Mittagessen, als Katja, die Mädchen und ich einen langen Spaziergang mit Maya machten, verschwand die Übelkeit so allmählich. Und auch meine Knie fühlten sich nicht mehr nach Vanillepudding an, der zu lange in der Sonne gestanden hatte.

Den Nachmittag verbrachte ich dann wieder mit Lilli und Luzie allein. Wir spielten ein bisschen, guckten den Rest von *Hände weg von Mississippi* und eh ich mich versah, war es Zeit für die Mädchen ins Bett zu gehen.

Obwohl ich den ganzen Tag mehr oder weniger herumgegammelt hatte, fühlte ich mich wie nach einem Marathon. Zugegeben, in meinem ganzen Leben war ich nicht weiter als fünf Kilometer am Stück gelaufen, aber danach jedes Mal so groggy gewesen, dass ich mir in etwa vorstellen konnte, in welcher Verfassung ich nach zweiundvierzig gelaufenen Kilometern sein würde.

Oh mein Gott!

Also verzog ich mich, kurz nach den Mädchen, mit einer Tasse meines Lieblingstees und einer Wärmflasche ebenfalls ins Bett. Die Tasse war noch halbvoll, da war ich schon weggeschlummert.

Etwas ließ mich unvermittelt die Augen aufschlagen. Ein leises Geräusch. Eine Regung. Doch die Müdigkeit hatte mich so fest im Griff, dass ich es zunächst nicht wirklich realisierte. Dann vernahm ich eine Bewegung unter der Bettdecke. Ein Körper. Hände die sich an mich herantasteten. Mich berührten. Meine Brüste von hinten umfassten. Warme Lippen, die meinen Hals liebkosten. Ein leises Raunen. »Clara, ich habe dich so vermisst …«

Die Hände wanderten über meinen Körper. Schoben mein Trägershirt hoch. Danach wählte eine von ihnen den Weg nach unten, glitt unter meinen Slip, rieb sanft meinen Po. Die andere umspielte abwechselnd meine Brustwarzen. Ich stöhnte lustvoll auf. Nun vollends wach, drehte ich mich auf den Rücken und blickte in der Dunkelheit in Pauls Gesicht.

»Wie …?« Weiter kam ich nicht. Sein Kuss verschloss mir den Mund, seine Zunge traf sich mit meiner, während nun wieder seine beiden Hände damit beschäftigt waren, meine Brüste zu kneten. Ich hielt es kaum noch aus, bäumte mich ihm voller Sehnsucht entgegen. Wollte ihn. Jetzt. Auf der Stelle.

Ungeduldig umfasste ich seinen harten Penis. Paul entfuhr ein tiefes Stöhnen. Seine Lippen lösten sich von meinen, wanderten zu meiner linken Brust, saugten an der harten Spitze, sorgten für einen heißen Schauer und ein fast schmerzliches Ziehen in den Lenden.

»Paul«, stöhnte ich, »bitte.«

Er lachte leise auf. Tief und rau, voller Lust und Leidenschaft. »Sei nicht so ungeduldig, Süße.«

»Paul …«, flehte ich nochmal.

Verdammt, eigentlich war ich doch stocksauer auf ihn.

Unendlich langsam zog er mir den Slip aus. Unendlich langsam spreizte er meine Beine, küsste die Innenseiten, richtete sich dann wieder auf und kam behutsam über mich. Als er in mich eindrang, entfuhr mir ein leiser Schrei. Paul küsste mich erneut. So leidenschaftlich, so fordernd.

Seine Bewegungen wurden schneller, rhythmischer, fester. Immer tiefer drang er in mich hinein, immer härter stieß er zu. Seine Lippen lösten sich von meinen. Er stöhnte lustvoll auf, während sich meine Fingernägel in seine Schulterblätter krallten.

»Du machst mich wahnsinnig, Clara«, keuchte er.

Ich schlang meine Beine um ihn. Zog ihn so noch dichter an mich heran.

»Mehr, Paul, mehr …«, seufzte ich begierig.

Er erfüllte mir den Wunsch und als ich kam, war es so, als ob etwas in mir explodieren würde. Ich schrie, hörte gleich darauf Pauls schweres Keuchen und ein langgezogenes unendlich lustvolles Stöhnen. Noch einmal bäumte er sich auf, stieß ganz tief in mich hinein und dann kam auch er.

Als wir kurze Zeit später atemlos und mit wild schlagenden Herzen nebeneinander lagen, Pauls linke Hand auf meiner rechten Brust ruhte, flüsterte er: »Clara, deine Brüste fühlen sich so prall an. Viel größer als sonst …«

Ich lachte leise auf. »Kein Wunder, ich bin auch wieder schwanger.«

»Nein?!«

»Doch …«

»Und nun? Ich meine, Clara, Süße, drei Kinder. Damit gehen wir glatt als Großfamilie durch.« Er stützte sich auf den Ellbogen, beugte sich über mich. »Willst du das wirklich?«

»Ja«, sagte ich leise. »Und du?«

Paul kam mit seinem Gesicht ganz nahe an meins. Küsste meine Nasenspitze. Dann meinen Mund, bevor er mir ins Ohr raunte: »Ich will, dass du glücklich bist.«

»Das bin ich«, flüsterte ich. »In diesem Moment gerade ganz besonders.«

»Ich liebe dich, Clara«, sagte Paul, bevor wir engumschlungen einschliefen.

Manchmal war es einfach nur schön mit Paul.

KAPITEL 7

Es gibt keinen Weg zum Glück,
Glücklichsein ist der Weg.
Buddha

Ein fieses, nicht enden wollendes Geräusch riss mich aus dem Schlaf. Gerade hatte ich so schön geträumt. Von Paul und dass wir …

Mist! Das verdammte Schrillen wollte einfach nicht aufhören.

Wütend trampelte ich die Zudecke ans Bettende und – huch, warum war ich nackt?

Mein Blick schnellte nach rechts. Paul. Ich hatte nicht geträumt. Er war tatsächlich mitten in der Nacht nach Hause gekommen. Und ja, wir hatten uns wirklich geliebt. So intensiv, so leidenschaftlich, …

Konnte bitte mal jemand dieses ätzende Läuten abstellen?!

»Clara«, murmelte es verschlafen neben mir, »das Telefon klingelt.«

Sicher. Das Telefon war für diesen nervtötenden Ton verantwortlich. Wer auch immer die Frechheit besaß, zu solch früher Stunde bei uns anzurufen, gleich bekam er dafür von mir ordentlich die Meinung gegeigt.

Ich hastete aus dem Bett, fischte meinen Slip und das Trägershirt vom Fußboden und rannte die Treppe hinunter ins Wohnzimmer. Wenige Zentimeter bevor ich das hinterhältige Teil von der Station reißen konnte, verstummte es.

Typisch!

»Verdammt«, fluchte ich. Als nächstes spürte ich etwas sehr Kaltes und Feuchtes an meinem nackten Bein. Mayas Nase. Erschrocken machte ich einen Sprung zur Seite, stieß mir dabei so böse den rechten kleinen Zeh, dass ich jammernd in die Knie ging. Dort blieb ich hocken, rieb mir den schmerzenden Fuß und versuchte gleichzeitig mit der Hand, in der sich mein Slip befand, Mayas Durchs-Gesicht-schlecken-Angriff abzuwehren. Was mir auch tatsächlich gelang. Aber nur, weil sie sich plötzlich für mein Unterhöschen interessierte und es mir unbedingt entreißen wollte.

»Hör sofort auf damit, du verrückter Köter?!«, schnauzte ich sie an. »Du kriegst meinen Slip nicht!«

Während ich noch mit meiner durchgeknallten Hündin um Teile meiner Unterwäsche kämpfte, begann das Telefon über mir erneut zu klingeln.

»Aus jetzt, Maya!«, versuchte ich, sie zur Raison zu bringen und gleichzeitig den Hörer von der Station zu fischen. Was mir letztendlich nur gelang, indem ich ihr einen leichten, aber beherzten Tritt in den ziemlich runden Hundehintern verpasste.

Empört wich Maya einen Schritt zurück und ich keuchte ins Telefon: »Ja, verdammt noch mal.«

»Clara?«

Nein, das durfte ja wohl nicht wahr sein.

»Mama, weißt du wie spät es ist?!«, blaffte ich meine Mutter vorwurfsvoll an. »Ist dir eigentlich klar, dass du uns aus dem Tiefschlaf gerissen hast?!«

»Euch alle?«, fragte meine Mutter ungerührt zurück.

»Nur Paul und mich. Hoffe ich jedenfalls für dich. Wenn du mir die Mädchen auch wach geklingelt hast, dann …«

Sie ließ mich nicht aussprechen. »Paul? Hast du gestern nicht gesagt, dass er erst nächstes Wochenende kommt?«

Als Antwort stöhnte ich schwer genervt in den Hörer. Woraufhin meine Mutter weiterfragte: »Habt ihr euch deshalb heute freigenommen, oder was?«

Freigenommen? Wovon redete sie eigentlich? Konnte es sein, dass sie langsam etwas wunderlich wurde, so wie unsere Nachbarin Frau Klaaßen? Verdammt, dabei war sie gerade Mal sechsundsechzig Jahre alt. Womöglich verbrachte sie zu viel Zeit im Internet und war deshalb leicht durch den Wind. Ich musste unbedingt mit meinem Vater über ihre Aktivitäten im World Wide Web sprechen. Er sollte besser ein Auge darauf haben.

»Mama, ganz ehrlich«, redete ich entsprechend behutsam auf sie ein, »so geht das nicht. Du kannst doch nicht so früh bei uns anrufen.« Doch dann kam mir plötzlich ein ganz anderer Gedanke, der dafür sorgte, dass mein Herzschlag sich angstvoll beschleunigte. Oh nein, vielleicht gab es ja einen Grund für diese frühmorgendliche Attacke. »Oder ist etwas mit Papa?«

»Quatsch. Was soll denn mit dem sein. Er ist bei der Aqua-Fitness. Wie jeden Montag.«

»Um diese Uhrzeit?«

»Sag mal, Clara, was redest du eigentlich ständig von der Uhrzeit? Ich habe im Jeansladen angerufen, und weil keiner drangegangen ist, habe ich es bei euch zu Hause versucht. Ich kann ja nicht ahnen, dass du seit neuestem montagmorgens nicht mehr arbeitest. Und noch viel weniger, dass ihr euch gleich alle heute freigenommen habt. Wo du doch immer so einen Heckmeck wegen des Kindergartens machst. Aber das musst du selbst am besten wissen. Da will ich mich auch überhaupt nicht einmischen. Ich wollte dich nur daran erinnern, dass Papa in sechs Wochen Geburtstag hat und wir das groß feiern möchten.«

»Was?«, krächzte ich.

»Ihr kommt doch?!«

»Ich denke schon. Aber darüber können wir später noch

reden«, erklärte ich ungeduldig. »Ich rufe dich zurück, wenn ich richtig wach bin. Tschüss, Mama!«

Ich knallte das Telefon auf die Kommode und zog mir das Trägershirt über. Dann trug ich den von Maya angesabberten Slip in den kleinen Haushaltsraum, wo ich ihn zu der anderen ungewaschenen Wäsche in die Truhe stopfte. Als ich den Raum wieder verließ, fiel mein Blick auf die Wanduhr im Flur.

Viertel nach neun.

»Scheiße …«, keuchte ich.

Tausend Dinge schossen mir durch den Kopf. Wirr, wild und einfach nicht zu ordnen. Am liebsten hätte ich gleich noch mal laut »Scheiße!« geschrien und wäre einfach zu Paul ins Bett zurückgekrochen.

Und warum eigentlich nicht? Schließlich wurde Fashion Point sowieso bald geschlossen. Und außerdem bestand im Gegensatz zur Schule keine Kindergartenpflicht.

Ich hetzte ins Wohnzimmer zurück, schnappte mir das Telefon und tippte Doros Nummer ein.

Nach dreimaligem Tuten nahm sie ab.

»Wenniger.«

»Doro, ich bin's, Clara. Kannst du ganz schnell in den Laden laufen und meine Vormittagsschicht übernehmen?«

»Klar doch. Aber wo bist du denn? Ich meine, ist etwas passiert?«

»Nein, nein, ich habe nur verschlafen. Außerdem habe ich schlimme Kopfschmerzen. Kannst du dich also bitte, bitte beeilen und den Laden aufmachen?«

Doro, die wunderbare zuverlässige Doro, zögerte nicht eine Sekunde. »Bin schon unterwegs. Und wenn es dir morgen nicht besser geht, kein Problem, da kann ich auch für dich einspringen.«

Prompt stiegen mir die Tränen in die Augen. »Du bist die Beste«, schniefte ich – was ich eindeutig auf das Chaos, das zurzeit in meinem Hormonhaushalt herrschte zurückführte. So nah am Wasser hatte ich normalerweise nicht gebaut.

Von oben erklang eine helle Stimme. Lilli war anscheinend auch endlich aufgewacht und dem Begeisterungskichern nach zu urteilen, hatte sie Paul entdeckt.

»Ich muss jetzt schnell im Kindergarten Bescheid sagen«, erklärte ich Doro. »Vielen, vielen Dank. Du hast was gut bei mir«, beendete ich das Telefonat, um gleich darauf die Nummer des Regenbogen-Kindergartens zu wählen.

Elke war am Apparat und klang nicht gerade erfreut. »Ach, Frau Obermueller, Sie sind es. Wir haben uns schon gewundert, wo Lilli und Luzie bleiben?!«

Lügen ist feige, lügen ist doof. Aber manche Umstände erforderten eben unkonventionelle Methoden, sagte mein Vater immer.

»Entschuldigen Sie bitte«, krächzte ich mit heiserer Stimme. »Ich bin krank.« Zur Unterstreichung hustete ich ein paar Mal in den Hörer, bevor ich fortfuhr. »Ich wollte die Mädchen bringen. Darum rufe ich auch jetzt erst an. Ich weiß ja, dass man bis acht Uhr Bescheid geben soll. Aber dann dachte ich mir, dass ich Lilli und Luzie womöglich schon mit meinen Viren infiziert habe. Bestimmt ist es nicht so gut, wenn die beiden den halben Kindergarten anstecken.«

Respekt, Clara, was für eine geniale Geschichte. Und die gute Elke kaufte sie mir tatsächlich ab.

»Das tut mir leid, Frau Obermueller. Haben Sie denn niemand, der die Mädchen noch bringen kann?«

Mist. Damit hatte ich nicht gerechnet. Nachdem Lilli Paul nun schon entdeckt hatte, war es fast unmöglich, sie jetzt noch in den Kindergarten bewegt zu bekommen.

»Aber meinten Sie nicht erst neulich, dass es nicht so gut ist, die Kinder nach dem Morgenkreis zu bringen?!«, schlug ich sie mit ihren eigenen Kindergartenregeln.

»Schon«, hörte ich Elke zögerlich bejahen, »aber wenn es Ihnen nicht so gutgeht …«

»Und die Viren?«, gab ich besorgt zu bedenken.

»Wahrscheinlich haben Sie recht. Dann lassen Sie die beiden am besten ganz zu Hause. Gute Besserung, und, falls es morgen wieder nicht klappen sollte, Frau Obermueller, dann rufen Sie bitte zeitiger an.«

»Das mache ich«, versprach ich ergeben. »Ganz bestimmt.«

Eigentlich hätte ich jetzt auch noch meine Mutter anrufen müssen, um mich bei ihr zu entschuldigen. Oder zumindest um zu erklären, warum ich sie vorhin so angezickt hatte. Aber das verschob ich dann doch lieber auf später. Jetzt gab es erst einmal Wichtigeres zu klären.

Ich betrat das Schlafzimmer in dem Moment, in dem Lilli kreischte: »Juchhu!«, und ohne Vorwarnung auf Pauls Bauch sprang. Schmerzvoll aufstöhnend rollte er sich zusammen und versuchte gleichzeitig sie davon abzuhalten, ihm die Decke wegzuziehen.

Erfolglos, denn gleich darauf quietschte sie: »Ihhh, Papa, du bist ja ganz nackig.«

Luzie kam verschlafen ins Zimmer getorkelt. In der Hand ihren geliebten Teddy Bruno Bär, das dunkle Haar zerzaust, die Wangen vom Schlaf noch ganz gerötet.

Inzwischen war es Paul gelungen, die Decke zurückzuerobern und sie fest um seine Hüften zu wickeln.

»Guck mal«, rief Lilli. »Papa ist da und er ist nackt!«

Luzie rieb sich die Augen und brabbelte irgendetwas Unverständliches, bevor auch sie zu ihm ins Bett krabbelte, um sich mit einem seligen Lächeln an ihn zu kuscheln.

»Guten Morgen, kleine Maus, dich hab' ich vielleicht vermisst«, murmelte Paul entzückt und begann damit, Luzie durchzukitzeln. Sie kreischte und kicherte, während Lilli sich erneut auf Paul stürzte.

»Und mich etwa nicht?«, wollte sie mit leichtem Vorwurf in der hellen Stimme wissen.

Paul lachte. »Na klar, dich ganz besonders, meine Große.«

Jetzt zog er beide Mädchen in seine Arme und sah dabei so glücklich und rundum zufrieden aus, dass ich mich fragte, wie er es nur aushalten konnte, so oft auf solche Momente zu verzichten, weil er irgendwo in der Weltgeschichte herumdüste.

Während die drei im Bett herumalberten, zog ich mich flugs an und verkündete anschließend: »Ich geh dann mal und mach uns Frühstück.«

»Warte, Clara«, hielt Paul mich jedoch zurück. »Schau mal bitte in meiner Tasche nach, ich habe euch etwas mitgebracht.«

»Mir auch? Mir auch?«, kreischte Lilli in der hellsten Oktave die sie draufhatte.

Paul hielt sich grinsend die Ohren zu und nickte.

Während ich Pauls kleine braune Reisetasche öffnete, rückten Lilli und Luzie so dicht an mich heran, dass ich ihren warmen Atem in meinem Nacken spürte.

»Nun mach schon, Mami«, drängte meine ältere Tochter mich aufgeregt. »Vielleicht ist es was von *Schleich*?!«

Lillis kleines Herzchen schlug zurzeit ganz heftig für das Thema Bauernhof. Doch, dass Paul ihr aus China einen Hahn, ein Schwein oder gar eine melkende Bäuerin mitgebracht hatte, damit war wohl kaum zu rechnen.

»Was viel Besseres«, kündigte Paul auch prompt an. Er war ganz ans Bettende gerutscht und klang ebenso ungeduldig wie die Mädchen. »Hast du es jetzt endlich gefunden, Clara?!«

Ich nickte und zog eine weiße Plastiktüte unter Pauls Socken, einem T-Shirt und zwei Unterhosen hervor. »Wenn du die Plastiktüte meinst?!«

»So ist es.« Paul strahlte. »Die beiden kleinen roten Päckchen sind für Lilli und Luzie, das etwas größere blaue für dich, Süße.«

»Für mich hast du auch etwas mitgebracht?« Ich war wirklich erstaunt – und plötzlich genauso aufgeregt wie der Rest meiner Familie. Mit fiebrigen Fingern riss ich das Geschenkpapier auf. Doch so schnell wie die Mädchen war ich einfach nicht.

Ein hohes, freudiges Quieken schallte durchs Schlafzimmer. »Ein Dings«, kicherte Luzie. »Ein schönes Dings.«

Paul lachte. »Das ist kein *Dings*, Luzie, sondern eine Süßwasserperlenkette.«

»Ich hab auch eine«, jubelte Lilli. »Knallschön.«

»Kommt her, meine beiden Prinzessinnen, ich mache sie euch gleich mal um.« Paul strahlte mit seinen Töchtern um die Wette.

Inzwischen hatte auch ich es endlich geschafft, Pauls Mitbringsel von dem blauen Seidenpapier zu befreien und starrte mit einer Mischung aus Freude und Rührung auf die kleine, wunderschöne Teedose in meinen Händen.

»Dass du daran gedacht hast, Paul«, hauchte ich schwer bewegt, und vergaß glatt, ihm wegen der Perlenketten für die Mädchen einen Vogel zu zeigen.

Während meine Töchter ins Badezimmer stürmten, weil sie sich unbedingt im Spiegel betrachten mussten, legte Paul mir die Hand auf die Schulter. »Ich weiß doch, dass Tee deine Leidenschaft ist, und dieser hier ist wirklich etwas ganz Besonderes«, raunte er mir mit zärtlicher Stimme ins Ohr.

Vorsichtig öffnete ich die Dose und war im nächsten Moment völlig betört von dem großartigen Duft.

»Das ist ein weißer Tee aus Nepal«, erklärte Paul mir. »Er wächst an den Hängen des Himalajas. So einen aromatischen und dennoch weichen Tee bekommst du hier in Deutschland wohl kaum zu kaufen.«

Ich sah von der kleinen Dose in meinen Händen zu Paul und mir stockte einen Moment lang der Atem. Das konnte doch unmöglich Zufall sein?! Paul hatte mir noch nie zuvor Tee mitgebracht und ausgerechnet jetzt präsentierte er mir eine so außergewöhnliche Sorte. Das war eindeutig ein Zeichen. Ein Wink des Himmels. Schicksal.

Ich legte meine Hände um Pauls Nacken und hauchte ihm einen sanften Kuss auf die unrasierte Wange. »Du ahnst überhaupt nicht, wie viel mir das bedeutet.«

Als ich einen Moment später beschwingt und mit brennenden Wangen die Treppe hinunterschwebte, wurde ich schon sehnsüchtig von Maya erwartet. Sie hockte vor ihrem leeren Hundenapf und blickte mich treuherzig an. Ich erwiderte ihren Blick, und ja, bestimmt war ich keine Hundeflüsterin, aber es war klar, dass sie mir nichts mehr nachtrug.

Der weiße Tee aus Nepal bekam einen Ehrenplatz in meinem Teeregal. Am liebsten hätte ich gleich eine Tasse davon getrunken, aber jetzt war nicht die Zeit, um diesen besonderen Tee in Ruhe genießen zu können.

Nachdem Maya ihr Futter mehr inhaliert als gekaut und ich Kaffee gekocht und meine erste wohltuende Tasse in kleinen Schlucken getrunken hatte, kamen Paul gefolgt von Lilli und Luzie in die Küche gestürmt. Die Mädchen trugen stolz ihre Perlenketten und hatten sich passend dazu bunte Spangen ins Haar gesteckt. Paul war in seine geliebte karierte Pyjamahose und ein weißes T-Shirt geschlüpft. Erst jetzt fiel mir auf, wie abgeschlagen er aussah.

»Alles in Ordnung?«, fragte ich und legte meine Hand auf seinen Oberarm.

Für einen Moment verdunkelten sich seine Züge. Doch dann verzog er den Mund zu dem typischen Paul-Grinsen und winkte ab. »Alles okay, Süße. Ich bin nur groggy von der langen Reise.«

Klar, das erklärte alles – auch seine Blässe. Obwohl Paul sonst immer eine gut gebräunte Gesichtsfarbe hatte. Er arbeitete so häufig im Freien, und ich Blassbacke hatte ihn schon oft darum beneidet. Doch da war noch was anderes. Irgendetwas hatte er auf dem Herzen …

»Warum bist du überhaupt hier? Freitag hast du noch erklärt, dass du unabkömmlich seist?!«, fragte ich, während ich ihm Kaffee einschenkte und gleichzeitig den Mädchen Kakao aus der Karaffe in die Becher füllte.

Paul nahm sich eine Scheibe Toastbrot aus dem Körbchen und antwortete derart beiläufig: »Weil ich es nicht mag, wenn meine Frau sauer auf mich ist«, das sämtliche Alarmglocken grell in mir zu schrillen anfingen.

»Paul? Was ist los?«

Er zuckte die Achseln. »Nichts, Süße, ich hatte einfach nur Sehnsucht nach meinen drei Mädchen.«

»Paul?«

Er atmete tief durch. »Okay, okay, du hast mich durchschaut. Es war nicht allein die Sehnsucht. Ich muss etwas mit dir besprechen …«

Ich ließ mich auf den Stuhl sinken. Nun vollends in Alarmstellung. Wenn Paul so ernst wurde, dann …

»Mama, kann ich ein Ei?« Luzie tippte mit spitzem Zeigefinger gegen meinen Oberarm. Immer tat sie das. Ständig.

Eigentlich hätte ich an dieser Stelle einen Dauerblauenfleck haben müssen.

»Gleich«, antwortete ich fahrig, während mein Blick fest auf Paul gerichtet blieb. »Erst muss ich mit Papa was besprechen.«

»Ich will-will-will aber jetzt ein Ei!«, beharrte meine sonst so umgängliche jüngere Tochter.

»Kann ich ein Hörnchen haben?«, fing nun auch noch Lilli an.

»Clara, wir können doch später reden«, schlug Paul vor. »In Ruhe.«

Luzie beugte sich über den Tisch, um mit ihrem Piekszeigefinger Löcher in die Butter zu stechen. Ich zog an ihrem Unterarm, wollte sie davon abhalten. Wollte einfach nur, dass die beiden Mädchen für einen winzig kleinen Moment innehielten, damit Paul mir sagen konnte, was los war. Nicht später. Nicht in Ruhe. In diesem Haus hatte man eh niemals Ruhe.

Doch Luzie war voll in ihrem Ich-will-auf-der-Stelle-ein-Ei-Trotz und entzog sich ruckartig meinem Griff. Ihr Arm knallte gegen die Karaffe, kippte sie um, sodass sich der schokobraune Inhalt innerhalb von einer Sekunde über den ganzen Tisch ergoss.

Hektisch sprang ich auf, während Luzie verlegen kicherte und Lilli rief: »Müssen wir heute gar nicht in den Kindergarten …?«

Ich stürmte zur Küchenzeile, um die Kleenexrolle zu holen, stolperte dabei über Maya, die mal wieder direkt neben dem Esstisch hockte und darauf hoffte, das etwas runtersegelte.

»Aua! So ein Mist!«, fluchte ich, weil ich mir beim Stolpern den Fuß umgeknickt hatte. Denselben, den ich mir vorhin an der Kommode gestoßen hatte, und ja, verdammt noch mal, gerade tat es höllisch weh.

Paul war sofort neben mir und auch die Mädchen verstummten schlagartig.

»Clara, was machst du denn?«

Ich blickte in sein besorgtes Gesicht. Wusste nicht, ob ich lachen oder weinen sollte.

»Stolpern, siehst du doch«, blaffte ich ihn an.

Ein platschendes Geräusch, vom Esstisch kommend, ließ uns herumfahren. Luzie, meine kleine, artige Luzie, klatschte die Hände rhythmisch auf die Kieferplatte. Immer schön in die Kakaolache.

»Nein!«, rief ich. »Hör sofort auf damit!«

Paul war vor mir am Tisch und bekam die volle Ladung Kakaospritzer ab. Sie hinterließen ein wild gesprenkeltes, braunes Muster auf seinem hellen Shirt.

»Schluss jetzt damit!«, schimpfte er.

»Ich will aber ein Ei!«, krakeelte sie zurück.

»Und ich will wissen, warum wir nicht in den Kindergarten gehen? Es ist doch schon voll spät …«, nörgelte Lilli.

»Und ich will, dass ihr euch benehmt, meine Damen, und zwar auf der Stelle!« Paul so richtig ernst und streng, kein Lächeln, das seine Lippen umspielte, die grünen Augen eng zusammengezogen, das wirkte. Bei Luzie so sehr, dass ihr die Tränen in die Augen stiegen, während Lilli ihn nur mit offenem Mund anstarrte.

»Luzie-Maus«, sagte Paul nun wieder ganz sanft. Mit Tränen kam er gar nicht klar. »Ich habe doch nur geschimpft, weil für die Mama jetzt so viel Lärm und Hektik nicht gut ist. Sie bekommt doch ein Baby.«

»Paul!«, fuhr ich ihn vorwurfsvoll an und verpasste ihm zusätzlich einen heftigen Knuff gegen das linke Schulterblatt.

»Das wollte ich den beiden eigentlich ganz in Ruhe erzählen. Gemeinsam mit dir.«

»Ein Baby?«, Luzie bekam große Augen. »Wo ist es denn …?«

»In Mamas Bauch«, machte Paul, ungeachtet meines drohenden Blicks einfach weiter. »Und das bekommt schon ganz viel mit, was hier draußen so abgeht. Also, ihr beiden zukünftigen großen Schwestern, ab jetzt müsst ihr ganz lieb sein und euch benehmen. Sonst hat euer kleines Geschwisterchen am Ende gar keine Lust herauszukommen.«

Luzie entglitten die winzigen Gesichtszüge und auch Lilli sah recht verzweifelt aus. »Ganz in echt«, hauchte sie mit dünner Stimme.

Ich verpasste Paul einen weiteren Knuff mit der Faust gegen den Rücken, bevor ich ihn energisch zur Seite schob.

»Heute Nachmittag gucken wir uns zusammen ein ganz tolles Buch an und dann erzähle ich euch von dem kleinen Baby, das da gerade in mir heranwächst«, versprach ich. »Aber jetzt machen wir erst einmal ein bisschen Ordnung auf dem Tisch und frühstücken weiter. Und dann überlegen wir uns, was wir mit dem freien Tag anfangen. Okay?!«

»Kein Kindergarten?«, wollte Lilli sich noch mal vergewissern.

Ich schüttelte den Kopf. »Nein, heute machen wir blau und lassen es uns so richtig gutgehen!«

Das mit dem Gutgehenlassen musste ich dann aber leider erst einmal nach hinten verschieben. Stattdessen hing ich über dem Waschbecken, betröpfelte meine Schläfen mit kaltem Wasser, versuchte mit tiefem Ein- und Ausatmen die Übelkeit in den Griff zu bekommen, um mich anschließend dann doch über der Toilettenschüssel zu übergeben.

Paul klopfte an die Tür, wollte wissen, ob er irgendetwas

für mich tun könnte, und nachdem ich ihn angeranzt hatte: »Ja, du kannst mich mal einen Augenblick lang in Ruhe kotzen lassen!«, klugscheißerte er herum: »Bei Lilli und Luzie ging es dir aber nicht so schlecht. Ist das normal?«

Hallo, woher sollte ich das denn wissen?!

»Mittwoch muss ich zu Frau Doktor Riemknecht-Dose«, erklärte ich, als ich mich einige Momente später soweit in der Lage fühlte, das Badezimmer zu verlassen. »Du kannst ja mitkommen und sie fragen.«

»Deine Frauenärztin heißt Riemknecht-Dose?!«, grinste Paul anzüglich.

»Paul, du bist unmöglich!«, konnte ich ihn gerade noch anmotzen. Dann sprintete ich auch schon ins Badezimmer zurück.

Und während ich über der Toilettenschüssel hing, schwirrten mir Pauls fast schon vorsichtig ausgesprochene Worte unentwegt durch den Kopf: Ich muss etwas mit dir besprechen, Clara.

KAPITEL 8

Die höchste Form des Glückes ist ein Leben mit einem gewissen Grad an Verrücktheit.

Erasmus von Rotterdam

Von wegen Paul war vorzeitig nach Hause gekommen, weil er es nicht *ertragen* konnte, dass ich wütend auf ihn war.

Pustekuchen!

Mein Göttergatte hatte nur für gute Stimmung sorgen wollen, um mir anschließend mit bedauernder Stimme mitzuteilen, dass er für vier Monate fest nach China gehen würde. Und zwar schon ab kommenden Donnerstag. Die Großbaustelle lief einfach nicht rund, wenn er als leitender Architekt nur gelegentlich vor Ort war. Darum hatte ihn die Geschäftsleitung eindringlich darum gebeten, das Projekt bis zur Fertigstellung dauerhaft zu beaufsichtigen.

Natürlich hatte Paul bereits zugesagt. Es sei alles so schnell gegangen, da habe er leider keine Zeit gehabt, es vorher mit mir zu besprechen. Warum denn auch? Die dusselige Clara hockte doch artig daheim, und wartete auf ihren großartigen Ehemann. Inzwischen kümmerte sie sich ganz wunderbar um die Kinder, den Haushalt und damit ihr auch bloß nicht langweilig wurde, brütete sie Kindchen Nummer drei aus. Die Enttäuschung darüber, dass Paul zukünftig nun doch nicht öfters zu Hause sein würde, hatte mich für einen Moment lang in Schockstarre verfallen lassen.

Nach unserem Gespräch hatte ich ihm schweigend das Bett in unserem winzigen Büro/Gästezimmer bezogen und auch ansonsten so getan, als ob er Luft wäre. Diese bisher einmalige Strategie verfolgte ich bis Dienstagabend. Dann hatte ich einen Entschluss gefasst. Einen völlig verrückten, komplett waghalsigen und auch bestimmt leicht absurden, aber ich war festen Willens, ihn in die Tat umzusetzen.

Gleich nachdem Paul Lilli und Luzie ins Bett gebracht hatte und mit unsicherem Blick das Wohnzimmer betrat, bat ich ihn, sich zu mir an den Esstisch zu setzen.

»Frieden?«, zwinkerte er mir hoffnungsvoll zu.

Ich zuckte die Schultern. »Das kommt darauf an.«

»Worauf?«

»Auf deine Reaktion.«

»Auf was.«

»Die Entscheidung, die ich getroffen habe.«

»Ich höre«, nickte Paul mir auffordernd zu und setzte sich endlich an den Tisch.

Ich holte tief Luft. »Katja schließt Ende des Monats den Laden, weil sie andere Pläne hat«, fasste ich in knappen Worten das ganze Drama zusammen.

»Ach du meine Güte, warum das denn?«, wollte Paul wissen.

»Sie hat ihre Gründe. Aber die möchte ich jetzt nicht mit dir besprechen. Übermorgen reist du wieder ab und bis dahin gibt es Wichtigeres zu klären«, ich wollte mich auf keinen Fall ablenken lassen.

Paul legte überrascht die Stirn in Falten. »So kenne ich dich gar nicht, Clara …?«

Ich nickte. »Das kommt daher, dass es mir auch ganz besonders ernst damit ist.«

»Okay«, erwiderte Paul gedehnt. »Du machst mich wirklich neugierig.«

Noch einmal atmete ich tief durch, womöglich um mir selbst Zeit zu verschaffen, bist du dir ganz sicher, Clara?, dann sprudelte es aus mir heraus: »Ich möchte den Mietvertrag von Katja übernehmen, um dort einen Teeladen zu eröffnen.«

Was folgte, war Schweigen. Einen Moment lang fragte ich mich, ob Paul mich überhaupt verstanden hatte. Dann jedoch beugte er sich zu mir hinüber und sah mich mit entgeisterten Augen an: »Bist du verrückt? Nur weil ich dir Tee aus Nepal mitgebracht habe, willst du jetzt gleich einen Teeladen eröffnen?«

Ich erstarrte, eine ganze Weile war ich sprachlos. Dann platzte es aus mir heraus:«Natürlich nicht! Und verrückt bin ich auch nicht.«

Frechheit!

»Clara, Süße ...« Paul griff über den Tisch hinweg nach meinen Händen. »Muss ich dich tatsächlich daran erinnern, dass du wieder schwanger bist?! Mit zwei Kindern ist es doch manchmal schon ziemlich viel.«

Klar doch, das wusste er natürlich, weil er sich Tag für Tag aufopfernd um unsere beiden Mädchen kümmerte.

Noch mal, Frechheit!

»Was du nicht sagst.« Unwillkürlich klang ich verletzt. »Und du bist also der Meinung, dass ich mit Lilli und Luzie überfordert bin und, wenn Kindchen Nummer drei erst mal geboren ist, komplett im Chaos versinken werde?!«

Mit einem Ruck entzog ich ihm meine Hände, lehnte mich weit auf dem Stuhl zurück und verschränkte demonstrativ die Arme vor der Brust.

»So habe ich das doch überhaupt nicht gemeint«, versuchte Paul einzulenken. »Im Gegenteil. Du machst das ganz prima mit den beiden. Und ich habe keinen Zweifel daran, dass du auch mit drei Kindern spielend klarkommen wirst. Du bist eine tolle Mutter, Clara.«

»Davon bin ich auch überzeugt! Was spricht also dagegen, dass ich mir dennoch meine Berufstätigkeit erhalte?«

Paul rollte mit den Augen. »Clara, sieh doch mal die Fakten, du hast einen Mann geheiratet, der ständig beruflich unterwegs ist und dir nur wenig …«

»Ach so ist das!« Mit einem bitteren Auflachen schnitt ich ihm das Wort ab. »Du bist der Mann und machst Karriere, ich bin die Frau, kümmere mich um die Kinder und putze das Haus.«

Paul schüttelte den Kopf. »Das ist doch Blödsinn, und das weißt du auch.«

»Nein, Paul, gerade in diesem Moment weiß ich das nicht«, sagte ich trotzig.

Paul sah mich an. Eine ganze Weile lang, und sagte nichts. Er saß einfach nur da, mit unergründlicher Miene und schwieg.

Irgendwann wurde mir sein Schweigen zu anstrengend.

»Hat es dir jetzt die Sprache verschlagen, oder was?«

Paul atmete hörbar durch. »Ich überlege.«

»Und würde es dir etwas ausmachen, mich an deinen Überlegungen teilhaben zu lassen?«

Er zuckte die Schultern. Mehr nicht.

»Paul«, rief ich vorwurfsvoll. »Im Gegensatz zu dir bespreche ich so etwas Entscheidendes wenigstens erst einmal mit dir, bevor ich es tue. Aber inzwischen frage ich mich, warum eigentlich?!«

Ohne mich weiter zu beachten, erhob sich Paul, ging in die Küche, holte sich eine Flasche Bier aus dem Kühlschrank, öffnete sie und nahm einen tiefen Schluck direkt aus der Flasche.

»Hallo? Paul? Hast du mitgekriegt, dass ich hier sitze und darauf warte, dass du dich in irgendeiner Weise dazu äußerst?!«

Nach einem weiteren Schluck kam er an den Tisch zurück, setzte sich, stellte die Flasche ab und bedachte mich dabei mit einem nachsichtigen Lächeln.

»Was erwartest du denn, Clara, was ich jetzt noch dazu sage?«, fragte er in einer Tonlage, als ob er eine geistig Verwirrte vor sich hätte.

»Ich bin weder psychisch labil, noch vollständig bekloppt, Paul. Du kannst also ganz normal mit mir reden und umgehen.« Zu meinem Entsetzen bebte meine Stimme leicht.

»Okay ...« Schon wieder dieser lauernde Unterton.

»Paul, hör auf damit. Ich habe dich etwas gefragt und erwarte jetzt gefälligst deine Antwort.«

»Das stimmt nicht, Clara«, verbesserte er mich. »Du hast mir etwas mitgeteilt. Als Frage habe ich das wahrhaftig nicht aufgefasst.«

Innerlich zählte ich bis zehn, damit ich äußerlich gelassen bleiben konnte. Das Spielchen kannte ich zu Genüge und ich wusste, wenn Paul erst damit begann, mir das Wort im Mund umzudrehen, dann uferte das Gespräch ins Unendliche aus.

»Frage oder Ansage, das ist mir relativ egal. Mich interessiert deine Meinung, Paul. Nichts anderes.«

Nach dem dritten tiefen Schluck war er dann auch endlich bereit, mir diese mitzuteilen. Oder auch nicht.

»Ich habe keine Meinung dazu«, erklärte er trocken. »Denn ich bin davon überzeugt, dass das Ganze nichts anderes ist, als eine Idee, die dir aus verständlicher Panik kurzweilig durch den Kopf schwirrt. Wenn du aber in Ruhe darüber nachgedacht hast, wirst du selbst zu dem Entschluss kommen, dass es völlig unmöglich ist.«

»Also was willst du mir damit sagen? Dass du dagegen bist?«

Trotz blitzte in Pauls Miene auf. Er antwortete mir nicht, sondern pulte mit dem Zeigefinger das Etikett von der Bierflasche ab. Fein säuberlich Schnipsel für Schnipsel. Offensichtlich sah er das Gespräch als beendet an.

Am liebsten hätte ich ihn angeschrien, so teilnahmslos saß er da. Doch dann fiel mir plötzlich auf, was ich schon am Montagmorgen kurz bemerkt hatte, Paul sah nicht teilnahmslos aus sondern abgespannt. Zwischen seinen Augenbrauen waren zwei kleine Falten, die ich vor kurzem dort noch nicht entdeckt hatte, und die Züge um seinen Mund erschienen mir ungewöhnlich hart – fast schon ein bisschen verbittert.

Bislang hatte ich seine ungewöhnliche Blässe auf die Tatsache zurückgeführt, dass er mir ja noch die Hiobsbotschaft wegen China überbringen musste. Doch je länger ich ihn betrachtete, desto mehr wurde mir bewusst, dass da noch etwas anderes war. Irgendetwas bedrückte ihn.

»Wenn du es unbedingt so formulieren möchtest«, sagte er schließlich, »ja, dann bin ich wohl dagegen.«

»Okay.« Ich schluckte. »Verstehe.«

»Clara, bitte versteh mich nicht falsch. Ich bin der Letzte, der kein Verständnis dafür hat, dass du auch beruflich deinen Weg gehen möchtest, trotz Kinder. Ich bin keiner von diesen selbstverliebten Machos, die auf klare Rollenverteilung pochen und das weißt du auch.«

Er sah mir offen in die Augen und bei all dem Frust und auch der langsam immer mehr aufkeimenden Sorge, war ich zu ehrlich, als dass ich irgendetwas anderes hätte tun können, als zu nicken.

»Aber der Zeitpunkt ist mehr als ungünstig, um ein Geschäft zu eröffnen. Sieh den Tatsachen bitte ins Auge. Drei Kinder, ich bin zu selten daheim, um dir eine Hilfe zu sein. Deine Eltern wohnen auch zu weit entfernt, und was Katja betrifft, sie scheint ja ziemlich rücksichtslos ihr eigenes Ding zu machen und wird dir also auch nicht gerade zur Seite stehen können. Lass uns doch erst einmal die Schwangerschaft abwarten, und das Kind geboren und aus dem Gröbsten heraus sein. Dann können wir uns doch noch mal gemeinsam darüber Gedanken machen. In Ruhe.«

»Aber das ist ja noch eine Ewigkeit hin.« Zu meiner Bestürzung stiegen mir Tränen in die Augen, die ich hektisch versuchte wegzublinzeln. »Bis dahin ist Katjas Laden längst wieder vermietet. Womöglich an jemanden, der einen Teeladen eröffnet hat, der dann ganz phantastisch läuft, weil er schlicht und ergreifend absolut Konkurrenzlos in unserer Kleinstadt ist. Glaubst du denn, Paul, ich bin wirklich so blauäugig, dass ich nicht längst darüber nachgedacht hätte?! Ich weiß genau, wie viel Arbeit es bedeutet, so etwas aufzuziehen. Das habe ich schließlich jahrelang als Zentraleinkäuferin gemacht, in meinem Leben vor dem Hausfrau- und Mutter-Dasein. Ich kenne mich aus, und zwar verdammt gut.«

»Ach, Clara.« Paul seufzte. »Wenn die Umstände nur etwas anders wären, ich nicht unter so einem wahnsinnigen …«

»Paul, warte bitte mal. Kann es sein, dass du dich in erster Linie so, wie soll ich es am besten ausdrücken, reserviert verhältst, weil du von meiner erneuten Schwangerschaft alles andere als begeistert bist? Ist es möglich, dass du gar kein drittes Kind möchtest?«

Paul zuckte zusammen, als ob ich ihm einen heftigen Schlag mitten ins Gesicht verpasst hätte.

»Wie kannst du nur so etwas denken! Ich liebe das Kleine in deinem Bauch schon jetzt von ganzem Herzen. Genauso wie Lilli und Luzie. Wenn ich könnte, wenn ich die freie Wahl hätte, dann würde ich nicht einen einzigen Tag ohne euch sein. Weißt du denn gar nicht, wie schwer es für mich ist, immer unterwegs und damit getrennt von euch zu sein?«

»Ehrlich gesagt … nein«, gab ich kleinlaut zu.

Erneut zuckte Paul zusammen, diesmal sogar noch eine Spur betroffener. »Oje, Clara«, murmelte er. »Oje …«

Ich schämte mich zwar ein bisschen, aber ganz ehrlich, der Gedanke war mir tatsächlich noch nicht gekommen. Paul hatte es aber auch bisher mit keiner einzigen Silbe erwähnt, oder auch sonst nie den Anschein erweckt, dass er unter der Situation litt.

Seitdem wir uns kannten, hatte er mir von seinem Job und den damit verbundenen Reisen vorgeschwärmt. Wenn Paul über eines seiner Bauwerke schwadronierte, kam er mir jedes Mal wie ein kleiner Junge vor, der gerade den größten Legoturm aller Zeiten in seinem Kinderzimmer aufgebaut hatte. Doch, sobald es sich um so belanglose Dinge wie die Wahl des Kindergartens für die Mädchen oder den Besuch einer musikalischen Frühfördergruppe drehte, wurde aus dem begeisterungsfähigen Riesen-Lego-Turm-Architekten im Handumdrehen ein leicht gelangweilter Entscheide-du-Clara-Sager.

Auch war mir bisher niemals aufgefallen, dass ihm der Abschied von uns fast das Herz rausgerissen hätte. Ich war mir zwar sehr sicher, dass Paul seine drei Mädels (wie er uns immer nannte) über alles liebte (daran zweifelte ich wirklich nicht!), doch seine Freiheit, und damit eben auch die Zeit ohne uns, war ihm verdammt wichtig.

Beim besten Willen konnte ich mir meinen Ehemann nicht in der Rolle eines übereifrigen Familienvaters wie zum Beispiel Karsten, der Mann von Julia, vorstellen. Paul jeden Tag um acht im Büro und spätestens um fünf wieder daheim, um dann zum Kindergartenbasar oder Mutter-Kind-Turnen zu schlappen, niemals. So war er nun mal nicht und womöglich wollte ich ihn so auch gar nicht haben.

Doch wie er jetzt vor mir am Tisch saß, die Augen leicht gerötet, als müsse er, wie ich vorhin, die Tränen wegblinzeln, der sonst so volle Mund nur ein schmaler Strich und diese nicht übersehbare fast schon kalkweiße Blässe unter seiner gebräunten Haut, plötzlich stach mich das schlechte Gewissen.

Sollte ich mich in meinem Mann wirklich so getäuscht haben? War er in Wirklichkeit ein ganz anderer, der sich täglich nach einem warmen Heim und einer entzückenden Familie sehnte, anstatt auf irgendwelchen zugigen Brücken in schwindelerregenden Höhen herumzuturnen?

Und dann türmte sich auch schon die nächste Frage vor mir auf: Und, Clara, wenn das so wäre, wie würdest du das denn finden?

Natürlich hatte ich mir immer gewünscht, dass Paul etwas kürzer tritt, aber einen Mann zu haben, der pünktlich um fünf aus dem Büro nach Hause kommt und Familie und Haus in bester Verfassung erwartete, das war dann doch eine ziemlich gewöhnungsbedürftige Vorstellung für mich.

»Keine Sorge.« Paul lächelte mich an. »Ich wollte dir damit jetzt nicht durch die Blume zu verstehen geben, dass ich demnächst vorhabe, einen Bürojob anzunehmen und dir und den Mädchen nach Büroschluss keinen Millimeter mehr von der Seite zu weichen.«

Oh mein Gott, konnte Paul etwa meine Gedanken lesen?

Ich spürte, wie mir die Verlegenheitsröte ins Gesicht schoss. »Das-das wäre doch aber ganz wunderbar«, krächzte ich.

Paul lachte, nein, er lachte mich aus! Weil er mich nämlich durchschaut hatte. Und darum schämte ich mich noch mehr und tat etwas total Kindisches, Unreifes, und ja, auch extrem Berechnendes: Ich sprang von meinem Stuhl auf, sprintete regelrecht um den Tisch herum und sank auf Pauls Schoß. Sekunden später presste ich meine Lippen auf seine und kurz darauf trug Paul mich zum Sofa rüber.

Tolle Konfliktlösung. Schäm dich, Clara Obermueller!

Am besten gleich bis nach Feuerland.

KAPITEL 9

Man muss glücklich sein,
um glücklich zu machen,
und man muss glücklich machen,
um glücklich zu bleiben.
Maurice Maeterlinck

Als Paul am Donnerstagmorgen ins Taxi stieg, das ihn zum Flughafen bringen würde, war alles wieder gut zwischen uns. Sofern man von *gut* reden konnte, wenn sich der Ehemann für mindestens vier Monate nach China verabschiedete.

Zuvor hatte er mich noch zu meiner Gynäkologin begleitet und sich bei Frau Doktor Riemknecht-Dose ausführlich vergewissert, dass es Mutter und Kind prächtig ginge. Danach hatten wir gemeinsam die Mädchen aus dem Kindergarten abgeholt und waren zu unserem Lieblingsitaliener Mittagessen gegangen. Lilli und Luzie hatten sich wie zwei absolute Bilderbuchkinder benommen, und Paul war mir selten so glücklich und gelöst vorgekommen.

Erst beim Rausgehen war uns Katja aufgefallen, die an einem der hinteren Tische saß, die sich etwas versteckt in einer Nische befanden. Sie war in Begleitung eines dunkelhaarigen jungen Mannes, von dem ich sofort ahnte, dass es sich bei ihm um Ramón handelte.

»Das ist also der Grund für die Schließung von Fashion Point«, raunte Paul mir leise zu. In seiner Stimme schwang leiser Vorwurf mit.

»Nein!«, behauptete ich felsenfest. »Natürlich nicht! Ramón ist nichts weiter als Katjas zukünftiger Angestellter.«

»Aha.« Paul nickte wissend. »So nennt man das heute.«

»Das brauchst du jetzt gar nicht so komisch zu betonen, Paul, denn es entspricht der absoluten Wahrheit.«

»Und deshalb sitzen die beiden auch ganz hinten in der ruhigsten Ecke, wo sie schön ungestört sind und nicht gesehen werden.«

»Zufall!«, erklärte ich.

Paul grinste anzüglich, als Katja ihrem Angestellten im nächsten Moment die Arme um den Hals schlang und die beiden sich dermaßen hemmungslos küssten, dass ich im Laufschritt das Restaurant verließ.

»Total harmlos und rein geschäftlich«, zog mich Paul vor der Tür auf.

Ich biss mir auf die Unterlippe und ersparte mir lieber jeden weiteren Kommentar dazu.

Den Nachmittag hatten wir dann auf dem Spielplatz verbracht, und als es für die Mädchen Zeit war, ins Bett zu gehen, hatte Paul eine nach der anderen liebevoll umarmt und ihnen aufgetragen, gut auf die Mami und ihr kleines Geschwisterchen aufzupassen. Das Thema Teeladen hatten wir mit keiner Silbe mehr angesprochen.

Paul winkte mir vom Beifahrersitz zu, während das Taxi sich immer weiter von unserem roten Schwedenhäuschen entfernte, in der Gewissheit, dass ich meine Idee mit der Selbständigkeit unter den erschwerten Bedingungen längst wieder aufgegeben hatte.

Doch damit lag er komplett falsch, ich dachte keineswegs daran. Im Gegenteil, meine Entschlossenheit war sogar noch gewachsen.

Und nicht nur das, ich hatte inzwischen mit Doro telefoniert und ihr kurz von meinem Plan erzählt und davon, welche Rolle sie dabei spielen sollte. Gleich nachdem ich mit Maya eine große Runde gedreht und die Mädchen mit dem

Auto in den Kindergarten gebracht hatte, kaufte ich beim Bäcker eine Platte Streuselkuchen. Um zehn Uhr wollte Doro zu mir kommen, und Streuselkuchen liebte sie über alles.

Pünktlich auf die Minute klingelte es an der Haustür und als ich Doro öffnete und ihr vor Aufregung gerötetes Gesicht vor mir hatte, konnte ich nicht anders, als sie erst einmal zu umarmen.

»Ich bin so froh, dass du mich gestern am Telefon nicht ausgelacht hast«, erklärte ich. Und ganz genauso war es auch.

»Deine Stimme hat schon recht abenteuerlich geklungen«, wandte Doro ein. »So gedämpft. Als ob du unter die Supergeheimagenten gegangen wärst.«

Ich lachte. »Ein wenig ist es ja auch so, Paul durfte auf keinen Fall etwas von dem Anruf mitbekommen und der saß im Nebenzimmer und hat mit den Mädchen gespielt.«

»Ähm … und warum?« Doro sah mich verdutzt an.

»Möchtest du nicht erst einmal reinkommen«, schlug ich ihr vor. Schließlich standen wir noch immer in der geöffneten Haustür, und das war wahrhaftig kein guter Platz für ein derartig heikles Thema, fand ich.

Um uns perfekt auf das Gespräch einzustimmen, hatte ich den Tisch mit meinem schönsten Teegeschirr gedeckt. Die bauchigen weißen Tassen mit den kleinen Sonnenblumen standen auf den dazugehörigen Stövchen und passten ganz hervorragend zu den schlichtweißen Kuchentellern. Natürlich hatte ich dazu Servietten im Sonnenblumenmuster ausgewählt und auch bei der Teesorte nichts dem Zufall überlassen.

»Hm …«, schwärmte Doro. »Der duftet ja köstlich.«

Ich lächelte zufrieden. »Die Sorte heißt Samba Pa.«

»Und was ist da alles drin?«, wollte Doro erfahren, während sie vorsichtig an ihrer Tasse nippte.

»Grüner und schwarzer Tee, Sonnenblumenblüten, Kolanuss und ein bisschen tropfenfruchtiges Aroma«, erklärte ich und spürte, wie sich mein Herzschlag beschleunigte. Ich liebte es, mich über Tee zu unterhalten.

»Wirklich köstlich«, wiederholte Doro.

Alles lief nach Plan. Mein Grinsen hätte locker bei jedem Sonnenscheinwettbewerb gewonnen, denn Doro reagierte ganz genauso, wie ich es mir erhofft hatte.

»Aber nun erzähl endlich, Clara, seit gestern bin ich total neben der Spur. Du fragst mich, was ich von einem Ganztagsjob in einem Teeladen halten würde, ich sage, viel, und dann vertröstest du mich auf heute und legst einfach wieder auf. Ist dir eigentlich klar, wie mir anschließend der Kopf geschwirrt hat? Ich meine, bis zu deinem Anruf war ich arbeitslos, daran hat Katja keinen Zweifel gelassen, und im nächsten Moment sieht es so aus, als ob ich bald sogar noch mehr arbeiten könnte.«

Doro hatte sich richtig in Fahrt geredet, so aufgeregt kannte ich sie gar nicht.

Beruhigend legte ich ihr meine Hand auf die Schulter und lächelte sie entschuldigend an. »Sorry, das wollte ich natürlich nicht. Also dass du total durcheinander durch die Gegend rennst und so.«

»Ganz so schlimm war es nun auch wieder nicht«, wiegelte Doro schmunzelnd ab.

»Dann ist ja gut«, fand ich.

Doro nickte. »Kannst du mir jetzt aber bitte endlich sagen, was los ist?!«

Diesmal nickte ich und erzählte ihr dann erst einmal sehr ausführlich von meinem alten Job als Zentraleinkäuferin für ein großes Filialunternehmen und meine Erfahrungen, die ich in dieser Zeit ganz besonders mit dem Einkauf von Tee und dem dazugehörigen Sortiment gesammelt hatte. Auch die noch guten Kontakte zu zwei, drei Lieferanten ließ ich nicht unerwähnt. Zum Schluss erzählte ich ihr, wie Katja mir spontan angeboten hatte, den Mietvertrag zu übernehmen.

»Erst habe ich sie für komplett verrückt erklärt, denn so einen Laden eröffnet man ja schließlich nicht einfach so. Doch dieser Vorschlag hat bei mir etwas in Gang gesetzt, und je intensiver ich darüber nachgedacht habe, desto mehr gefiel er mir.«

»Soso«, machte Doro nur. Es war eindeutig ein wohlwollendes Soso.

Ich holte tief Luft. »Der Aushilfsjob im Jeansladen hat mir immer Spaß gemacht. Aber natürlich hat er mich nicht wirklich ausgefüllt. Weißt du, Doro, ich wollte schon lange irgendwie wieder mehr machen. Doch das ist mir wirklich erst so richtig klargeworden, als Katja es mir quasi auf den Kopf zugesagt hat. Nur alleine kriege ich das nicht geregelt, denn wegen der Mädchen kann ich nur vormittags selbst im Laden sein und, na ja, eventuell eine gewisse Zeit lang auch mal gar nicht. Darum brauche ich jemanden, auf den ich mich voll und ganz verlassen kann.«

Erstaunt zog Doro die Augenbrauen hoch. »Und da hast du an mich gedacht?«

»So ist es«, nickte ich. »Ich könnte mir keine Bessere vorstellen.«

Doro seufzte schwer und fuhr sich mit beiden Händen durch ihre knallroten Haare.

»Aber ich verstehe doch gar nichts von Tee«, sagte sie, wie zu sich selbst.

»Ich werde dir alles beibringen, was du wissen musst«, versicherte ich ihr. »Du wirst sehen, wenn wir in fünf, sechs Wochen eröffnen, dann bist du Vollprofi.«

»Fünf, sechs Wochen?« Doro bekam Augen so groß wie Golfbälle. »Aber wie willst du das denn alles so schnell schaffen?«

»Keine Sorge«, ich versuchte zumindest lässig zu winken. »Ich habe schon alles durchgeplant und sicherheitshalber mit den Lieferanten Kontakt aufgenommen. In den nächsten Tagen trudelt hier so einiges an Katalogen und Bestellformularen und auch ein paar Muster ein und dann können wir auch bald durchstarten.«

Noch einmal seufzte Doro tief, bevor sie sich sehr konzentriert ihrem Streuselkuchen widmete. Ich sah ihr dabei zu, zog kurz in Erwägung, mir selbst auch ein Stückchen zu nehmen, doch die Vernunft siegte. Obwohl der Zwerg in meinem Bauch höchstens vier Gramm wog, hatte meine Waage heute Morgen schon drei Kilo mehr angezeigt.

»Und warum durfte dein Mann nun von unserem Telefonat nichts wissen?«, fragte Doro.

»Weil er dagegen ist«, erklärte ich und versuchte dabei dennoch zuversichtlich und beschwichtigend zu klingen.

»Ach ja?«, staunte sie.

»Absolut!«

Ich bugsierte Doro ein weiteres Stück Streuselkuchen auf den Teller und schenkte ihr auch von dem Tee nach.

»Aber wenn der Laden erst mal eröffnet ist und gut läuft, dann wird Paul seine Meinung schon noch ändern«, da war ich mir ziemlich sicher.

Schweigen. Doro beäugte mich recht seltsam.

»Was?«, fragte ich leicht beunruhigt. Doro würde mir doch jetzt wohl keinen Korb geben, nur weil Paul nicht mitziehen wollte? Mir wurde ganz mulmig bei dem Gedanken. Ich brauchte Doro. Ohne sie konnte ich das Ganze gleich komplett vergessen und begraben. Und außerdem, wenn sie bei mir arbeitete, dann könnte sie Lauryns Brakets auch weiterhin bezahlen. Dachte sie denn gar nicht an ihre junge, unschuldige Tochter, die sich nichts mehr auf der Welt als grade Zähne wünschte?!

»Das klingt nach einem ziemlich großen … Risiko«, sagte Doro schließlich sehr vorsichtig.

Ich beschloss, Doros Bedenken einfach munter wegzuplappern. »Mach dir deshalb bloß keine Sorgen, ich kenne Paul, der kriegt sich auch wieder ein. Normalerweise hätte er das Ganze bestimmt auch nicht so eng gesehen. Ich meine, er ist ja selbst jemand, der die Herausforderung liebt und auch braucht. Aber er hat halt ein bisschen daran zu knabbern, dass ich wieder schwanger bin und da …«

»Du bist was?«, schnitt mir Doro mit leicht hysterischer Stimme das Wort ab.

Ich deutete ein Nicken an. »Ist das ein Problem für dich?«

Hallo? Was sollte denn jetzt bitte schön dieser entsetzte Gesichtsausdruck? Schließlich bekam ich das Kind und nicht sie.

Abrupt stand Doro vom Tisch auf, raffte ihre Tasche an sich und machte Anstalten zu gehen.

»Clara, bitte sei mir nicht böse, aber ich muss jetzt erst mal in Ruhe über alles nachdenken.«

»Ja, okay, wenn du das sagst, dann ist es wohl so.« Ich konnte nicht verhindern, dass ich verletzt klang.

Zwei Minuten später stand ich am Küchenfenster und sah der davoneilenden Doro nach, während ich mich fragte, ob sie womöglich dachte, dass Schwangerschaft ansteckend sei? Warum sonst hatte sie gerade derart fluchtartig das Haus verlassen?

Ich hatte gerade mit den Mädchen zu Mittag gegessen und dabei aus Frust viel zu viel von dem Kräuterbaguette in mich hineingestopft, als es an der Haustür Sturm klingelte.

Instinktiv dachte ich an Gesina, die Matschkuh-Super-Mutti, und bedachte Lilli mit vorwurfsvollem Blick. »Hast du etwa wieder zu Maxima irgendwas Böses gesagt?«

Lillis schmale Schultern gingen leicht nach vorne und mir schwante Schreckliches. »Oh nein, Lilli. Ich habe dich doch ausdrücklich darum gebeten, dich von Maxima fernzuhalten«, erinnerte ich sie.

Trotzig schob Lilli die Unterlippe vor. »Das hab ich auch gemacht. Aber dann hat sie Luzie voll fies geschubst, und das nur, weil ich gesagt habe, dass es mir total egal ist, dass sie schon lesen kann und ich nicht.«

»Die hat was gemacht?«, regte ich mich auf der Stelle auf.

Lilli legte, in einer unglaublich rührenden Geste, ihrer kleinen Schwester den Arm um die Schultern und nickte mit ihr im Takt.

»Ich hab sogar geweint«, wisperte Luzie und schniefte ein wenig wie zum Beweis.

»Na warte«, knurrte ich und stampfte zur Tür. Der würde ich jetzt erstmal gewaltig meine Meinung geigen, dieser … dieser … dussligen Kotzkackkuh von einer Supermutter.

»Was ist?«, keifte ich los, noch bevor ich die Tür ganz aufgezogen hatte und erkannte, dass die Frau vor mir nicht Gesina, sondern die reichlich geknickte Doro war.

Meine eben noch so unbändige Wut schrumpfte zusammen wie ein Luftballon, in den man hineingestochen hatte.

»Doro, du?«

»Ja, ich.« Sie klang etwas verschreckt. Dann räusperte sie sich und brachte schließlich krächzend hervor: »Ich wollte dir nur sagen, dass ich gern bei dir im Teeladen arbeiten möchte.« Sie stockte, schluckte, schluckte noch mal und fügte mit unsicherer Stimme hinzu: »Wenn du mich jetzt überhaupt noch haben willst?«

»Natürlich, ich meine, liebend gern, Doro«, jubelte ich.

Augenblicklich entspannten sich ihre Züge. »Da bin ich aber erleichtert.«

»Und ich erst«, erklärte ich. Überschwänglich zog ich sie in meine Arme. »Du glaubst gar nicht wie.«

Teeladen, ich komme!

KAPITEL 10

Es gibt Glückspilze,
die fallen zwar auf die Nase,
aber sie finden dabei noch etwas.
Aus dem Senegal

Am nächsten Morgen rief ich als Allererstes bei Katja an, um sie zu bitten, heute Vormittag in den Jeansladen zu kommen. Ich musste arbeiten und fand die Gelegenheit passend, mit ihr die Details wegen der Mietvertragsübernahme zu besprechen.

Eigentlich hatte ich sie gestern Abend noch anrufen wollen. Doch, als Doro kurz vor neun endlich nach Hause gegangen war, konnte ich vor lauter Erschöpfung nur noch ins Bett sinken.

Stundenlang hatten wir uns die Köpfe heiß geredet, Pläne geschmiedet, Dinge angedacht und wieder verworfen, albern gekichert, das Babyzimmer gedanklich eingerichtet, zwischendurch mit den Mädchen gespielt und dabei geredet, geredet und noch mehr geredet. In unserer Euphorie ergänzten wir uns prima, und das verlieh mir noch mehr Sicherheit, dass ich ganz genau das Richtige tat. Auch wenn es verrückt war, aber wie sagte mein lieber Vater immer: Vernünftig können wir auch noch morgen sein … oder übermorgen … oder irgendwann.

Leider ging bei Katja zu Hause nur der Anrufbeantworter an. Ihr Handy war sogar ganz ausgeschaltet. Also hinterließ ich ihr eine Nachricht, dass sie mich bitte im Laden anrufen solle, oder noch besser, gleich persönlich vorbeikommen möge.

Um kurz vor zwölf schneite sie dann auch tatsächlich zur

Tür herein. Allerdings nicht allein. Ramón war an ihrer Seite – und wenn ich sage an ihrer Seite, dann meine ich das wörtlich, denn er klebte regelrecht an ihr. Der Typ konnte scheinbar nicht eine Sekunde seine Finger von ihr lassen, und Katja schien das in vollen Zügen zu genießen. Sie kicherte und quiekte, sie säuselte und schnurrte, und ich sah ihr dabei zu, und erkannte meine Freundin nicht mehr.

Sie kam mir wie fremdgesteuert vor. Und, dass sie und ihr heißblütiger Ramón auch von anderen Menschen außer mir dabei gesehen werden konnten, wie sie nur schwer davon abzuhalten waren, sich gegenseitig die Klamotten vom Leib zu reißen, schien ihr absolut egal zu sein.

Irgendwann gelang es mir dann aber, einen Moment allein mit ihr zu reden.

»Katja, bist du jetzt völlig bescheuert?!«, blaffte ich sie sofort an, nachdem ich sie in unseren Aufenthaltsraum gezogen hatte. »Was meinst du, wenn dich einer sieht? Ich meine, hier weiß doch schließlich jeder, dass du die Frau von Georg bist, die Frau vom beliebten Herrn Doktor. Da ist es doch nur eine Frage der Zeit, wann irgendeiner ihm das zwitschert.«

Mit einem überheblichen Lächeln legte Katja mir die Hand auf die Schulter. »Nun beruhig dich mal, Clara, Georg weiß längst Bescheid.«

»Längst? Hallo? Letzten Sonntag war davon aber noch nicht die Rede.«

»Tja.« Katja schnalzte mit der Zunge. »So schnell können Dinge sich ändern.«

»Ähm … Katja, hallo, ich bin's, deine Freundin Clara. Kannst du jetzt bitte mal wieder normal mit mir reden?!«

Statt auf der Stelle reuevoll die Kurve zu kriegen, lachte Katja schrill und eindeutig spöttisch kurz auf. »Ich bin so normal wie nie zuvor in meinem Leben, Clara. Endlich!«

»Aber ich erkenne dich nicht wieder, Katja.« Ich konnte nur fassungslos den Kopf schütteln.

Katja wollte auf meine tiefsinnige Bemerkung scheinbar nicht eingehen. Mit herablassendem Lächeln erklärte sie mir: »Wo wir gerade über sich plötzlich verändernde Begebenheiten reden: Ramón und ich haben beschlossen, das Yogazentrum gemeinsam zu eröffnen. Als gleichberechtigte Partner. Und auch nicht hier, sondern auf Mallorca.«

Ich konnte vor lauter Schreck nichts sagen. Katja war völlig durchgeknallt. Verrückt. Hormongesteuert. Was war bloß seit letztem Sonntag mit ihr passiert?

»Das glaube ich nicht.« Endlich fand ich meine Stimme wieder. »Du nimmst mich doch auf den Arm?«

»Princesa!« Ramóns kehlige Stimme wurde im Laden laut. »Wo bleibst du denn? Ich habe Sehnsucht nach dir.«

Oh Schande!

Katja schwebte aus dem Aufenthaltsraum hinaus, bevor ich auch nur Luft holen konnte.

Einen Moment brauchte ich, um mich zu sortieren, dann flitzte ich ihr hinterher.

Am Tresen waren bereits wieder wilde Umarmungen und sanftes Gesäusel angesagt.

»Du machst mich total verrückt, mi amor«, keuchte Ramón.

»Und du mich«, gurrte Katja mit laszivem Augenaufschlag.

Die würden es doch wohl nicht wagen? Nein, das traute ich Katja nicht zu. Oder doch?

Hölle, jetzt wanderte Ramóns unerhörte Hand unter Katjas Bluse, und zwar von vorne, während die andere damit beschäftigt war, den Po meiner Freundin durchzukneten.

Katja entfuhr ein leidenschaftlicher Seufzer, und mir wurde es endgültig zu bunt.

»Aufhören!«, rief ich empört. »Ihr unterlasst sofort dieses Rumgemache, Katja, sonst schwöre ich dir, rufe ich Georg an.«

Das würde ich natürlich im Leben nicht tun. Schließlich wollte ich keinesfalls Zeugin eines wilden Handgemenges werden – wobei, Georg würde bestimmt keine Gewalt anwenden. So etwas war unter seinem Niveau. Doch dafür würde er den feurigen Ramón bestimmt mit Worten attackieren, die der wiederum nicht kapierte, und sich dann in seiner geistigen Unterlegenheit gezwungen sah, dem affektierten Doktor der Gynäkologie und des Zynismus einen ordentlichen Wumms zu verpassen. Das führte folglich zu jeder Menge Blut, was ich aber nicht sehen konnte, und somit ohnmächtig werden würde. Außerdem bekäme ich dann bestimmt heute nicht mehr die Möglichkeit, mit Katja die Sache wegen der Mietvertragsübernahme zu regeln. Und nur darum hatte ich sie schließlich gebeten, in den Laden zu kommen – aber, damit zu drohen, empfand ich als absolut legitim in meiner Situation.

Und die erhoffte Wirkung ließ auch tatsächlich nicht lange auf sich warten.

Mit einem bedauernden Lächeln löste Katja sich aus der leidenschaftlichen Umarmung ihres Superlovers. »Ramón, Liebster, würde es dir etwas ausmachen, wenn du schon mal zum Italiener vorgehst? Ich muss hier noch kurz etwas klären.«

Ramón erweckte zwar den Eindruck, als ob ihm die Trennung von seiner Gespielin einen fiesen, hinterhältigen, nie wieder gutzumachenden Stich versetzte, aber er trollte sich tatsächlich. Natürlich erst, nachdem er Katja einen letzten Kuss gegeben hatte, der alles war, aber bestimmt nicht jugendfrei.

Als Ramón endlich von der Bildfläche verschwunden war, verirrte sich erst noch eine Kundin in den Laden, die sich ewig lang umsah, sämtliche Klamotten inspizierte, um dann doch nichts zu kaufen.

Dann waren wir endlich allein.

»Hör mir genau zu, Clara, ich werde es nur einmal sagen.« Mit Grabesstimme- und blick wendete Katja sich mir zu. »Drohe mir nie wieder. Hörst du, mach das nicht noch mal, Clara. Sonst sind wir die längste Zeit Freundinnen gewesen!«

Zunächst war ich zu überrascht, um etwas zu erwidern. Dann aber erklärte ich so entspannt, wie es mir nach einer derartig heftigen Zurechtweisung möglich war: »Es war nicht meine Absicht, dir zu drohen, Katja. Aber du verstehst bitte auch, dass ich dir und deinem Ramón nicht beim Sex auf dem Tresen zusehen möchte, oder?!«

Einen bitteren Moment lang herrschte düsteres Schweigen zwischen uns. Dann schlug sich Katja mit der flachen Hand an die Stirn und fing unvermittelt zu lachen an.

»Verdammt, Clara, was tun wir hier eigentlich?«

Ich zuckte die Schultern. »Uns streiten.«

Katja nickte nachdenklich. »Das erste Mal, seitdem wir uns kennen.«

Fragend sah ich sie an. »Das klingt so, als ob du es bedauern würdest?!«

»Nein.« Katja schüttelte den Kopf. »Das tue ich nicht. Es war vielleicht längst fällig und womöglich gehört es zu dem Prozess, in dem ich mich gerade befinde, dazu.«

»Prozess?«

Ich gab mir wirklich die größte Mühe, aber so ganz konnte ich ihr nicht folgen. Diese ständigen Stimmungswechsel und Gedankensprünge, ihre Angst wegen Leander, ihren Frust wegen Georg und ihre Kopflosigkeit wegen Ramón. Dabei war ich doch diejenige, deren Hormone gerade Kettenkarussell fuhren, hatte ich bisher gedacht.

Katja stemmte sich die Hände in die Seiten und streckte den Rücken durch. Die Bluse war so eng, dass ich nicht übersehen konnte, dass sie keinen BH darunter trug.

»Meinen Abnabelungsprozess von dem Leben, das ich so nie gewollt habe.«

Ich konnte nicht anders, auch wenn sie es mir verdammt übel nehmen würde, ich musste sie an ihren Sohn erinnern. Oder war das auch etwas, was sie so nie gewollt hatte?

»Und was ist mit Leander?«

Doch Katjas Züge wurden nicht ärgerlich, sondern ganz weich, als sie mit sanfter Stimme erklärte: »Leander ist das größte Geschenk für mich, und dass es ihn gibt, dafür werde ich Georg ewig dankbar sein. Ich habe ganz offen und ehrlich mit Leander über alles gesprochen. Auch über Ramón und unsere gemeinsamen Pläne. Er hat mich sogar ermutigt, diesen Schritt zu gehen.«

»Dann ist ja gut«, murmelte ich – und fragte mich dennoch, wann Katja all das getan und geregelt haben wollte. Am Sonntag war nicht die geringste Rede davon gewesen. Klar, sie hatte von Ramón geschwärmt, und ich hatte schon begriffen, dass sie in ihm mehr als nur ihren zukünftigen Mitarbeiter sah. Aber alles andere war mir neu. Absolut!

»Leander ist zunächst zu einem Freund gezogen, bis er eine eigene Wohnung gefunden hat. Ich werde ihn natürlich dabei unterstützen, und, ob du es glaubst oder nicht, Georg hat sogar zugesagt, dass er Leander für die Dauer der Ausbildung die Wohnung bezahlt.«

Wann war das geschehen? WANN? Entweder rasend schnell oder Katja log mir gerade die Hucke voll und ich Schaf kaufte ihr das gutmütig ab.

Nein.

Nein!

Oder doch?

Katja räusperte sich. »Aber genug jetzt davon, du wolltest mit mir reden, Clara. Darum bin ich eigentlich nur hierher gekommen.«

Rummms! Und schon wieder Themen- und Stimmungswechsel. Ich konnte nur staunen. Zumal ich über den ganzen Stress völlig vergessen hatte, was ich eigentlich mit Katja klären wollte. Meine Güte, nach all dem kam ich mir fast ein wenig armselig, beinahe schon bieder vor, dass ich lediglich ein drittes Kind erwartete und dennoch so etwas Abenteuerlich-Verrücktes wagen wollte, wie einen Teeladen zu eröffnen. Okay, hinter dem Rücken meines Mannes. Das verlieh dem Ganzen dann wohl doch einen gehörigen Hauch von Spannung.

»Ob du es glaubst oder nicht, Katja, auch ich war in den letzten Tagen nicht gänzlich unaktiv.«

»So, wirklich?«, sagte Katja, und lachte kurz auf.

Wieder schwang Überheblichkeit in ihrer Stimme mit. Musste sie mir unbedingt darlegen, wie aufregend ihr neues Leben vor ihr lag und wie altbacken meines im Gegensatz dazu war? Dabei stimmte das überhaupt nicht. Im Gegenteil. Mein Leben war bunt und schillernd, es war wild und turbulent und es war spannend – sogar sehr, sehr, sehr!

Ich holte tief Luft, zwang mich selbst zur Ruhe, Gelassenheit und absoluter Streitvermeidung. »Ich habe beschlossen, deinem Rat zu folgen und einen Teeladen zu eröffnen.«

»Schön«, sagte Katja. Mehr nicht.

»Ähm … Katja, hast du mir gerade zugehört?«

Sie rollte die Augen. »Natürlich.«

»Okay«, sagte ich vorsichtig. »Dann bin ich jetzt aber ein wenig, na ja, erstaunt über deine Reaktion.«

Katjas Handy klingelte und mit einem kurzen Blick auf das Display erklärte sie mir: »Das ist Ramón.«

Ich nickte. »Und?«

Katja zog ihre Bluse in Form. »Er wartet nicht gern. Kannst du jetzt also bitte damit herausrücken, was du so wichtiges mit mir besprechen wolltest?«

Ich lachte ungläubig. »Das habe ich doch gerade.«

»Clara, bitte, Ramón wartet.« Genervt stöhnte Katja auf. »Und ich habe auch sonst noch so einiges zu erledigen, wie du dir vielleicht denken kannst?! Komm also endlich auf den Punkt.«

Diese Katja war doof. Diese Katja war bescheuert. Diese Katja konnte unmöglich diejenige sein, die letzte Woche auf meinem Sofa gehockt und fast zwei Flaschen des guten Moselweins geleert hatte.

Trotzdem musste ich jetzt endlich die Sache mit ihr klären. Auch wenn ich viel lieber ihre Oberarme umfasst, und sie ordentlich durchgeschüttelt hätte.

»Ich wollte dir damit sagen, dass ich auf dein Angebot eingehen werde und den Mietvertrag von Fashion Point übernehme.«

»Tja, wenn du damit mal gleich rausgerückt wärst, Clara, dann hätten wir uns beide eine Menge Stress und Zeit sparen können.« Bedauernd verzog Katja das Gesicht. »Der Laden ist längst weitervermietet. An einen Bekannten von Ramón. Der übernimmt sogar sämtliche Ware und das Inventar. Damit bleibt mir der lästige Räumungsverkauf erspart und ich werde die teure Einrichtung zu einem wirklich sensationellen Preis los.«

»Nein?!«, keuchte ich fassungslos.

»Doch!«, erklärte Katja trocken.

»Aber du hast ihn doch mir angeboten?!«

»Stimmt. Und du hast das Angebot mit dem Wort ›Blödsinn‹ abgelehnt!«

Mist, das stimmte leider auch.

Aber so leicht wollte ich nicht aufgeben. Manches Glück war es wert, dass man darum kämpfte – das stammte übrigens auch von meinem Vater.

»Katja, bitte, überleg es dir doch noch einmal.«

»Okay«, erklärte sie. Ihre Stimme hörte sich nach Einlenken an, sodass ich Hoffnung schöpfte. »Wenn es dir so wichtig ist?!«

»Das ist es mir. Absolut!«

Erneut klingelte Katjas Handy. Sie warf einen Blick aufs Display und vorbei war es mit dem Anflug von Versöhnlichkeit. »Scheiße, das ist Georg. Ich muss jetzt wirklich los.« Schon raffte sie ihre Tasche an sich und eilte zur Tür.

»Aber, oh Gott, warte, Katja, sind wir uns denn nun einig? Ich meine, bekomme ich den Laden?«

Sie hatte den Griff schon umfasst, da drehte sie sich noch einmal zu mir um. »Wenn du mir ein ähnlich gutes Angebot machst, wie Ramóns Bekannter, dann von mir aus.«

Einen Moment lang wusste ich nicht, was ich sagen sollte.

Die Ware übernehmen? Die Regale? Die Ständer? Das Dekomaterial? Den teuren Tresen. Aber all das brauchte ich doch überhaupt nicht!

»Ich … äh … damit kann ich doch nichts anfangen …«

Ungerührt zuckte Katja die Schultern. »Tja, dann tut es mir leid, Clara, aber ich muss auch sehen, wo ich bleibe.«

Dann war sie verschwunden und ich stand einfach nur da und starrte auf die Tür, während das blanke Entsetzen immer mehr Besitz von mir nahm.

KAPITEL 11

Formel meines Glücks: ein Ja,
ein Nein, eine gerade Linie, ein Ziel.
Friedrich Nietzsche

Die nächste Woche verbrachte ich wie in Watte gehüllt. Ich schleppte mich durch die Tage, erledigte, was zu erledigen war, kümmerte mich um die Mädchen, ging mit dem Hund Gassi, putzte, kochte, wusch, fand auch immer wieder einen ruhigen Moment, in dem ich die Hände auf den Bauch legte und Kontakt zu dem Zwerg da drinnen aufnahm, und telefonierte Abend für Abend mit Paul. Der wunderte sich allerdings etwas über meine wohl hörbare Niedergeschlagenheit, die ich jedoch auf die Dauerübelkeit schob, womit er sich dann auch schnell zufrieden gab.

Das Einzige, was ich nicht mehr machte, war im Jeansladen zu arbeiten. Das hatte ich direkt nach dem Gespräch mit Katja eingestellt. Genauso wie Doro, zum einen aus reiner Solidarität zu mir – zum anderen allerdings auch, weil sie Katja in Flagranti mit Ramón im Aufenthaltsraum erwischt hatte.

Der Verlust des Teeladens, den ich zwar bisher nur gedanklich besessen hatte, rumorte ganz schrecklich in mir. Katjas Laden wäre perfekt für mich gewesen, weil die Miete sehr gering und die Lage dennoch erstklassig war. Für andere Objekte in ähnlich guter Lage reichte mein Startkapital einfach nicht aus.

Aber das allein war es nicht, was mir so heftig an der Seele nagte. Vor allem die Enttäuschung über Katja, von der ich sechs Jahre geglaubt hatte, dass sie mich niemals im Stich lassen würde, brannte wie ein Feuer in mir.

Und dann traf ich plötzlich Georg. Völlig unvermittelt

stand er vor mir, als ich gedankenversunken mit Maya an der Leine durch die Feldmark stiefelte.

Zunächst erschrak ich, als er mich ansprach. Dann zuckte ich gleich noch einmal zusammen, als ich ihn erkannte – oder besser gesagt, nicht wiedererkannte.

Trotz seines nicht mehr ganz so taufrischen Alters war Georg immer ein gutaussehender, ja, sogar ziemlich attraktiver Mann gewesen. Das dichte dunkle Haar war lediglich von ein paar grauen Strähnen durchzogen, was ihn noch interessanter erscheinen ließ. Mittelgroß und schlank und stets gut gekleidet.

Doch der Georg, der jetzt vor mir stand, erinnerte eher an einen älteren Mann, dem das Schicksal übel mitgespielt hatte. Instinktiv dachte ich an eine unheilbare Krankheit und war sofort voller Mitleid.

»Hallo Clara, wo kommst du denn so plötzlich her?« Scheinbar war er genauso in Gedanken gewesen wie ich und hatte die Welt um sich herum völlig ausgeblendet.

Er streckte mir die Hand entgegen, die ich nur zögerlich ergriff und mir dabei ein unsicheres: »Oh, Georg, hallo« abrang. Mehr fiel mir beim besten Willen nicht ein.

Selbst Maya schien die etwas gehemmte Stimmung zwischen uns zu spüren, denn sie setzte sich brav neben mich und tat ansonsten nichts. Das war mehr als ungewöhnlich, denn normalerweise freute sie sich über jede Menschenseele, als ob sie auf einen langverschollenen Freund treffen würde.

»Schön hier draußen«, ergriff nun Georg wieder das Wort.

Ich nickte und lief prompt rot an. Wie kindisch, wie teenagermäßig, was war denn bloß mit mir los?

Doch zu meiner Erleichterung bekam Georg von meiner lächerlichen Verlegenheit nichts mit. Der Gute schien gerade auf einem ganz anderen Planeten unterwegs zu sein.

»Als Leander noch kleiner war, bin ich öfters mit ihm hierhergekommen.« Er deutete auf die große Wiese vor uns. »Dort haben wir immer Fußball gespielt.«

Georg und Leander hatten zusammen Fußball gespielt? Dazu brauchte es viel Phantasie, um sich das auch nur im Ansatz vorstellen zu können.

»Katja hat dann immer am Spielfeldrand gestanden und uns angefeuert.« Aus ferner Erinnerung lachte er kurz auf. »Natürlich war sie immer auf Leanders Seite.« Er seufzte schwermütig und fuhr sich dann mit den Händen durch die dichten Haare. »Tja, das war wirklich eine schöne Zeit … damals.«

Ich sah ihn an, und endlich kapierte ich es, der Gute litt an keiner schweren Krankheit, Georg hatte Liebeskummer. Der sonst so selbstsichere Herr Doktor krankte tatsächlich an so etwas Banalem wie schlimmem Herzschmerz, weil Katja mit dem heißblütigen Ramón durchgebrannt war. Was irgendwie erahnen ließ, dass er Gefühle hatte. Und das wiederum überraschte mich total, denn Katja hatte mir all die Jahre sehr glaubhaft vermittelt, dass in Georgs Brust nichts weiter als ein Eisblock wohnte.

Ich nickte und wusste ansonsten nicht, wie ich mich verhalten sollte. Ihn tröstend umarmen? Oder doch lieber behaupten, dass ich es total eilig hätte, und dann schnell das Weite suchen?

Ich entschied mich für die blödeste Möglichkeit von allen. »Und, wie geht es Katja?«

Wenn ich Georg mit Wucht die Faust in den Bauch gerammt hätte, konnte er nicht schmerzvoller getroffen aussehen.

Clara, manchmal bist du dusseliger als der Arzt es erlaubt.

»Sie zieht gerade aus«, würgte er mühsam hervor.

»Das-das tut mir leid.« Natürlich war das nichts weiter als eine Höflichkeitsfloskel. Wobei, so fertig wie Georg war, weit und breit keine Spur von Zynismus in der Stimme, dafür mächtig viel Seelenknick, hatte ich schon etwas Mitleid mit ihm.

»Ist bestimmt besser so«, murmelte ich.

»Mag sein. Trotzdem tut es verdammt weh.« Georg lachte bitter auf.

Hölle! Und ausgerechnet ich musste ihm in derlei Verfassung über den Weg laufen.

»Ich muss dann jetzt auch mal weiter. Maya hat noch kein Häufchen gemacht.« Was für eine lächerliche Erklärung. Dementsprechend musterte Georg mich jetzt auch. »Entschuldige bitte, Clara, es ist ziemlich anmaßend von mir, dich mit meinem Kummer zu belasten. Immerhin bist du Katjas beste Freundin und dar …«

»Wohl eher Ex-beste-Freundin«, kam ich nicht umhin, ihm ins Wort zu fallen.

Erstaunt zog er die Augenbrauen hoch. »Was ist denn passiert?«

Ich zuckte die Achseln. »Das Leben.«

Meine Güte, Clara, was für ein tiefsinniger Spruch.

Und Georg schien ihn prompt kapiert zu haben, denn er nickte wissend. »Oh ja, das Leben kann einen manchmal ziemlich aus der Bahn werfen.«

Diesmal nickte ich. »So ist es.«

Danach herrschte wieder Schweigen. Ich tätschelte Mayas Kopf, Georg starrte nachdenkliche Löcher in die Luft.

»Tja.« Ich räusperte mich. »Jetzt muss ich aber wirklich weiter.«

»Hättest du Lust auf eine Tasse Tee?«, fragte Georg völlig unerwartet und sehr hoffnungsvoll.

Nein. Nein! Absolut, nein!

»Klar doch.« Ich kicherte albern. »Gehen wir zu dir oder zu mir?«

»Besser zu dir, wenn es dir recht ist? Ich möchte ungern auf Katja treffen.« Georg hatte plötzlich Tränen in den Augen, und aus einem mitfühlenden Impuls heraus tätschelte meine Hand statt Mayas Kopf nun Georgs Schulter.

Verdammt!

»Danke.« Er sah mir direkt in die Augen. »Das tut gut.«

»Ähm … ja«, lächelte ich peinlich berührt und zog langsam meine vorschnelle, dumme Hand zurück.

Georg war bisher nur ein einziges Mal bei uns im Kümmelloch gewesen. Kurz nachdem ich Katja kennengelernt und die glorreiche Idee gehabt hatte, doch auch die Männer miteinander zu verkuppeln.

Die Gelegenheit hätte günstiger nicht sein können, denn das Wetter war prächtig, Paul in bester Grilllaune und auch Katjas Gatte fühlte sich nicht abgeneigt, neue soziale Kontakte zu knüpfen (O-Ton, laut Katja).

Um es kurz zu fassen, das Ganze endete in einem Fiasko erster Güte. Georg war mehr als befremdet, als Paul die Grillkohle mit Flüssiganzündern durchtränkte, und auch das sehr kross gegrillte und stark gewürzte Fleisch passte nicht so wirklich zu seinem extrem gesunden Lebenswandel. Prompt verweigerte er die Nahrung und beschränkte sich auf lauwarmes Leitungswasser, was Paul, trotzig wie ein kleines Kind, dazu veranlasste, sechs sehr braune Steaks herunterzuschlingen und mit jeder Menge Bier nachzuspülen.

Den krönenden Höhepunkt erreichte dieser nette Grillabend zu viert, als Paul mit einem demonstrativen Blick in Georgs Richtung laut rülpste. Georg schien in Paul eine Art von kindlichem und provokativem Trotz auszulösen. Normalerweise ließ er sich nämlich nicht so gehen.

Danach hatten Katja und ich nie wieder versucht, unsere Männer zusammenzuführen.

»Schön habt ihr es hier«, sagte Georg, während er sich aufmerksam im Wohnzimmer umsah.

Mir lag schon auf der Zunge zu erwidern, dass es hier noch ganz genauso aussah wie vor sechs Jahren, da fiel mir ein, dass der legendäre Grillabend damals ausschließlich im Garten stattgefunden hatte.

»Das meiste ist von Ikea«, gab ich bereitwillig zu.

»Aha«, murmelte Georg. »Das hätte ich jetzt nicht gedacht.«

Ich wollte Georgs Gedanken bezüglich der Herkunft unserer Einrichtung und fast vollständigen Dekorationsgegenstände nicht intensiver vertiefen. Eigentlich wollte ich nur, dass er schnell seinen Tee austrank und dann zurück in seine Praxis verschwand. Apropos Praxis.

»Sag mal, müsstest du jetzt nicht in der Praxis sein?« Sicherheitshalber warf ich einen Blick auf meine Armbanduhr. »Es ist elf Uhr?!«

»Ich lasse mich diese Woche von einem Kollegen vertreten«, klärte er mich mit tonloser Stimme auf.

»Ach so. Und warum?«

Nicht, dass mich das wirklich interessierte, aber irgendwie musste ich die Konversation ja in Gang halten. Mit Georg zu schweigen erschien mir noch unangenehmer als zu reden.

»Wegen Krankheit.«

Verflixt, war er jetzt doch ernsthaft krank?

»Oje, ich hoffe doch, dass es nichts Schlimmes ist?!«

Mit beiden Händen umfasste Georg seine Teetasse und starrte auf die goldgelbe Flüssigkeit, als ob er sich davon spontane Heilung erhoffte.

»Mein Leben geht zu Ende«, erklärte er.

»Ist es so aussichtslos?« Ich traute mich kaum noch, ihn anzusehen. Egal wie sehr er Katja auch das Leben zur Hölle gemacht hatte. Völlig egal, dass Paul ihn für einen blasierten Hugh Grant für Arme hielt und damit gar nicht mal so daneben lag. – So ein Ende hatte niemand verdient.

Hätte ich man bloß hingesehen. Dann wäre mir nämlich aufgefallen, dass Georgs Körper sich wie der einer Raubkatze vorm Sprung anspannte, und ich wäre in Deckung gegangen. Aber ich Schaf hatte völlig arglos meine ineinanderverschränkten Hände auf dem Tisch betrachtet, und dafür nun das heulende Elend am Hals. Und zwar im wahrsten Sinne des Wortes. Georg hing an mir wie ein Klammeraffe, während er mir bittere Tränen in den Nacken heulte.

Für mehrere Sekunden war ich einfach nur geschockt und konnte mich nicht rühren. Dann unternahm ich den Versuch, ihn mit sanfter Gewalt von mir zu schieben. Als das nicht klappte, verlegte ich mich aufs einfühlsame Bitten.

»Georg, bitte, beruhige dich. Georg, bitte, hör auf zu weinen. Georg, bitte, lass mich los.«

Leider zeigte das keinerlei Wirkung.

»Lass mich jetzt sofort los. Sonst werde ich wirklich böse!«

Doch Georg beeindruckte auch mein empörtes Gezeter herzlich wenig. Meine treue Maya hingegen außerordentlich. Mit gefährlichem Gekläff und zähnefletschend stürzte sie sich auf den derangierten Georg, und verbiss sich in sein bestimmt sauteures Hosenbein aus feinster Merinowolle. Wild kopfschüttelnd zerrte sie daran herum, sodass Georg ins Wanken geriet. Er ruderte mit den Armen in der Luft herum, warf einen panischen Blick auf die knurrende Maya und flehte mich mit einer Mischung aus Entrüstung und Angst an: »Ruf den Hund zurück, Clara, bitte!«

Zunächst war ich total erschrocken, denn so etwas hätte ich meiner kleinen Labradorhündin gar nicht zugetraut. Dann aber wurde mir klar, dass Georg ja eigentlich nichts Böses im Schilde geführt hatte. Er wollte nur ein wenig Trost, und na ja, eine Schulter zum Ausheulen. Deshalb war es etwas unfair, dass Maya nun gerade an ihm ihre Kampfhundtauglichkeit bewies. Also versuchte ich, sie zurückzupfeifen.

Doch Maya war so im Rausch, dass sie mein »Aus, Maya!« kein bisschen tangierte.

»Clara, jetzt tu doch was!«

Ganz ruhig. Keine Panik. Was hatte ich erst letzte Woche in der Fernsehsendung mit diesem allwissenden Hundetrainer gesehen? – Wenn nichts mehr geht, dann hilft nur noch Wasser. Diese Weisheit hätte auch glatt von meinem Vater stammen können.

»Warte einen Moment, Georg«, rief ich ihm Mut zu. Dann sprintete ich um den Tresen herum, zerrte einen Topf aus dem Unterschrank, ließ Wasser ein und stürmte damit zum Esstisch zurück, wo Georg gerade schmerzvoll aufstöhnte, weil Maya ihre Hauer neu positioniert und diesmal wohl nicht nur seine Hose erwischt hatte.

Beherzt schüttete ich den Wassertopf in Mayas Richtung aus, die daraufhin tatsächlich erschrocken aufjaulend von Georg abließ. Sie schüttelte sich heftig und verzog sich mit eingeklemmter Rute in die hinterste Ecke des Zimmers, um Georg von dort aus misstrauisch zu beäugen.

»Da bleibst du jetzt sitzen, hörst du, du verrückter Hund!«, schimpfte ich sie aus – obwohl, ganz ehrlich: Wie sich die Dicke gerade für mich eingesetzt hatte, Respekt!

Dann aber wandte ich mich wieder Georg zu. Er stand einfach nur da und schaute fassungslos.

»Alles in Ordnung?«, fragte ich kleinlaut. Mir war das

Ganze so peinlich, dass ich einen knallroten Kopf bekommen hatte. Hilflos machte ich einen Schritt auf ihn zu, und hob entschuldigend die Hand. »Sie wollte mich nur beschützen.«

Er nickte. »Verstehe. Ist sie geimpft?«

»Wie meinst du das?«

»Ich würde gerne erfahre, ob dein Hund gegen Tollwut geimpft ist.«

Schon wollte ich fragen, ob er womöglich an Tollwut erkrankt sei, aber zum Glück wurde mir die Absurdität dieser Frage noch rechtzeitig bewusst.

»Hat sie dich etwa gebissen?«

»Ja! Also was ist jetzt, besteht ausreichender Impfschutz?«

Ich nickte.

»Gut. Dann gehe ich jetzt am besten in die Praxis und versorge die Wunde«, sagte er sachlich.

»So schlimm?«

Er nickte und humpelte dann zur Haustür, was Maya mit leisem Knurren begleitete.

Beste Freunde würden die beiden wohl nicht mehr werden.

»Soll ich dich nicht besser schnell mit dem Auto fahren?!«, schlug ich ihm vor.

»Nein, das brauchst du nicht. Es ist ja nicht weit.«

An der Haustür startete ich noch mal den Versuch einer Entschuldigung, doch Georg winkte ab. »Schon gut, Clara. Ich habe selbst schuld an dem, was passiert ist.«

Nachdem ich hinter Georg die Tür geschlossen hatte, ließ ich mich mit dem Rücken dagegen sinken und holte erst einmal tief Luft.

Meine Güte, was für eine Show. Und wie Georg geguckt hatte – total panisch und irgendwie auch ungläubig. Und seine sauteure Hose. Ich hatte zwar nicht mehr gewagt, sie einer genaueren Musterung zu unterziehen, aber dass das linke Hosenbein ordentlich zerfetzt war, war mir nicht entgangen.

Auweia, wenn ich mir gerade vorstellte, wie der Arme jetzt den ganzen Weg bis zur Praxis humpeln musste. Von Katja verlassen, von Maya gebissen, von mir mit Wasser begossen …

Der Gedanke war so skurril, ich konnte nicht anders, als in wildes Gelächter auszubrechen.

Mitten in meine Lachsalve hinein klingelte es an der Haustür. Schuldbewusst zuckte ich zusammen. Oje, das war bestimmt Georg. Vielleicht wollte er mich fragen, ob ich ihn fahren könne. Womöglich war ihm klargeworden, was für ein jämmerliches Bild er abgab, und so wollte er sicherlich nicht von irgendjemand gesehen werden. Und jetzt musste er auch noch mitbekommen, dass ich mich fast kringelig über ihn lachte. Die Tür war zwar recht schalldicht, aber mein Gekreische bestimmt nicht zu überhören gewesen.

»Ich habe nicht über dich gelacht, Georg«, log ich, während ich die Tür aufzog. »Das musst du mir glaub …« Mitten im Satz stockte mir der Atem. Gleichzeitig begann es in meinem Magen zu rumoren, als ob ein Außerirdischer darin hockte.

»Und du musst den Mund schließen, Clara. Nichts wirkt ungebildeter als ein offenstehender Mund.«

Helga Obermueller … ähm, ich meinte natürlich Henrietta de Maizière. Pauls Mutter.

Ich musste mich am Türrahmen festkrallen, sonst wäre ich glatt zu Boden gegangen.

»Was-was machst du denn hier?«, keuchte ich.

Doch sie konterte mit einer schnippischen Gegenfrage.

»Clara, du kannst mir bestimmt erklären, wer dieser Hugh

Grant für Arme war, warum seine Hose nass und deine Bluse unanständig weit geöffnet ist?«

Hilfe, wo ist das Loch, in das ich versinken kann?

KAPITEL 12

Da es sehr förderlich für die Gesundheit ist,
habe ich beschlossen, glücklich zu sein.

Voltaire

»Paul, wenn du mich umbringen willst, ein bisschen Arsen im Tee hätte es auch getan und wäre längst nicht so qualvoll gewesen«, fauchte ich meinen Mann durchs Handy ärgerlich an.

Ich hockte im Gebüsch, denn sonst gab es keinen Ort, an dem ich ihn hemmungslos beschimpfen konnte, ohne dass seine Mutter davon etwas mitbekam.

»Was hast du dir bloß dabei gedacht? Als ob ich nicht schon genug Stress hätte. Paul, verdammt, wie konntest du mir das bloß antun?«

Paul räusperte sich. »Jetzt übertreibst du aber, Clara, so schlimm ist meine Mutter nun auch nicht.«

»Ha!« Ich lachte höhnisch auf. »Von wegen, sie ist sogar noch viel schlimmer. Und das weißt du auch, und deshalb ist es auch ganz besonders grausam von dir …«

»Clara, bitte«, fiel Paul mir beschwichtigend ins Wort. »Aufregung ist in deinem Zustand bestimmt nicht gut. Denk doch an das Baby.«

Hallo? Und warum hatte er mir dann seine Mutter auf den Hals gehetzt, wenn ich mich nicht aufregen sollte?

Ich brauchte die Frau nur zu sehen, ach was, ihren muffigen Opiumduft zu riechen, dann stellten sich mir schon sämtliche Nackenhaare auf. Henrietta war die Personifikation eines Schwiegermutter-Alptraums. Ich kannte niemanden, der so kränkende Dinge von sich geben und dabei so unschuldig lächeln konnte. Dazu war sie über alle Maßen selbstverliebt und bequem bis zum geht nicht mehr. Kurz: Henrietta war gehässig, stockeingebildet und absolut faul!

Alle wussten das. Alle! Nur Paul wollte es schlichtweg nicht wahrhaben. Er verschloss seine Augen so derart fest vor der Henrietta-Realität, dass er einem schon fast wieder leidtun konnte.

In diesem Moment hegte ich jedoch ganz andere Gefühle für meinen Gatten, und die hatten nicht viel mit Mitleid zu tun.

»Du bringst das sofort wieder in Ordnung, Paul. Hörst du?! Lass dir auf der Stelle etwas einfallen, dass sie ihre siebzig Koffer packt und zurück in ihre protzige Villa fährt.«

Schweigen am anderen Ende der Leitung.

»Paul?« Der würde doch wohl nicht einfach aufgelegt haben? »Paul, bist du noch am Telefon?«

»Ja, klar doch. Denkst du, ich lege einfach auf?« Seine Stimme klang etwas genervt.

»Ich weiß gerade nicht, was ich denken soll«, gab ich ehrlich zu.

»Clara? Claaara, wo bist du denn?«

Verdammt, das war Henrietta. Sie stand in der geöffneten Terrassentür und starrte ganz genau auf den Busch, in dem ich mich versteckt hielt, und verzweifelt versuchte, meinem Mann im zigtausend Kilometer entfernten China klar zu machen, dass es die blödeste Idee aller Zeiten war, seine Mutter darum zu bitten, sich ein wenig um mich zu kümmern. Und das nur, weil er fand, dass ich in den letzten Tagen am Telefon etwas niedergeschlagen geklungen hätte.

»Ich muss jetzt auflegen, das Schwiegerungeheuer verlangt nach mir«, erklärte ich bissig.

»Clara, bitte, nun sei doch nicht so …«

»Wie, Paul?«, zischte ich ins Telefon.

»Scharfzüngig«, fand er.

»Dann schaff mir deine Mutter vom Hals«, wiederholte ich meine Forderung.

»Süße, ich hab es doch nur gutgemeint und …«

Ich ließ ihn nicht ausreden. »Zum letzten Mal, Paul, bring das in Ordnung.« Damit beendete ich das Gespräch, ohne mich von ihm zu verabschieden.

Henrietta war zum Glück wieder ins Wohnzimmer gegangen, so konnte ich unbemerkt aus dem Gebüsch kriechen und mich dann durch die Vordertür ins Haus schmuggeln.

Zumindest hatte ich das gehofft.

»Sag mal, Clara, täusche ich mich, oder robbst du tatsächlich auf allen vieren durchs Unterholz?«

Ich schnellte in die Höhe, klopfte mir die Erde von den Knien ab und lächelte dann so normal wie es mir in dergleichen Situation möglich war.

»Ich habe nur überprüft, ob die Blätter von Läusen befallen sind.« Ich hielt kurz inne, deutete in den Garten der Wischnewskis. »Weißt du, meine Nachbarn haben momentan ziemlich große Probleme damit.«

Misstrauisch verzog Henrietta das Gesicht. »Und wofür brauchst du das Handy? Stehst du im direkten Kontakt zur Blattläuse-Mafia, oder was?«, fragte sie spöttisch.

Ich starrte auf meine ausgestreckte Hand, in der das Smartphone nicht zu übersehen war, und hätte mich dafür selbst ohrfeigen können. »Ähm … na ja, für … für die Fotos natürlich!«

Sehr logische und absolut nachvollziehbare Erklärung, Clara!

»Fotos?«

Ich nickte. »Hast du eine Ahnung, Henrietta, wie teuer diese Ökopflanzenschutzmittel sind?«

Meine Schwiegermutter schüttelte ihren perfekt frisierten Kopf. »Nein. Und es interessiert mich auch nicht.«

»Tja, mich schon, denn das Zeug ist wirklich abartig teuer. Aber wenn ich beweisen kann, dass die Läuse zuerst drüben bei den Wischnewskis waren, dann müssen die auch für die Kosten aufkommen.«

Was für ein hirnverbrannter Schwachsinn!

Dementsprechend befremdet musterte meine Schwiegermutter mich jetzt auch. »Paul hat recht. Es ist dringend notwendig, dass sich jemand um dich kümmert. Du bist ja regelrecht verwirrt, fast schon ein wenig verwahrlost.«

Jetzt war ich also nicht mehr nur nicht gut genug für ihren Paul, wie sie es mir seit Jahren mit jedem Blick, mit jedem Wort mehr als deutlich zu verstehen gab, sondern auch verlottert. Na ja, immerhin eine Steigerung.

Ich ersparte mir eine Erwiderung darauf, weil es sowieso sinnlos war und wollte zurück ins Haus gehen.

Doch Henrietta hielt mich zurück. »Oder warst du nicht alleine im Gebüsch, Clara?«

»Hä?« Etwas Besseres fiel mir nicht ein, denn ich war immer noch ein wenig von dem ›verlottert‹ benommen.

Spöttisch kräuselte sie die bestimmt aufgespritzten Lippen. Unmöglich konnten die in ihrem Alter noch so voll und wohlgeformt sein.

»Womöglich ist dein Hugh Grant für Arme zurückgekommen?!«

»Was-was willst du damit sagen?«

Warum fragte ich eigentlich? Die Antwort war mir längst bekannt. Aber sie aus Henriettas boshaftem Mund zu hören verlieh dem Ganzen gleich noch mehr, wie sollte ich es ausdrücken, unverschämte Absurdität traf es wohl am besten.

»Weil ihr vielleicht vorhin nicht beenden konntet, was ihr eigentlich beabsichtigt hattet?!«, zischte Henrietta.

Vor Empörung verschluckte ich mich an meiner eigenen Spucke. »Das glaubst du doch selbst nicht?!«, hustete ich.

Henrietta neigte den Kopf leicht nach links und musterte mich mit undefinierbarem Blick.

»Das ist nicht dein Ernst?!«, schob ich keuchend hinterher.

Sie hob die schmale Hand ohne Altersflecken – wie war das möglich, selbst Madonna hatte schon welche? – und strich sich mit einer unendlich langsamen Bewegung eine brünette Haarsträhne aus der Stirn.

»Clara, du bist sehr viel allein«, begann sie zögerlich und mit gänzlich veränderter Stimme. Fast schon ein wenig liebenswürdig. »Da kann man sich schon mal nach einer starken Schulter sehnen. Und wenn die nicht greifbar ist, dann denkt man halt über Alternativen nach.« Sie legte eine kleine Pause ein, die ich nutzte, um mich am nächstbesten Baum abzustützen. Die Ungeheuerlichkeit ihrer Worte hatten meine Knie nämlich zu Lillis Lieblingswackelpudding werden lassen.

»Was ich eigentlich nur von dir erfahren möchte, Clara, ist …« Erneuter kurzer Stopp. Wahrscheinlich um dem Ganzen noch mehr Dramatik zu verleihen. »Das Kind, das du da gerade unter dem Herzen trägst, ist Paul oder dein Liebhaber der zukünftige Vater?«

Keuchend sank ich zu Boden, während im Haus das Telefon zu läuten begann.

»Willst du nicht rangehen?«, fragte Henrietta.

Sie sah mich an, völlig unschuldig, so als ob sie mich gefragt hätte, welches Waschmittel ich verwendete. Nichts an ihr deutete darauf hin, dass sie mir zuvor etwas dermaßen Hundsgemeines unterstellt hatte, sodass ich glatt für einen kurzen Moment eingeknickt war.

»Nein«, ächzte ich.

Genervt aufstöhnend marschierte meine Schwiegermutter ins Haus, um Sekunden später mit gespielt liebreizender Stimme quer durch den Garten zu flöten: »Da ist eine Julia am Telefon und behauptet, sie hätte dich vor irgendeiner Elke gerettet. Aber es wäre schon gut, wenn du jetzt kommen könntest, meint sie.«

Während mein Blick aufs Handydisplay schnellte, und ich zu meinem Schrecken feststellte, dass es bereits zwanzig nach eins war, entfuhr mir ein fluchendes: »Scheiße!«

Kurz darauf hechtete ich an Henrietta vorbei ins Haus, schnappte mir die Autoschlüssel vom Küchentresen und stürmte vom Grundstück.

»Wo willst du denn hin?«, rief mir Henrietta nach.

»Zu meinem Geliebten!«, fauchte ich verächtlich zurück.

Im Auto kamen dann die Tränen. Dabei hatte ich mir doch so fest vorgenommen, nie wieder wegen dieser miesen Blödkuh von einer Schwiegermutter zu heulen.

Als wir damals ihre protzig-teure Villa, direkt am Starnberger See gelegen, betraten, und sie mich mit einem mehr als abschätzenden Blick gemustert hatte, war mir sofort klar gewesen, dass aus Henrietta und mir kein Dreamteam werden würde, so wie Paul es auf der Hinfahrt noch voller begeisterter Vorfreude behauptet hatte. Kurz darauf wollte Henrietta daran dann auch keinen Zweifel mehr aufkommen lassen, und hatte den erstbesten von Paul unaufmerksamen Moment genutzt, um mir verächtlich zuzuzischen: »Für meinen Paul hatte ich mir wahrhaftig etwas Besseres als dich vorgestellt.«

Zunächst hatte ich gedacht, mich verhört zu haben. Unmöglich konnte jemand etwas dermaßen Gemeines sagen und dabei so herzlich lächeln. Später sollte ich dann aber erfahren, dass das Henriettas berufsbedingte Art war. Stets lächeln. Meine Schwiegermutter arbeitete nämlich sehr erfolgreich als Model, und das schon seit ihrem siebzehnten Lebensjahr. Paul hatte mal gemeint, dass sie verdammt hart geschuftet hätte, um so vermögend zu werden, wie sie es heute war. Dabei hatte Henrietta immer auf männliche Unterstützung verzichtet. Nicht mal den Namen von Pauls Vater wollte sie preisgeben, weil sie es schlichtweg für belanglos hielt. Schließlich lautete ihre unerschütterliche Devise: Selbst ist die Frau!

In Henrietta de Maizières Leben gab es daher nur einen einzigen Mann, den sie vergötterte, über alles liebte und für den sie so ziemlich alles getan hatte und zu jeder Zeit tun würde: Paul!

Ich entdeckte Julia ein gutes Stückchen vorm Kindergarten, am Rande des kleinen Stadtparks. Sie winkte mir mit beiden Händen und fröhlich lächelnd zu. Abrupt parkte ich den Wagen am Straßenrand, warf einen Blick in den Rückspiegel, trocknete notdürftig meine Tränen und stieg aus.

»Clara, auweia, was ist passiert?« Julias Stimme klang aufrichtig besorgt. Das Lächeln in ihrem Gesicht war gänzlich verschwunden.

»Nichts«, versuchte ich abzuwiegeln und senkte schnell den Blick. »Wo sind Luzie und Lilli?«

»Sie spielen hinten bei den Kastanien mit den Jungs und Karsten Verstecken. Er hat diese Woche Urlaub und wir wollten später zusammen in den Zoo. Du brauchst dir also keine Sorgen zu machen.«

»Danke«, krächzte ich mit dünnem Stimmchen.

Julia umfasste meine Oberarme und zwang mich, ihr direkt ins Gesicht zu blicken. »Aber *ich* mache mir Sorgen um dich«, erklärte sie, und prompt war es mit meiner kurzfristigen Selbstbeherrschung vorbei.

»Es ist wirklich alles okay«, versuchte ich schniefend mein desolates Äußeres herunterzuspielen. »Ich hab nur ein bisschen Schnupfen.«

Das nahm Julia mir natürlich nicht ab – wie denn auch, wenn ich wie ein Häufchen Elend in den Seilen hing und mehr schluchzte als sprach.

»Pass auf, Clara. Ich sage jetzt Karsten schnell Bescheid, dass er sich noch ein wenig länger um die Kids kümmern soll, und wir beide gehen eine Runde spazieren. Dann kannst du mir ganz in Ruhe erzählen, was passiert ist, ja?!«

»Aber ihr wollt doch in den Zoo?!«

»Das können wir morgen auch noch machen«, winkte Julia entschieden ab. »Ich bin gleich zurück. Rühr dich nicht von der Stelle.«

»Ich möchte euch aber keine Umstände bereiten«, wisperte ich. Doch da war Julia längst im Park verschwunden.

Viel Zeit war nicht vergangen, da stand sie wieder neben mir. Ihre Wangen waren vom Laufen leicht gerötet, auf der Stirn entdeckte ich eine kleine Schweißperle.

»Alles okay«, erklärte sie.

»War Karsten sauer?«, wollte ich kleinlaut erfahren.

»Quatsch. Er hatte sowieso nicht so richtig Lust auf Zoo. Aber das würde er natürlich nie zugeben.« Verschwörerisch zwinkerte Julia mir zu. Dann hakte sie mich unter und zog mich mit sich.

Eine Weile schlenderten wir den Weg entlang, ohne etwas zu sagen. Julia schien mich nicht drängen zu wollen, und ich war mir nicht sicher, ob ich überhaupt über das ganze Chaos in meinem Kopf und Leben reden mochte.

Irgendwann waren wir dann bei einer grünen Parkbank angekommen, die etwas versteckt am Ufer des kleinen Sees stand.

»Wollen wir uns einen Moment setzen?«, schlug Julia vor.

Ich nickte.

Erneut schwiegen wir. Doch es war ein angenehmes Schweigen. Mit Julia hier zu sitzen und auf den von grünen Wasserlinsen überzogenen See zu schauen, hatte eine beruhigende Wirkung auf mein aufgewühltes Nervenkostüm.

»Magst du mir jetzt sagen, was passiert ist?«, erkundigte sich Julia nach einer Weile mit vorsichtiger Stimme.

Ich holte tief Luft. »Ich weiß nicht, wo ich überhaupt anfangen soll«, gab ich ehrlich zu. »Und na ja, ob ich dich damit belasten möchte, darüber bin ich mir auch noch nicht im Klaren.«

Julia ergriff meine Hand. »Rede keinen Unsinn, Clara, du belastest mich ganz bestimmt nicht, wenn du mir von deinen Sorgen erzählst. Aber drängen möchte ich dich natürlich auch nicht. Wir können auch einfach nur hier sitzenbleiben, wenn dir das lieber ist?!«

»Ich bin wieder schwanger«, begann ich unvermittelt zu erzählen.

Julia klatschte begeistert in die Hände. »Aber das ist doch wunderbar.«

»Ja, das ist es. Lilli und Luzie sind auch völlig aus dem Häuschen. Es ist wirklich ein Wunder, dass sie es bisher noch nicht im ganzen Kindergarten herumerzählt haben.«

»Und Paul?« An Julias leicht unsicherem Tonfall hörte ich, dass sie annahm bei Paul läge das Problem begraben. Womit sie ja auch gar nicht mal ganz daneben lag. Nur eben völlig anders.

»Paul freut sich genauso«, beruhigte ich sie. »Obwohl er, laut meiner Schwiegermutter, nicht sicher sein kann, der Vater zu sein.«

»Wie bitte?« Julias Augen weiteten sich ungläubig.

Ich lachte bitter auf. »Sie ist heute Vormittag plötzlich bei uns zu Hause aufgetaucht. Paul war der Meinung, ich sei völlig geknickt, weil er gut die Hälfte meiner Schwangerschaft im fernen China hockt. Deshalb hat er mir seine Mutter geschickt. Quasi als Unterstützung und zur Aufheiterung.«

»Herrje, auf so eine komplett bescheuerte Idee können auch wirklich nur Männer kommen.«

Ich konnte Julia nur nickend zustimmen.

»Und dann hat sie gleich die Frechheit besessen, dir zu unterstellen, dass du fremdgegangen bist?«

Erneut nickte ich. »Sie ist der Meinung, mich mit Doktor Georg Melchert in Flagranti erwischt zu haben.«

»Was?« Julia sah so perplex aus, dass ich lachen musste. Aber im Grunde genommen war das Ganze auch zum kaputtlachen. Georg und ich, Hölle, was für eine idiotische Vorstellung.

»Er war bei mir zu Hause, als sie auftauchte. Aber nur, um sich wegen Katja auszuheulen. Sie hat ihn nämlich wegen Ramón verlassen. Überhaupt ist sie völlig durch den Wind, seitdem sie mit ihrem jungen spanischen Lover zusammen ist. Sie plant mit ihm auf Mallorca ein Yogazentrum zu eröffnen und dann logischerweise auch dort hinzuziehen.«

»Echt?« Julia sah mich ungläubig an. »Das ist ja wirklich abgefahren. Und was wird aus Fashion Point?«

Ich zuckte die Achseln. »Geschlossen. Ich wollte die Räume gern übernehmen, um dort einen Teeladen zu eröffnen. Ich weiß, das klingt total verrückt, mit zwei Kindern, einem dritten im Bauch und einem Mann, der ständig unterwegs ist. Aber weißt du, Julia, ich bin mir ganz sicher, dass ich es trotzdem geregelt bekomme. Ich möchte unbedingt wieder arbeiten, das ist mir wirklich wichtig, und ein eigener Laden, noch dazu ein Teeladen, das wäre mein absoluter Traum. Ich sehne mich so sehr danach, endlich was Eigenes auf die Beine zu stellen.« Ich legte eine kurze Pause ein. War mir nicht ganz sicher, ob ich Julia wirklich von meinem geplatzten Vorhaben weiter erzählen sollte. Aber dann sprudelten die Worte einfach aus mir heraus. »Ich habe schon alles mit Doro besprochen. Sie ist Feuer und Flamme und mit ihr als Mitarbeiterin, kann überhaupt nichts mehr schiefgehen. Auch wenn Paul dagegen ist und ich das Ganze zunächst hinter seinem Rücken anleiern muss, aber …« Erneut stoppte ich, holte tief Luft und erklärte dann abschließend: »Aber sinnlos darüber zu reden, denn es klappt ja sowieso nicht.«

Einen Moment lang sagte Julia nichts. Bestimmt musste sie erst einmal sortiert bekommen, was ich ihr da gerade alles eröffnet hatte. Womöglich hielt sie mich auch für reichlich überspannt?! Verübeln konnte ich ihr das wahrhaftig nicht.

»Ich muss zugeben«, fand sie schließlich ihre Stimme wieder, »ein wenig abenteuerlich hört sich das schon alles an. Vielleicht aber auch nur, weil ich mich rundum wohl als Mutter und Hausfrau fühle.«

Ich seufzte schwer. »Ich wünschte, mir ginge es genauso. Aber so bin ich nun mal nicht«, gab ich zu.

Wieder sagte Julia erst mal nichts. Und ich befürchtete schon, ich könnte sie verletzt haben.

»Du, Julia, versteh das jetzt bitte nicht falsch, ich möchte meine Kinder nicht einen Tag missen. Ich liebe sie über alles. Trotzdem brauche ich …«

»Warte«, fiel sie mir ins Wort. »Du musst mir nichts erklären, Clara. Ich respektiere deinen Wunsch nach Berufstätigkeit absolut. Weißt du, ich bin schon immer der Meinung, jeder so, wie er es für sich für wichtig und richtig hält.«

»Das ist gut«, fand ich.

Julia nickte. »Aber warum sitzt du dann hier und bist am Boden zerstört und wuselst nicht längst in deinem zukünftigen Teeladen herum?«

Gekränkt verzog ich das Gesicht. »Weil meine angeblich beste Freundin ihn an jemand anderen weitervermietet hat.«

»Das ist schade«, fand Julia. »Aber doch längst kein Grund, deine Träume über Board zu werfen, Clara.«

Ich sah sie verständnislos an. »Wie meinst du das?«

Aus der Ferne erklang ein langgezogener Entsetzensschrei, und das lenkte Julia somit von der prompten Beantwortung meiner Frage ab.

»Verdammt, da drüben, der Hund«, rief sie stattdessen bestürzt und deutete auf den See.

In der Mitte der Entengrütze planschte etwas Grünes-Haariges herum, in dessen Maul sich eine braune Stockente befand.

»Der Hund will die arme Ente fressen«, begann im nächsten Moment ein Kleinkind auf der anderen Seite des Tümpels loszuheulen.

Das Kleinkind war Luzie. Zusammen mit den Jungs, Karsten und Lilli standen sie am Ufer und beobachteten entsetzt, wie die Ente gegen ihren Willen apportiert wurde.

Suchend blickte ich mich nach dem Frauchen oder Herrchen des Hundes um, aber da war niemand. Also musste ich handeln, denn der Hund sah wirklich zu allem entschlossen aus. Ich wollte ihm die Ente abjagen, bevor es zum Äußersten kommen konnte, und er sie gleich an Land mit einem beherzten Biss ins Entennirwana beförderte. Nein, so etwas sollten weder meine Mädchen noch Julias Jungs mit ansehen müssen.

»Was hast du vor?«, rief Julia beunruhigt, als ich mir Schuhe und Socken auszog und anschließend die Hosenbeine so weit wie möglich hochkrempelte.

»Die Ente retten«, erklärte ich entschlossen. Dann rief ich den Kids über den Tümpel hinweg zu: »Keine Sorge, der liebe Hund will nur mit dem Entchen spielen«, und stakste ins Wasser.

Brrr, war das kalt. Irgendwie hatte ich gehofft, dass die Maisonne den Tümpel schon ein wenig aufgeheizt hätte.

»Clara, bist du denn verrückt geworden?!«, regte sich Julia auf. »Bleib gefälligst hier!«

Da stand ich allerdings schon knietief im Wasser, hatte den Hund samt Stockente fest ins Visier genommen, um ihm via Blickkontakt klarzumachen, dass er nur ohne Ente im Maul an mir vorbeikommen würde. Doch der Kerl war schlauer, als ich es ihm zugetraut hätte. Kurz vor mir schlug er einen paddelnden Haken und eh ich mich versah, war er links an mir vorbeigeschwommen. So schnell ich konnte watschelte ich ans Ufer zurück, welches der Hund inzwischen erreicht hatte, der sich samt Stockente erst einmal heftig schüttelte. Das Wasser spritzte nur so zu allen Seiten, und war bisher nur meine Hose bis knapp zu den Oberschenkeln durchnässt gewesen, so stand ich nun nahezu komplett wässrig da. Und nicht nur das, überall an mir klebte grüne Entengrütze. Bähhh!

»Doofer Köter«, entfuhr es mir ärgerlich. Aber dann besann ich mich wieder auf meine Mission und redete bemüht freundlich auf den Cocker Spaniel, wie ich inzwischen erkannt hatte, ein.

»Braver Hund! Nun bring mir schön die Ente!«

Der Hund starrte mich fragend an, während die Ente in seinem Maul eindeutig panisch guckte. Ansonsten schien sie in Schockstarre verfallen zu sein, denn sie zuckte nicht mit der kleinsten braunen Feder.

»Hierher!«, befahl ich dem Hund noch einmal. Und tatsächlich, der Cocker Spaniel kam stolz auf mich zugetrottet und legte mir die Ente ganz sanft vor die nackten Füße.

»Guter Hund!«, lobte ich ihn und tätschelte seinen nassen Kopf.

Im nächsten Moment kam wieder Leben in das Entengefieder. Empört schnatternd watschelte sie zurück ins Wasser. Der Hund wollte sie natürlich nicht entkommen lassen und versuchte, sich auf sie zu stürzen. Doch ich hatte rein vorsorglich schon meine Hand um sein Halsband gelegt, so dass die Stockente sich in Sicherheit bringen konnte.

»Wow«, keuchte Julia. »Das war ja mal eine beeindruckende Rettungsaktion, Clara.«

»Mami, das war sooo toll«, jubelte plötzlich Lilli neben mir. Ich hatte gar nicht bemerkt, dass die fünf inzwischen um den See herumgerannt gekommen waren und mich mit einer Mischung aus Stolz und Begeisterung (im Falle der Kinder) und leichtem Argwohn (eindeutig Karstens Blick, weil er mich garantiert für komplett durchgeknallt hielt) anstarrten.

»Du hast die Ente gerettet«, freute auch Luzie sich.

Die Jungs klatschten dazu begeistert in die Hände und irgendwann fingen die vier Kids sogar damit an, fröhlich auf der Stelle herumzuhüpfen, was den Hund wiederum dazu veranlasste, aufgeregt zu kläffen.

Bei dem etwas älteren Besitzer des Cocker Spaniels war die Freude jedoch eher verhalten, als er plötzlich wie aus dem Nichts auf uns zugeschossen kam und mich sofort ärgerlich anblaffte: »Was machen Sie denn da mit meinem Hund? Lassen Sie ihn gefälligst sofort los!«

Doch seine Empörung wurde knallhart von Karsten ausgebremst. Er stellte sich dem Mann mitten in den Weg, und erklärte ihm wütend, dass er großes Glück gehabt hätte. Nur meinem beherzten Handeln war es zu verdanken, dass sein Hund die Ente nicht gekillt hätte – und das vor den Augen vier kleiner Kinder, die danach bestimmt schwer traumatisiert gewesen wären.

»Und jetzt nehmen Sie gefälligst Ihren Hund an die Leine. Ansonsten muss ich wohl die Polizei rufen und das, mein Lieber, wird teuer«, riet Karsten ihm.

Daraufhin entfernte sich das sichtbar eingeschüchterte Herrchen samt Entenapportierhund im Laufschritt.

Julia sah erst Karsten, dann mich bewundernd an.

»Ihr wart unglaublich«, fand sie. »Beide!«

Mit einem schmatzenden Kuss bedankte Karsten sich für das Kompliment bei seiner Frau, während ich verlegen grinste. Inzwischen kam mir mein heldenhaftes Einschreiten leicht übertrieben vor. Der Hund hatte nicht wirklich nach einem skrupellosen Entenkiller ausgesehen. Eher nach einem verrückten Kerl, der sich eine Stockente zum Spielen ausgesucht hatte. Aber das musste ich ja nicht unbedingt laut zugeben.

»Und du rede bloß nie wieder vom Aufgeben, Clara. Wer einem Jagdhund die Beute entreißt, der kann alles schaffen. Davon bin ich fest überzeugt.« Stürmisch zog Julia mich in ihre Arme und flüsterte mir ins Ohr: »Auch seinen Traum vom Teeladen in die Tat umsetzen«, während Karsten die Kinder dazu anhielt, mit ihm gemeinsam im Singsang-Rhythmus zu trällern: »Die Ente ist gerettet! Die Ente ist gerettet! Clara ist eine Heldin!«

Oh. Mein. Gott.

Was jedoch die Rettung der Stockente mit dem Teeladen zu tun hatte, dieser Zusammenhang erschloss sich mir gerade überhaut nicht. Warum meinte Julia, dass ich meinen Traum von der Selbstständigkeit nicht aufgeben sollte, nur weil ich bis zu den Knien in einem Entegrützeteich gestanden hatte?

Na ja, ich würde sie sofort danach fragen. Sobald Karsten und die Kinder aufgehört hatten, mich wie eine Superheldin zu feiern, und ich mit Julia ein paar ungestörte Sätze wechseln konnte.

KAPITEL 13

Vorsicht ist die Einstellung,
die das Leben sicher macht,
aber selten glücklich.
Samuel Johnson

Meine Schwiegermutter öffnete die Tür, bevor ich den Schlüssel ins Schloss stecken konnte. Bei meinem Anblick riss sie die graublauen Augen entsetzt auf.

»Wo kommst du denn her?«

Mal überlegen: Meine Klamotten waren durchnässt und beinahe vollständig mit Entengrütze besudelt. Selbst in den Haaren hatte ich das widerspenstige Zeugs kleben. Wo kam ich also her?

»Mir war warm und darum bin ich in den Stadtparktümpel gesprungen«, erklärte ich trocken. Und in Gedanken fügte ich knurrend hinzu: Und was machst du noch hier?

Henrietta sah mich nur an. Ich konnte ihren Blick schwer deuten, aber ein bisschen angeekelt sah sie schon aus.

»Hat Paul dich angerufen?«, erkundigte ich mich scheinheilig. Außerdem wollte ich dringend das Thema wechseln. Am Ende quetschte Henrietta noch die Stockenten-Rettungsaktion aus mir heraus, und schmierte es mir dann für die nächsten Jahre gehässig aufs Butterbrot.

»Warum sollte er?«, fragte meine Schwiegermutter ebenso falsch zurück.

Zum Beispiel, um dir zu sagen, dass deine Anwesenheit hier nicht erwünscht ist und du auf der Stelle wieder abreisen sollst, weil die sonst so friedfertige Clara nämlich zum Hulk Hogan des Kümmellochs wird, hätte ich wirklich gern erwidert.

Stattdessen zuckte ich die Schultern. »Er hat vorhin erwähnt, dass er es vorhat.«

»Du hast also heute schon mit deinem Ehemann telefoniert?«

Natürlich, liebste Schwiegermama, und zwar direkt nachdem ich ihn mal wieder mit meinem Ex-Gynäkologen im nächstbesten Gebüsch betrogen habe, fauchte ich innerlich.

»So ist es, Henrietta!«, erklärte ich ihr. »Paul und ich telefonieren locker zwei, dreimal am Tag. Und weißt du auch, warum?«

Henrietta schaute sich gelangweilt im Zimmer um – eine Geste, die mir klipp und klar verklickern sollte: Es interessiert mich nicht und darum antworte ich dir auch nicht, du dusseliges Schaf von einer unerwünschten Schwiegertochter.

Dennoch teilte ich es ihr mit. »Weil wir uns lieben und uns gegenseitig vertrauen, und uns total auf unser drittes gemeinsames Kind freuen!«

Das war definitiv eine eindeutige Stellungnahme, fand ich und hätte mir am liebsten selbst anerkennend auf die Schulter geklopft.

Doch Henrietta hatte anscheinend kein großes Interesse mehr daran, zu erfahren, wem sie Enkelkindchen Nummer drei zu verdanken hatte. Sie wechselte einfach das Thema.

»Wo sind eigentlich die Mädchen?«, fragte sie.

Okay, sie wollte meine Kampfansage also ignorieren. Aber nicht mit mir – nicht mit Clara Obermueller.

Wie hatte Julia vorhin so schön zum Abschied gesagt: *Hindernisse und Schwierigkeiten sind die Stufen, auf denen wir in die Höhe steigen. Jeder schwere Weg fängt mit einem ersten Schritt an. Also tu es, Clara!*

Natürlich hatte sie damit nicht gemeint, dass ich nach

Hause rennen und meine Schwiegermutter im hohen Bogen rauswerfen sollte. Die Sache mit dem ersten Schritt war eher auf die Suche nach geeigneten Räumen für meinen Teeladen bezogen gewesen.

»Ich verstehe nicht, warum du deine Selbstständigkeit von Katja abhängig machst? Wenn du ihren Laden nicht übernehmen kannst, was hindert dich daran, dir einen anderen zu suchen?!«

»Die Tatsache, dass ich mir bestimmt einen Laden in ähnlich guter Lage wie Fashion Point nicht leisten kann.«

»Und woher weißt du das? Hast du dich bereits nach anderen Räumlichkeiten umgesehen?«

»Nein!«

»Was hindert dich dann daran?«, hatte Julia noch einmal gefragt.

Nichts! Nur, wie so oft in letzter Zeit, hatte mich erst einmal jemand direkt mit der Nase darauf stoßen müssen.

»Clara, ich habe dich etwas gefragt?!«, brachte meine Schwiegermutter sich mit barscher Stimme wieder in Erinnerung.

»Tsssch«, machte ich. »Ich wusste ja nicht, ob du noch da bist, wenn wir nach Hause kommen. Deshalb hat meine Freundin Julia die Mädchen mit in den Zoo genommen. Ich wollte die beiden nicht zu sehr verwirren. Oma da? Oma doch nicht da? Das verstehst du doch bestimmt?!« Ich lächelte sie scheinheilig an, denn das war ihr wunder Punkt. So doof sie mich auch fand, Lilli und Luzie vergötterte sie. Fast so wie Paul.

»Was hast du getan?« Henriettas Stimme zitterte ein wenig. Und – oh mein Gott, waren das da etwa Tränen in ihren Augen?

Jegliches Hochgefühl, es Henrietta mal so richtig gezeigt zu haben, verflüchtigte sich. Stattdessen machte sich das schlechte Gewissen in mir breit. Sogar Maya, die mit elegant überkreuzten Vorderbeinen in ihrem Körbchen lag, bedachte mich mit vorwurfsvollem Hundeblick.

»Ich wusste nicht, dass es dir so wichtig ist«, log ich.

Henrietta straffte die Schultern. »Das glaubst du doch selbst nicht, Clara.«

Mir wurde plötzlich furchtbar übel. Gut möglich, dass ich mich direkt vor ihren Füßen übergab, wenn ich jetzt nicht ganz schnell verschwand. Also stieß ich sie zur Seite, und hechtete ins Badezimmer. Die Tür hinter mir abzuschließen, dazu fehlte mir leider die Zeit. So kam es, dass ich über dem Waschbecken hing, versuchte gegen die Übelkeit anzukämpfen, und mir dabei Henriettas garstigen Kommentar anhören durfte: »Du bekommst einen Jungen. Bei den Mädchen ist es dir nicht ein einziges Mal schlecht gegangen.«

Schön, dass sie das so genau wusste. Woher sie diese Kenntnisse jedoch bezog, war mir ein Rätsel. Soweit meine Erinnerung mich nicht täuschte, hatte sich meine Schwiegermutter nicht ein einziges Mal nach meiner jeweiligen Schwangerschaftsverfassung erkundigt.

»Ich lasse dich jetzt wohl besser allein«, erklärte sie angewidert.

»Wie rücksichtsvoll«, presste ich zwischen zwei Würgattacken hervor, »von dir.«

Eine gute Weile später betrat ich frisch geduscht das Wohnzimmer. In meinem weißen T-Shirt und einer bequemen Boyfriend Jeans, die dunklen langen Haare zu einem lockeren Zopf zusammengefasst, fühlte ich mich wesentlich wohler, als mit glibberiger Entengrütze besudelt. Mein Magen hatte sich auch endlich beruhigt, sodass ich meiner Schwiegermutter zwar falsch, aber eindeutig lächelnd entgegentreten konnte.

Henrietta saß auf dem Sofa. Wie immer kerzengrade. Es gab wirklich vieles, was ich total fürchterlich an ihr fand, aber um diese erstklassige Körperhaltung beneidete ich sie. Keine Spur von Rundrücken und Hängeschultern, zu denen ich leider neigte. Und wie sie ihre Beine hielt, die Knie geschlossen, die Waden im perfekten Winkel nach links gebogen. Es war mir unerklärlich, wie man in dieser Haltung mehrere Stunden verweilen konnte.

»Clara, wie schön, dass es dir wieder besser geht«, zischte sie schmunzelnd.

Schlange!

»Bist du so lieb, und machst mir eine Tasse Tee? Ich würde dich ja nicht darum bitten, aber ich kenne mich leider in deinem Haushalt nicht aus.«

Und wenn sie es täte, würde sie dennoch nicht auf die Idee kommen, sich selbst zu bedienen. Warum auch? Schließlich gab es ja die doofe Clara.

»Ich habe aber nur Beuteltee da«, log ich. Ich wusste natürlich, dass sie den ums Verrecken nicht trank.

»Was ist das denn für eine Unsitte, Clara?!«, zischte sie empört. »Und überhaupt, ich möchte jetzt wirklich meine Enkelkinder sehen. Wann werden sie denn nach Hause gebracht?«

»Später«, murmelte ich vage, und wühlte mich weiter durch meine Küchenschränke. Irgendwo musste hier doch noch eine uralte Packung mit Pfefferminzteebeuteln herumliegen. Henrietta hasste nichts mehr als Pfefferminztee. Allein von dem Geruch bekam sie schon rasende Kopfschmerzen, behauptete sie immer.

Ha, da war sie. Ich stellte den Wasserkocher an, nahm eine uralte Teekanne, die an einigen Stellen schon reichlich angeschlagen war, und warf achtlos gleich vier Beutel hinein.

»Was ist denn nun mit meinem Tee, Clara? Du wirst mir doch wohl keinen Beuteltee servieren? Schließlich bist du vom Fach.«

Der Wasserkocher klackte und ich goss den heißen Inhalt in die Teekanne. Augenblicklich war der Raum von Pfefferminze erfüllt.

Es dauerte auch nicht lange, da rief Henrietta theatralisch aus: »Ist das etwa Pfefferminze? Clara, du weißt doch, dass ich davon Migräne bekomme?!«

»Nein, woher denn, Henrietta«, behauptete ich scheinheilig.

Meine Schwiegermutter sprang vom Sofa auf und stürmte zur Terrassentür, um sie weit zu öffnen und hektisch nach Luft zu schnappen. Meine Güte, sie tat so, als hätte ich den Gashahn aufgedreht.

Leider klingelte es in diesem Moment an der Haustür und so konnte ich Henriettas bühnenreifem Auftritt nicht länger voller wohligwarmer Genugtuung beiwohnen.

Schade.

Es war Karsten, der Lilli und Luzie zurückbrachte. Wesentlich früher als geplant, weil Luzie unbedingt zu ihrer Mami gewollt hatte. Egal was Julia und Karsten auch versuchten, Luzie war nicht davon abzubringen gewesen.

»Oh nein, Karsten, ich habe ein meterhohes schlechtes Gewissen, weil wir euch den Tag aber mal so richtig vermiest habe.«

Doch Karsten grinste mir verschwörerisch zu. »Musst du nicht, Clara, ganz im Gegenteil. Ihr habt mir einen Gefallen getan.« Er beugte sich etwas zu mir vor und fügte dann leise hinzu: »Du musst nämlich wissen, ich hasse den Zoo. Aber nicht Julia verraten.«

Ich hob die Hand zum Schwur. »Niemals!«, erklärte ich feierlich.

Bevor Karsten sich verabschiedete, zog er noch eine kleine weiße Karte aus seiner Brieftasche hervor und reichte sie mir. »Frau Linsel ist Maklerin und eine gute Bekannte. Bestell ihr einen schönen Gruß von mir, Clara. Dann hast du innerhalb von zwei Tagen einen Termin und garantiert auch passende Räume für deinen Teeladen.«

Ich sah ihn verblüfft an. »Woher weißt du davon?«

Lässig zuckte Karsten die Achseln. »Julia und ich haben eben keine Geheimnisse voreinander.«

»Das ist schön, Karsten ...« Nur mit Mühe konnte ich mir das Kichern verkneifen.

Als ich ins Wohnzimmer zurückkam hockten Lilli, Luzie und Henrietta zusammen auf dem Fußboden. Meine Schwiegermutter war wie ausgewechselt. Sie strahlte übers ganze Gesicht und, dass Luzie ihr mit keine-Ahnung-was-klebrigen Händen an der todschicken hellblauen Seidenbluse herumzupfte, ließ sie mit absolut tiefenentspannter Gelassenheit über sich ergehen. Selbst an dem noch immer schwach in der Luft hängenden Pfefferminzdunst störte sie sich nicht die Bohne. Von schwerer Migräneattacke war keine Rede mehr.

»Mama, guck mal, die Oma ist da«, quiekte Lilli mit heller, und sehr begeisterter Stimme. »Ist das nicht wunderhimmlischtoll?!«

Ich rang mir ein Lächeln ab und murmelte: »Ja, Lilli-Maus, das ist wirklich toll.«

Wie war das eigentlich mit dem positiven Karma, das man sich im Laufe seines Lebens aufgebaut hatte? Verlor man wieder etwas davon, je öfter man log?

Das Abendessen verlief überraschend harmonisch. Was ich eindeutig Lilli und Luzie zu verdanken hatte, denn sie nahmen Henrietta ganz und gar in Beschlag. Sie musste ihnen die Brote schmieren und in kleine Dreiecke schneiden. Nur von ihr wollten sie sich den Saft einschenken lassen und dabei verlangten sie, unzählige Fragen von der Oma beantwortet zu bekommen.

Als die beiden endlich eingeschlafen waren, natürlich erst, nachdem Henrietta ihnen zwei Kapitel aus ihrem aktuellen Lieblingsbuch vorgelesen und anschließend dreimal *Guten Abend, gute Nacht* mit ihnen gesungen hatte, war Henrietta sichtbar erledigt. Meine beiden wilden Mädchen hatten sie restlos geschafft.

Selbst zum Herumstänkern war meine Schwiegermutter zu unmotiviert. Sie ließ mich lediglich an ihren Wünschen teilhaben. »Ich möchte bitte um elf geweckt werden, Clara. Zum Frühstück nehme ich nur eine Scheibe Vollkorntoast, ein fünf-Minuten-Ei und etwas frischgepressten Orangensaft«, und verschwand dann mit einer Flasche Mineralwasser ins Gästezimmer.

In Gedanken bedankte ich mich noch mal bei Paul, dass er mir Henrietta zur Unterstützung geschickt hatte. Dann machte ich mich daran, das Chaos im Wohnzimmer und in der Küche zu beseitigen, und drehte anschließend noch eine letzte Gassirunde mit Maya.

* * *

Mitten in der Nacht riss mich ein Traum aus dem Schlaf.

Etwas Beängstigendes, Furchtbares, an das ich mich jetzt, da ich schwitzend und mit dröhnendem Herzen aufrecht im Bett saß und in die Dunkelheit starrte, nicht mehr recht erinnern konnte. Dennoch blieb ein seltsames Gefühl in mir zurück – war mit den Mädchen irgendetwas nicht in Ordnung?

Ich warf die Decke zur Seite und schwang die Beine aus dem Bett. Leise öffnete ich die Tür und ging in den Flur hinaus. Alles war ruhig. Noch nicht mal Mayas Schnarchen war zu hören. Vorsichtig schlich ich mich ins Kinderzimmer und atmete dann erleichtert auf, als ich meine beiden Töchter ruhig und selig schlummernd vorfand.

Einen Moment blieb ich an ihren Betten stehen. Betrachtete ihre schlafenden Gesichter, während mich eine Woge voller Zärtlichkeit und Liebe überkam. Unwillkürlich legte ich meine Hände auf den Bauch. Ob es wohl wieder ein Mädchen werden würde? Paul wünschte sich einen Jungen, das wusste ich, ohne dass er es offen ausgesprochen hätte. Und ja, ein kleiner Junge wäre wirklich ganz, ganz wunderbar.

Ich strich Luzie noch einmal über das weiche dunkle Haar, tätschelte Lilli sanft die vom Schlaf gerötete Wange und verließ auf Zehenspitzen das Kinderzimmer.

Kurz darauf lag ich wieder in meinem Bett und schloss die Augen. Aber nur, um sie sofort wieder zu öffnen, weil mir augenblicklich schlecht wurde. Stöhnend richtete ich mich auf, doch davon wurde die Übelkeit nur noch schlimmer und ich ließ mich wieder zurück in mein Kissen sinken. Eine Weile blieb ich so liegen, konzentrierte mich auf meine Atmung und schloss dann erneut langsam die Lider.

Sofort begann sich alles zu drehen, als ob ich in einem Karussell säße, das viel zu schnell fuhr. Ich krallte meine Finger in das Bett. Und dann waren da plötzlich diese Bilder. Ich sah sie ganz deutlich vor mir. Sie liefen wie ein Film vor meinem inneren Auge ab.

Katja und ihr feuriger Ramón, eng umschlungen. Katja

lachte und deutete mit dem Finger auf mich. »Clara, du bist so naiv.«

Wie aus dem Nichts tauchte Leonie auf. Sie stimmte in Katjas höhnisches Gelächter mit ein. »Zum Kinderkriegen gerade gut genug. Aber mehr bekommt die doch nicht gebacken.«

Eine dritte Frau gesellte sich zu ihnen. Gesina. Anklagend erhob sie Hand. »Clara ist so eine Rabenmutter! Hat nur ihre Karriere im Kopf.«

»Sie hat meiner Lauryn grade Zähne versprochen, diese Lügnerin«, lästerte nun auch noch Doro mit den anderen Frauen verächtlich um die Wette.

»Ja, ja, die Clara, will alles schaffen und wagt sich nicht einmal den ersten Schritt zu machen«, stellte jetzt sogar Julia spöttisch fest.

»Hört auf damit!«, wollte ich ihnen zurufen. »Das stimmt doch gar nicht. Ihr seid ja so gemein!«

Doch dann erschien plötzlich Pauls Gesicht vor mir. Er lächelte mich zärtlich an. »Clara, wir haben doch keine Geheimnisse voreinander, nicht wahr?!«

Die vier Frauen lachten gehässig auf.

Plötzlich ging ein Ruck durch meinen Körper. Abrupt schoss ich in die Höhe. Das Herz hämmerte mir wild in der Brust, meine Hände fühlten sich kochendheiß und feucht an.

Du träumst, Clara! Das ist nichts mehr als ein total bekloppter Alptraum.

Alles ist gut. Entspann dich … und atme …

Blödsinn, nichts ist gut!

KAPITEL 14

Glück ist Gegenwart ohne Denken

Oswald Spengler

»Guten Tag, mein Name ist Clara Obermueller mit ue. Ich habe um zehn einen Termin mit Frau Linsel.«

Seit vier Tagen residierte Henrietta nun schon in unserem winzigen Gästezimmer, und nichts deutete darauf hin, dass sich daran so schnell etwas ändern würde. Zumal sich Paul nach wie vor standhaft weigerte, seine Mutter zum sofortigen Kofferpacken aufzufordern, weil er fest davon überzeugt war, Henrietta könnte mich doch in vielerlei Hinsicht entlasten. Derweil ließ sie sich ohne den Hauch eines schlechten Gewissens von morgens bis abends von mir bedienen und versuchte, mir mit ihrem ewigen Gestichel das Leben auch sonst ordentlich zur Hölle zu machen.

Doch das ließ mich erstaunlich gleichgültig. Seitdem mir Karsten den Tipp mit der Maklerin gegeben und in der Nacht darauf via Alptraum sich zeitgleich vier Frauen über mich lustig gemacht hatten, war ich nämlich endlich bereit für den ersten Schritt gewesen, und hatte kühn zum Telefon gegriffen. Das wiederum hatte mir so viel zuversichtlichen Tatendrang verliehen, dass mein Schwiegerdrachenproblem an Bedeutung verloren hatte.

Nun stand ich also in den hochmodernen Räumen der Linsel und Partner Immobilien GmbH und kaute vor Aufregung auf meiner Unterlippe herum.

»Frau Linsel verspätet sich ein paar Minuten«, erklärte mir die blondgefärbte Sekretärin mit unverbindlichem Lächeln. »Nehmen Sie doch bitte dort drüben solange Platz.« Sie deutete mit der Hand auf eine kleine Sitzgruppe, wenige Schritte von ihrem imposanten Empfangstresen entfernt, und erkundigte sich anschließend, ob mir nach einer Tasse Kaffee, Tee oder lieber einem Glas Wasser wäre.

Ich lehnte dankend sämtliche Getränkeangebote ab und ließ mich dann in einen der cremeweißen Sessel sinken.

Frau Linsel verspätete sich tatsächlich. Aber nicht nur einen Augenblick, sondern eine gute halbe Stunde. Als sie schließlich mit hochroten Wangen und leicht vom Wind zerzauster Frisur zur Tür hereingeschneit kam, brauchte sie dann noch einen Moment, um sich zu ordnen, wurde mir via Sekretärin erklärt und ich wurde erneut um etwas Geduld gebeten.

Der Uhrzeiger sprang auf Viertel vor elf, als ich dann endlich das helle Büro der Maklerin betreten durfte.

»Ich suche in der Innenstadt Räumlichkeiten, um einen Teeladen zu eröffnen. Eventuell mit etwas Lagerfläche, weil ich zeitgleich über einen Onlinehandel nachdenke. Allerdings dürfte die Miete nicht allzu hoch sein.«

»Entschuldigen Sie bitte, Frau Obermueller«, sagte die Maklerin. Sie zog die Oberlippe etwas hoch und tippte mit dem Zeigefinger gegen ihre strahlendweißen Vorderzähne. »Sie haben da etwas Lippenstift.«

Hektisch fuhr ich mir mit der Zunge über die Zähne und erkundigte mich dann leicht verlegen: »Weg?«

Frau Linsel nickte lächelnd. »Perfekt!«

»Nun gut, was können Sie mir anbieten?«, ergriff ich wieder das Wort, denn schließlich hatten wir keine Zeit zu verlieren. Um eins musste ich die Mädchen vom Kindergarten abholen und zwar pünktlich. Bis dahin lautete mein Plan, mindestens eines der Objekte, das die Maklerin im Angebot hatte, besichtigt zu haben. Falls es denn überhaupt irgendwelche gab, die in meine Mietpreiskategorie fielen.

Prompt verzog Frau Linsel bedauernd ihr perfekt geschminktes Gesicht. Keine Spur mehr von erhitzten Wangen oder gar einem kosmetischen Fauxpas wie er mir gerade unterlaufen war. »Ich kann Ihnen da leider zurzeit nicht weiterhelfen, weil es schlicht und ergreifend keine freistehenden Gewerberäume in der gewünschten Größe in der Innenstadt gibt.«

»Was?«, entfuhr es mir ungläubig. »Aber Karsten Grupe hat mir doch Ihre Telefonnummer gegeben, weil er der Meinung war, dass Sie mir weiterhelfen könnten?!«

»Das *könnte* ich auch, wenn Sie zum Beispiel Räumlichkeiten ab vierhundert Quadratmetern suchen würden. Aber wenn ich Sie richtig verstanden haben, dann schweben Ihnen allerhöchstens hundert inklusive Lager vor, oder?!«

Ich nickte. »Es muss ja auch bezahlbar sein«, murmelte ich deprimiert.

»Tut mir wirklich sehr leid, Frau Obermueller. Aber ich kann mir ja Ihre Telefonnummer aufschreiben. Sobald ich irgendetwas Passendes hereinbekomme, melde ich mich dann bei Ihnen. Wollen wir so verbleiben?«

»Rechnen Sie denn in absehbarer Zeit damit?«, fragte ich, während ich wieder ein bisschen Hoffnung schöpfte.

Doch die wurde mir sofort wieder genommen. Frau Linsel schüttelte ihre elegante Hochsteckfrisur. »Ehrlich gesagt, nicht. Sämtliche Ladenlokale, die ich mir für einen Teeladen wie Sie ihn planen vorstellen könnte, sind noch längerfristig vermietet.«

Mit einem geschäftsmäßigen Lächeln erhob sie sich hinter ihrem Schreibtisch, was mir eindeutig zu verstehen geben sollte, dass der Termin hiermit beendet war.

So ein Mist. Hatte sich eigentlich die ganze Welt gegen mich verschworen?

Resigniert ergriff ich die mir hingehaltene Hand und wollte dann zur Tür schleichen, als Frau Linsels helle Stimme mich stoppte. »Oder warten Sie noch mal, Frau Obermueller, eine Idee hätte ich vielleicht doch noch.«

Sofort kam wieder Leben in meinen eben noch so kraftlosen Körper.

»Echt?«, strahlte ich sie erwartungsvoll an.

»In der Mörikestraße wird zum Ende des Monats ein Laden frei. Der Besitzer hat mich zwar bisher noch nicht mit einer Weitervermietung beauftragt, aber wenn Sie mögen, dann frage ich einfach mal nach?!«

»Mörikestraße? Meinen Sie etwa den Jeansladen? Fashion Point?«

Frau Linsel nickte. »Der müsste von der Größe her doch eigentlich perfekt für Sie sein und die Lage ist wirklich gut. Zwar nicht direkt in der Haupteinkaufsstraße, dafür in einer richtig niedlichen Seitenstraße, die ganz hervorragend frequentiert wird. Außerdem ist er bisher immer zu einem recht erschwinglichen Kurs vermietet worden.«

Oh ja, wie perfekt der Laden für mich wäre, wusste ich zu genüge. Aber leider wusste ich auch mehr als die Maklerin.

»Der kommt nicht in Frage«, erklärte ich betrübt.

Die nachgezogenen Augenbrauen der Maklerin schossen überrascht in die Höhe. »Und warum nicht, wenn ich fragen darf?«

»Weil er bereits wieder vermietet ist.«

»Das kann ich mir kaum vorstellen.« Scheinbar hatte ich die gute Frau Linsel in ihrer allwissenden Maklerehre gekränkt, denn ihre Stimme bekam einen ziemlich schnippischen Tonfall. »Doktor Melcherts Immobilien werden ausschließlich von uns verwaltet.«

»Doktor Georg Melchert?«, fragte ich verblüfft.

Sie nickte kurz und erweckte plötzlich den Eindruck, als hätte sie etwas Verbotenes getan. »Frau Obermueller, das ist mir jetzt einfach so herausgerutscht und sonst absolut nicht meine Art. Normalerweise gebe ich niemals die Namen unserer Geschäftspartner preis, wenn diese das nicht wünschen.«

Daher wehte also der Wind. Der liebe Georg wollte nicht, dass irgendjemand erfuhr, wie viel Geld er als stinknormaler Gynäkologe gescheffelt hatte, um es dann protzig in Immobilien zu investieren.

»Kein Problem«, versicherte ich der Maklerin. »Von mir erfährt niemand etwas.« Ich tat so, als ob ich mir den Mund mit einem imaginären Schlüssel zusperren würde und warf ihn anschließend mit einer ausholenden Geste über meine Schulter.

Frau Linsel sah mich leicht konsterniert an, aber bedankte sich dennoch hörbar erleichtert.

* * *

Eine knappe Viertelstunde später stand ich vor dem weißgetünchten Ärztehaus, in dem sich über die komplette dritte Etage die schicke gynäkologische Praxis von Doktor Georg Melchert erstreckte.

Natürlich hatte ich keinen Termin und ohne den war es chancenlos ins Sprechzimmer zu gelangen. Aber meine Schwangerschaft berechtigte mich, sofort und auf der Stelle zu Herrn Doktor vorgelassen zu werden, wenn ich plötzlich das Gefühl hatte, hier zwackte etwas, was nicht zwacken sollte. Schließlich wusste keiner der Arzthelferinnen, dass ich längst zur weiblichen Konkurrenz übergelaufen war – hoffte ich zumindest.

Mein Plan ging auf, denn weitere zehn Minuten später saß

ich wie auf heißen Kohlen im Sessel vor Georgs Schreibtisch und wartete auf den heimlichen Immobilienbesitzer.

Ob Katja etwas von Georgs Investitionen wusste? Vorstellen konnte ich es mir eigentlich nicht, sonst hätte sie es mir doch bestimmt gesagt. Andererseits, mit wem sie ihren Mietvertrag geschlossen hatte, musste ihr bekannt sein, es sei denn, die Maklerfirma war ihr offizieller Ansprechpartner gewesen, schoss es mir urplötzlich durch den Kopf, während ich die Fotogalerie der glücklichen Familie Dr. Melchert an der Wand betrachtete. Katja mit dem schätzungsweise dreijährigen Leander auf dem Arm. Katja allein, das lockige Haar zu einem losen Dutt zusammengesteckt. Georg, Katja und Leander um die Wette strahlend, und dann noch einmal Leander im Teenageralter. Die Fotos, allesamt stylisch in Schwarz-Weiß, kamen mir wie der Beweis für eine superglückliche Familie vor, und dennoch wusste ich, dass sie nichts als eine Lüge waren.

»Clara?!« Georg rauschte zur Tür herein. Noch immer etwas blass um die Nase, aber weitaus besser in Schuss als bei unserer letzten Begegnung. »Das ist ja eine Überraschung.«

Er legte mir kurz die Hand auf die Schulter und verschwand dann hinter seinem Schreibtisch, wo er sich gespannt lächelnd mir gegenüber auf seinen schwarzen Lederstuhl sinken ließ. »Was kann ich für dich tun?«

Okay, er wollte also nicht auf unseren Vorfall zu sprechen kommen. Mir war's recht. Das ersparte mir eine erneute Entschuldigung und womöglich auch die Begleichung der Rechnung für eine sauteure Anzughose, die den spitzen Zähnen meiner übermotivierten Hündin zum Opfer gefallen war.

»Ich komme nicht als Patientin zu dir«, legte ich gleich offen die Karten auf den Tisch.

»Was ich sehr bedauere«, erwiderte Georg charmant. »Aber natürlich akzeptiere ich deine Entscheidung.«

»Dann ist ja alles gut«, fand ich und wollte nun aber schnell auf den Grund meines Besuches zu sprechen kommen.

Doch dem Doktor war scheinbar nach Smalltalk zumute. »Und, Clara, wie geht es dir sonst so? Was machen eigentlich deine Mädchen? Die habe ich ja ewig nicht mehr gesehen. Und Paul, ist der zurzeit irgendwo beruflich unterwegs oder zu Hause?«

Ich holte tief Luft. »Kinder gesund, Mann beruflich in China, dafür Schwiegermutter im Haus. Danke der Nachfrage«, brachte ich es kurz und knapp auf den Punkt. »Aber deshalb bin ich nicht hier.«

An der Art und Weise wie Georg damit begann, auf seinem Stuhl hin- und herzurutschen, sah ich ihm sein plötzliches Unbehagen an.

»Ich hab's geahnt«, brummte er leise. »Du bist wegen neulich hier. Ich wollte mich längst bei dir gemeldet haben, und noch einmal ganz aufrichtig um Entschuldigung bitten für den … na ja, Überfall trifft es wohl am besten. Aber dann …«

»Stopp!«, fiel ich ihm ins Wort. »Es gibt nichts wofür du dich bei mir, und ich mich bei dir, entschuldigen müsstest. Okay?!«

Er nickte erleichtert. »Das ist mir sehr recht, Clara.«

Angespannt nestelte ich an dem Riemen meiner Handtasche herum. »Ich bin hier, weil ich deine Hilfe brauche.«

»Wenn es in meiner Macht liegt, Clara, sehr gern«, erklärte er.

»Es geht um dein Haus in der Mörikestraße.«

»Woher weißt du, dass es mir gehört?« Überrascht hob

Georg die Hände und ließ sie gleich darauf wieder auf die Mahagoni-Schreibtischplatte sinken.

»Das spielt jetzt keine Rolle«, wiegelte ich ab. Schließlich hatte ich es Frau Linsel hoch und heilig versprochen. »Jedenfalls möchte ich unbedingt den Jeansshop von Katja übernehmen. Also nur den Laden, nicht die Möbel und auch nicht die restliche Ware. Aber sie hat ihn jemand anderem versprochen, weil der ihr angeblich all das abnimmt. Darum sind wir jetzt irgendwie ... na ja zerstritten. Aber vielleicht kannst du ja noch mal in Ruhe mit ihr reden und sie ändert ihre Meinung?!«

Meine Güte, selbst in meinen eigenen Ohren hörte sich das Ganze total schräg und nach albernstem Sandkastenzoff an. Sie hat mir den Lolli aber zuerst versprochen, ihn dann Sabine gegeben, und nun sind wir keine Freundinnen mehr, Frau Kindergärtnerin. – ÄTSCH! Wie war ich bloß auf die dusselige Idee gekommen, Georg mit meinen Problemen zu belasten? Was versprach ich mir davon? Dass er mit Katja schimpfte und sie mir dann reuevoll den Laden überließ?

Blödsinn, Clara, Blödsinn!

Doch Georg verstand mein Problem tatsächlich. Mit Arztkittel war er eben der feinfühligste Mann weit und breit.

»Erst einmal kann Katja überhaupt nichts weitervermieten, weil das Haus nämlich mir gehört«, erklärte er. »Und zwar mir ganz allein. Dann würde mich natürlich schon interessieren, was du dort planst, und natürlich auch, wie du das geregelt bekommen zu denkst. Schließlich bist du Mutter.«

Fast dreifache. Aber da Katja ihm das scheinbar noch nicht verklickert hatte, wollte ich mein Glück jetzt nicht zu sehr strapazieren und erwähnte es erst einmal nicht. Dafür legte ich ihm meinen zumindest gedanklich verfassten Businessplan bis ins letzte Detail vor und Georg schien tatsächlich nicht abgeneigt zu sein, mir den Laden zu vermieten.

»Die Idee finde ich prima. Zumal ich selbst großer Teeliebhaber bin, wie du vielleicht weißt?!«

Ich nickte – schließlich hatte Katja sich locker tausendmal bei mir beschwert, weil sie ständig in die gut vierzig Kilometer entfernte Nachbarstadt fahren musste, um Georg seinen geliebten Ökotee aus dem dortigen Teeladen zu holen. Doch diesen Kommentar verkniff ich mir jetzt lieber.

»Ob ich allerdings bei Katja ein gutes Wort für dich einlegen kann, Clara, das bezweifele ich. Momentan reden wir nur das Nötigste am Telefon miteinander. Sie befindet sich ja auch bereits auf Mallorca. Das weiß ich wiederum nur von Leander, der, ob du es glaubst oder nicht, wieder zu Hause eingezogen ist. Darum möchte ich zurzeit auch keinen unnötigen Streit mit Katja provozieren, denn das führt zwangsläufig wieder dazu, dass sie Leander davon erzählt. Womöglich wirkt sich das negativ auf unsere gerade wieder etwas bessere Beziehung zueinander aus.«

»Leander und du, ihr wohnt jetzt tatsächlich wieder zusammen?«, staunte ich.

Leander und Georg allein unter einem Dach – laut Katja war das absolut unvorstellbar und konnte nur mit Mord und Totschlag enden.

»So ist es, und weil sachliche Gespräche zwischen meiner Frau und mir momentan eher schwierig sind, möchte ich sie möglichst vermeiden.«

»Schade. Du warst sozusagen meine letzte Hoffnung«, gab ich geknickt zu.

Georg rieb sich mit Zeige- und Mittelfinger die rechte Schläfe, so als ob er plötzlich rasende Kopfschmerzen hätte.

»Geht es dir nicht gut?«, erkundigte ich mich besorgt.

»Doch, doch, ich denke nur gerade über etwas nach.«

Ich erhob mich seufzend. »Na gut, dann will ich dich jetzt auch nicht länger stören. Dein Wartezimmer ist gerammelt voll.« Ich wollte mir meine Niedergeschlagenheit nicht anmerken lassen und mimte grinsend die Hochschwangere. »Bei der einen sieht es gefährlich nach gleich-geht's-los aus.«

Wenn der wüsste, dass es bei mir in spätestens sieben Monaten auch wieder so weit sein würde.

Georg ging auf meinen gespielten Witz nicht ein.

»Setz dich bitte noch mal kurz, Clara«, forderte er mich stattdessen auf. »Ich möchte dir einen Vorschlag machen.«

»Okay«, sagte ich gedehnt, nahm Platz und sah ihn erwartungsvoll an.

»Du kannst den Laden haben. Wenn es dir recht ist, rufe ich gleich die Maklerin an, dass sie den Vertrag aufsetzen soll?«

»Was? Ich meine, echt? Aber-aber was ist mit Katja? Sie möchte doch, dass ich ihr die Ware und das Inventar abnehme, und das kann ich mir absolut nicht leisten.«

Georg erhob sich. »Dafür findet sich eine Lösung, Clara. Aber darum musst du dich nicht kümmern. Ich kläre das mit Katja in beidseitigem Einvernehmen. Du hältst dich da bitte raus, okay?!«

»Wirklich?«, hakte ich unsicher nach. Gerade hatte er doch noch behauptet, dass zurzeit keine einvernehmlichen Gespräche zwischen ihm und seiner Noch-Ehefrau möglich wären?!

Georg nickte. »Du kannst dich auf mich verlassen.«

»Ich möchte mich aber nicht unbedingt noch heftiger mit Katja zerstreiten und auch nicht daran schuld sein, dass es zwischen dir und Leander zu Unstimmigkeiten kommt.«

»Das wird es nicht, Clara. Ich finde eine Regelung, mit der

wir alle gut leben können und einverstanden sind. Du hast mein Wort.«

»Wenn du es sagst.« Noch immer hatte ich Bedenken.

Doch Georg lächelte meine Unsicherheit mit strahlendweißen Zähnen weg. »Alles wird gut.«

Dann begleitete er mich zur Tür und drückte mir zum Abschied warmherzig die Hand. »Ich wünsche dir ganz viel Glück und jede Menge Erfolg mit deinem Teeladen und freue mich jetzt schon darauf, bei dir einkaufen zu können. Die Details erfährst du dann von der Maklerin. Ich bitte sie, den Vertrag aufzusetzen und sich dann zeitnah bei dir zu melden.«

»Danke, Georg.« Ich brachte ein vertrauensvolles Lächeln zustande. »Für alles.«

Fast war ich zur Tür heraus, als Georg mir hinterherrief: »Übrigens, Clara, da ist noch etwas, das ich dir gern sagen möchte. Neulich habe ich dir gegenüber geäußert, dass mein Leben zu Ende ginge.«

Ich nickte mit brennenden Wangen – natürlich erinnerte ich mich. Schande – und wie!

»Das war natürlich Unsinn. Ich bin physisch rundum fit und inzwischen auch wieder psychisch stabil. Du musst dir also keine Sorgen machen. Es tut wir wirklich leid, dass ich dich damit so überfallen habe.«

»Kein Problem«, winkte ich freigiebig ab und verließ dann beschwingt die Praxis.

Unten auf dem Fußweg atmete ich erst einmal tief durch und sah den Menschen dabei zu, wie sie an mir vorbeihetzten. Alle wollten irgendwo ankommen. Sie verfolgten ein klares Ziel. Genauso wie ich. Und plötzlich kam es mir so vor, als wäre die Welt mit einem Schlag für mich erleuchtet.

Überwältigt von meiner neuen und unerschütterlichen Zielstrebigkeit legte ich die Hände auf meinen Bauch und flüsterte zärtlich: »Von nun an geht es die Treppenstufen nur noch nach oben, Muckelchen. Und weißt du auch, was mich da so sicher macht? Du! Du verleihst mir nämlich Super-Mami-schafft-alles-Kräfte.«

Dann hüpfte ich, mehr als dass ich ging, die Straße entlang und schaffte es, Viertel vor eins im Kindergarten zu sein. Was Elke mit einem fassungslosen: »Dass ich das noch erleben darf«, kommentierte.

Hach, manchmal war alles einfach nur schön.

* * *

Mitten in der Nacht wurde ich aus dem Schlaf gerissen.

Zuerst dachte ich an einen erneuten Alptraum, doch es war meine Schwiegermutter, die mir grob am Arm ruckelte. »Clara, aufwachen. Nun mach schon die Augen auf.«

»Was ist denn?«, nörgelte ich gequält.

»Da will dich jemand dringend sprechen.« Damit drückte sie mir das Telefon in die Hand und zog mit einem melodramatischen Schnaufen ab. Dass sie die Tür nicht laut hinter sich ins Schloss krachen ließ, verdankte ich Lilli und Luzie, die sie wohl nicht wecken wollte.

Verschlafen murrte ich in den Hörer: »Wer ist denn da?«

»Ich!«, erklang eine bissige Stimme.

»Wer?«

»Katja!«

»Verdammt, Katja, es ist mitten in der Nacht«, maulte ich sie an. Doch dann kam es mir plötzlich in den Sinn, dass sie womöglich in Not sein könnte. Vielleicht war es mit ihrem spanischen Lover aus und vorbei und nun hockte sie mutterseelenallein irgendwo auf Mallorca herum?!

»Ist alles in Ordnung bei dir?«

»Alles bestens«, zischte Katja. »Ich rufe auch nur an, um dir zu sagen, dass du ab sofort für mich gestorben bist!«

Mir stockte der Atem. »Aber Katja …«

»Spar dir dein Gejammer«, schnitt sie mir barsch das Wort ab. »Deinetwegen hatte ich einen riesigen Streit mit Ramón. Wie konntest du es wagen, zu Georg zu rennen und ihm den Laden abzuschwatzen? Du weißt doch ganz genau, dass es mir zusätzlichen Stress bereitet, wenn ich mich jetzt nun doch um den Verkauf des Inventars und der restlichen Ware kümmern muss. Aber eins sage ich dir, Clara, wenn Ramòn wegen deines Egoismus nun Schwierigkeiten mit seinem Bekannten bekommt, dann zieh dich warm an.«

Hatte ich das gerade richtig verstanden – drohte mir meine eigentlich beste Freundin etwa?

»Nein, das weiß ich nicht, Katja«, erwiderte ich leicht verschnupft. »Denn Georg hat mir versichert, dass er das Ganze vernünftig mit dir regeln würde. Schon allein wegen Leander.«

Sie lachte spöttisch auf. »Und das hast du ihm tatsächlich abgekauft? Meine Güte, Clara, du bist nicht nur naiv sondern auch noch dumm dazu. Georg hat doch nur darauf gewartet, dass er mir eins auswischen kann. Mein toller Nochehemann hat mir nämlich klargemacht, dass die Ware und die Möbel am 31. draußen sein müssen. Ansonsten lässt er alles auf meine Kosten entsorgen.«

Mir fehlten die Worte. Im wahrsten Sinne.

»Aber noch kannst du die Kurve kriegen, Clara«, sprach dafür Katja unbeirrt weiter. »Am besten gehst du gleich morgen früh wieder zu Georg und sagst ihm, dass du es dir anders überlegt hast und du kein Interesse mehr an dem Laden hättest. Dann kann ich ihn womöglich doch noch umstimmen und er überlegt sich das mit Ramóns Bekanntem.«

Ich setzte mich im Bett auf und atmete tief durch. Selbst wenn Georg mich tatsächlich dafür benutzt hatte, sich an Katja zu rächen, mich von ihr deshalb mitten in der Nacht so runterputzen zu lassen, nein, das ging wirklich zu weit und konnte ich mir unmöglich gefallen lassen.

»Nein, Katja, das werde ich nicht tun«, erklärte ich schließlich mit fester Stimme.

»Miststück!«, zischte Katja durch den Hörer, und ich zuckte von der Wucht ihres Hasses regelrecht zusammen.

War es wirklich möglich, dass dieser Ramon sie dermaßen im Griff hatte, dass sie wie fremdgesteuert agierte? Ich verstand Katja einfach nicht mehr. So ein kratzbürstiges, ja geradezu aggressives Verhalten passte einfach nicht zu ihr.

»Das wird dir noch leidtun«, war das Letzte, was ich sie sagen ließ, dann beendete ich das Telefonat einfach, bevor ich mich noch zu Äußerungen hinreißen ließ, die mir später leidtaten.

Im Dunkeln tappte ich nach unten, und hoffte inständig, dass Henrietta nicht aus ihrem Zimmer kam, um mir als Nächstes die Hölle heiß zu machen. Aber ihre Tür blieb zum Glück zu.

Im Wohnzimmer zog ich vorsorglich den Telefonstecker aus der Box und ging dann in die Küche, um mir ein Glas Wasser einzuschenken. Dann schlich ich wieder hoch ins Schlafzimmer und legte mich ins Bett.

Doch an Einschlafen war natürlich nicht zu denken.

Ich fühlte mich so elend wie selten zuvor. Was war ich da eigentlich gerade im Begriff zu tun? Mich mit der ganzen Welt zerstreiten, nur weil ich mir in den Kopf gesetzt hatte, einen eigenen Teeladen zu eröffnen?

Natürlich war ich wütend auf Katja und auch schwer enttäuscht von ihr. Doch war mein Traum von der Selbstständigkeit den Stress mit ihr und das mögliche Ende unserer jahrelangen Freundschaft wirklich wert?

Plötzlich türmten sich meterhohe Zweifel in mir auf. Ich saß kerzengerade im Bett und hätte vor lauter innerer Zerrissenheit am liebsten angefangen zu heulen.

Wenn ich doch nur Paul anrufen und ihm von dem ganzen Dilemma erzählen könnte. Aber das ging ja nicht, weil ich dumme Gans ja schließlich ohne meinen Mann plante.

Verdammt, Clara, in was für eine verzwackte Situation hast du dich da eigentlich hineinmanövriert?

Und wenn Paul nun doch nicht so locker auf die Aktion hinter seinem Rücken reagieren würde, wie ich mir das gedacht hatte? Womöglich fühlte er sich sogar arglistig von mir getäuscht und würde aus Wut für alle Zeiten in China bleiben?!

Und was dann?

Willst du deinen drei Kindern sagen müssen, der Papa kommt nicht wieder, weil der Mama die Karriere wichtiger als ihre Familie war?

Nein.

Nichts auf der Welt war so wichtig wie meine Familie. Absolut!

KAPITEL 15

Das Glück deines Lebens
hängt von der Beschaffenheit
deiner Gedanken ab.
Mark Aurel

Der nächste Tag begann mit höllischen Kopfschmerzen und einem Entschluss, den ich nach stundenlangem Wachliegen und an die dunkle Decke Starren gefasst hatte: Gleich nach dem Frühstück würde ich die Maklerin anrufen, um ihr zu sagen, dass sie den Vertrag zerreißen könnte und auch nicht weiter nach einem anderen Ladenlokal für mich Ausschau halten müsse, denn ich, Clara Obermueller, würde in diesem Leben ganz bestimmt keinen Teeladen eröffnen.

Als ich ins Badezimmer schlich, lief ich prompt Henrietta in die Arme. Sie musterte mich, als ob ich mich in einen Zombi verwandelt hätte.

»Hast du etwa getrunken?«

Ich antwortete ihr nicht. Warum auch. Wenn Henrietta meinte, ich würde nun auch noch heimlich das Saufen angefangen haben, und das im dritten Schwangerschaftsmonat, dann war es sinnlos, den Irrsinn abzustreiten. Außerdem hatte ich mich inzwischen schon fast ein wenig daran gewöhnt, von sämtlichen Seiten angestänkert zu werden.

»Clara, ich rede mit dir!«

Ich huschte ins Bad und zog fest die Tür hinter mir zu. »Ich aber nicht mit dir, du Drache«, knurrte ich in meinen türkisen Bademantel, der an der Türgarderobe hing.

Im Kindergarten traf ich auf Julia, die mir natürlich sofort meinen Kummer und die erneute Schlaflosigkeit ansah.

»Herrje, was ist denn nun schon wieder los?«

Schlagartig kam ich mir doof vor. Was gab ich bloß für eine jämmerliche Figur ab?! Mal glücklich und übermotiviert, dann wieder geknickt und fast schon depressiv, das passte einfach nicht zu mir. So war ich nicht und wollte es auch nicht länger sein.

»Alles okay, Julia, ganz ehrlich. Ich habe nur schlecht geschlafen, weil Maya doch unter dieser lästigen Pollenallergie leidet.«

Oh Gott, bestimmt war jetzt wieder etwas von meinem positiven Karma flöten gegangen.

Skeptisch zog Julia die Augenbrauen hoch. »Dein Hund reagiert allergisch auf Pollen?«

Ich nickte mit Leidensmiene. »Ganz schrecklich. Darum röchelt sie nachts auch immer so und ich bekommen kein Auge zu.«

»Gibt's ja gar nicht.«

»Ist aber so«, sagte ich etwas schnippischer als ich es meinte. »Ich muss mich jetzt leider auch beeilen, Julia. Meine Schwiegermutter ist heute ausnahmsweise mal vor elf aufgestanden.«

»Du bist sie also noch immer nicht wieder losgeworden?!«

»Nein.« Ich rollte mit den Augen. »Sie hat sich fest bei uns eingenistet.«

»Du Arme.« Mitleidig lächelte Julia mich an. Was bei mir sofort katastrophale Auswirkungen hatte, denn das nächste heulende Elend machte sich bereit über mich herzufallen. Lange würde ich die Tränen bestimmt nicht mehr wegblinzeln können. Also legte ich einen geradezu rekordverdächtigen Sprint hin und war aus Julias mitleidigem Dunstkreis entschwunden, bevor sie mich tröstend in ihre Arme ziehen konnte, und ich ihr hundertprozentig den Blusenkragen nass geheult hätte.

Ein gutes Stück war ich bereits vom Kindergarten weggejoggt, als mir bewusstwurde, dass mein Auto noch direkt davor parkte. Fluchend drehte ich um. Allerdings machte ich nach nur wenigen Schritten wieder abrupt halt. Dann entdeckte ich in der Ferne Gesina und zwei weitere ebenso pädagogisch einwandfreie Supermuttis. Sie standen direkt neben meinem silbernen Kombi und tratschten. Ich wusste, das konnte dauern. Wenn ich Pech hatte, sogar Stunden. Also blieb mir nichts anderes übrig, als mein Auto zurückzulassen. In meiner derzeitigen Verfassung fühlte ich mich den Damen einfach nicht gewachsen.

An der nächsten Straßenecke wurde ich dann von einem quietschgrünen Kia mit knallbuntem Blumendesign überholt. Bevor ich ins Gebüsch hechten konnte, weil ich einfach nur allein sein wollte mit dem Chaos in meinem Kopf und Herzen, hatte die Fahrerin mich gesehen und der Wagen kam direkt neben mir zum Halten.

»Hallo, Clara.« Doro ließ das Fenster herunter und winkte mir fröhlich zu. »Gerade habe ich an dich gedacht und – schwupps – schon läufst du mir quasi direkt vors Auto.«

Ich tat total überrascht. »Ach, Doro, du bist es.«

Der nächste akute Verlust von positivem Karma. Niemand sonst in dieser Stadt fuhr so ein Auto wie Doro.

Dementsprechend argwöhnisch zog sie nun auch die Augenbrauen hoch. »Na ja, wie auch immer, ich wollte dich nur fragen, ob du kurz Zeit hast?«

»Wann? Jetzt gleich?«

Doro nickte. »Das wäre natürlich super.«

Ich war schon im Begriff, bedauernd die Schultern zu heben und ihr zu erklären, dass ich dringend nach Hause müsste, da überlegte ich es mir anders. »Klar habe ich Zeit.«

Sollte die herrische Henrietta sich doch selbst ihr Frühstück machen. Außerdem konnte ich dann Doro gleich endgültig und so behutsam wie möglich mitteilen, dass aus dem Teeladen definitiv nichts werden würde.

»Super. Dann steig ein.« Doro platzte fast vor Aufregung. Ich konnte es ihr direkt ansehen und bekam sofort ein schlechtes Gewissen, weil ich ihr gleich die gute Laune verderben musste.

Schwerfällig ließ ich mich auf den Beifahrersitz plumpsen und ganz plötzlich, und auch nur für den Hauch eines Moments hatte ich das Gefühl, irgendetwas vergessen zu haben. Nur was? Ach ja, genau, Doro zu fragen: »Was hast du denn eigentlich vor?«

Doch sie machte nur ein geheimnisvolles Gesicht und kicherte: »Das wird nicht verraten.«

»Nicht mal ein kleiner Hinweis?«

Vehement schüttelte sie den Kopf, erklärte dann aber: »Wir sind jetzt knapp eine Stunde unterwegs. Aber es lohnt sich. Das kannst du mir glauben.«

»Was? Aber-aber, Doro, das geht nicht. Ich muss um kurz vor eins wieder im Kindergarten sein. Und davor wollte ich eigentlich auch noch einkaufen gehen.«

Und dann kam mir noch etwas in den Sinn. Was viel Besorgniserregenderes. »Schafft dein Auto überhaupt so eine lange Strecke?«

Die knallbunten Blumen waren nämlich, außer witzig anzusehen, meiner Meinung nach dafür verantwortlich, Doros Blechkiste zusammenzuhalten.

»Natürlich«, erwiderte Doro mit beleidigter Stimme. »Locker!«

Von locker konnte dann aber keine Rede sein, wie wir die gut fünfzig Kilometer zurücklegten. Eher extrem langsam.

An Doros Auto gab es kaum etwas, das nicht quietschte und ächzte, am bedenklichsten ratterte der Auspuff. Es grenzte schon fast an ein Wunder, dass wir ihn unterwegs nicht verloren hatten.

Jetzt standen wir irgendwo in der Pampa herum und ich hatte nicht den geringsten Schimmer warum überhaupt. Hier draußen gab es absolut nichts. Okay, ein paar Bäume, ein paar Gehöfte, ein paar Wiesen und Äcker, aber nichts, was diese lange Fahrt meiner Meinung nach erklärte – und vor allem nötig gemacht hätte.

»Wenn es dir nur um ein bisschen frische Luft gegangen ist«, wandte ich mich leicht vorwurfsvoll an Doro, »dann hätten wir auch gut in den Stadtpark gehen können.«

Wobei ich dem Cocker-Spaniel-Besitzer nur ungern über den Weg gelaufen wäre.

»Jetzt warte doch mal ab, Clara. Gleich wirst du deine Meinung ändern. Ganz bestimmt.«

Ich zuckte die Achseln und seufzte. Viel mehr konnte ich sowieso nicht tun. Ich war Doro und ihrem uralten Blümchenvehikel ausgeliefert. Dass sich irgendwo in der Nähe eine Bushaltestelle befand, damit war bestimmt nicht zu rechnen. Und bevor ein Taxi es hierher geschafft hatte, war der Kindergarten längst geschlossen und Elke hatte mir die fristlose Kündigung in den Briefkasten geworfen.

»Da hinten ist es«, erklärte Doro plötzlich und lenkte den Wagen in eine schmale Allee.

Kurz darauf konnte ich nicht verhindern, dass mir tatsächlich ein beeindrucktes »Wow!« entfuhr.

»Hab ich dir doch gesagt«, freute sich Doro. »Warte erst, wenn du das ganze Gut gesehen hast, dann kommst du aus dem Staunen gar nicht mehr heraus.«

Doro hatte recht, das Anwesen war absolut beeindruckend.

So etwas hatte ich bisher nur in hochsentimentalen Fernsehverfilmungen gesehen. Rechts befand sich ein Gutshaus, schneeweiß, mit vielen Verschnörkelungen und zwei kleinen Türmchen. Es lag inmitten eines wunderschön angelegten kleinen Parks. Der schmale Weg zum Haus war mit ordentlich frisierten Buchsbäumchen eingefasst.

Neben dem Park befanden sich zwei flache Gebäude, die ebenfalls weiß getüncht waren. Ich tippte auf Pferdeställe, denn schräg dahinter entdeckte ich weitläufige Weiden und an der linken Seite befand sich ein großer Reitplatz, der von weißen Planken umgeben war.

Am Rande des mit ebenfalls weißen Kieselsteinchen bedeckten Innenhofs parkte Doro ihren Wagen neben vier weiteren Autos, öffnete die Fahrertür und stieg entschlossen aus.

Ich blieb, wo ich war.

»Nun komm schon«, forderte sie mich auf. Ihre Wangen waren rosa angehaucht. Die hellen Augen blitzten unternehmungslustig.

»Aber wir können hier doch nicht einfach herumspazieren?« Ich war mir sicher, gleich einem garstigen Gutsverwalter mit der Jagdflinte im Anschlag gegenüberzustehen, der uns mit wütendem Gebrüll vom Hof jagte.

Doch Doro blieb hartnäckig. »Natürlich können wir das! Und jetzt steig endlich aus, Clara.«

Sehr zögerlich erhob ich mich vom Sitz, sah mich misstrauisch auf dem Hof um, und als ich niemanden entdeckte, wagte ich mich tatsächlich ein paar vorsichtige Schritte vom Auto weg.

»Meine Güte, denkst du etwa, ich würde hier einfach herumlaufen, wenn es verboten wäre?« Doro schüttelte den Kopf – über mich.

»Weiß nicht?!«, gab ich ehrlich zu. Doro kam mir heute so

anders vor. Irgendwie berauscht. Zu allem bereit. Zielstrebig, und voller freudigem Tatendrang – also genau das Gegenteil von mir.

Entschlossen hakte sie mich unter und zog mich quer mit sich über den Kieselsteinchenhof direkt auf das herrschaftliche Gutshaus zu. Sie zögerte keinen Wimpernschlag lang, legte ihre Hand auf die verschnörkelte Messingklinke und schob die schwere Eingangstür auf. – Ohne vorher zu klingeln oder wenigstens anzuklopfen.

»Doro, ich halte das wirklich für keine gute Idee«, flüsterte ich.

Sie lachte hell auf. »Aber ich!«, und zog mich ins Innere.

Unsere Absätze klackerten im Takt auf dem Mosaiksteinfußboden, als wir den imposanten Flur mit unzähligen Massivholzumrahmten Gemälden an den Wänden entlanggingen und kurz darauf vor einer weiteren schwer barocken Tür angekommen waren. Doro öffnete auch diese wie selbstverständlich.

»Doro, bist du dir sicher, dass wir hie …«

Mitten im Wort blieb mir die Luft weg. Aber nur um im nächsten Moment verzückt auszurufen: »Verdammt, ist das schön hier!«

Wir standen im Eingang eines Cafés, das so liebevoll und anheimelnd wie eine kleine Puppenstube eingerichtet war. Im Raum verteilt befanden sich mehrere gemütliche Sitzgruppen, jeweils aus einem bunten Sofa, zwei, drei dazu passenden Stühlen und mittig einem antiken Holztisch bestehend. An den Wänden hingen wunderschöne Landschaftsgemälde und Fotografien von Pferden. Die Rahmen harmonierten mit den anderen nostalgischen Dekorationsgegenständen, die überall im Raum zu finden waren. Den Mittelpunkt des Cafés bildete ein massiver Tresen mit Glasaufsatz, und an der rechten Seite eine wirklich beeindruckende Standuhr, die garantiert aus dem Buckingham Palast der Queen hierher geschafft worden war. Abgerundet wurde die romantische Einrichtung von den geblümten Übergardinen vor den Fenstern, deren Muster in jeder Wohnung für nacktes Grauen gesorgt hätten, doch hier einfach nur wunderschön aussahen.

»Damit hätte ich nun wirklich nicht gerechnet«, säuselte ich komplett entzückt.

Doro strahlte mich an und erklärte: »Vorsicht, Stufe!«

»Wie?«, surrte ich noch immer völlig benommen von diesem Anblick, da machte mein linker Fuß schon einen Tritt ins Leere. Ich stolperte, wankte zwei, drei Schritte nach vorne, und wenn nicht jemand wie aus dem Nichts nach meinem Arm gegriffen hätte, dann würde ich jetzt bei den drei mich leicht befremdet ansehenden älteren Damen mitten auf dem Tisch liegen.

»Clara, was machst du denn?« Doros Stimme klang besorgt, aber auch ein wenig vorwurfsvoll.

Ich blickte nach links in ein paar dunkle Augen die ich dem Besitzer der Hand zuordnete, die mich gerade gerettet hatte.

»Diese Stufe ist wirklich verflixt«, brummte eine männliche Stimme.

»Ist Ihnen etwas passiert?« Eine Frau im Dirndl kam auf mich zugeschossen. Ich war so perplex, dass ich überhaupt nicht mehr wusste, wen ich zuerst anschauen sollte: den Mann, Doro oder die Dirndlfrau? Ich entschied mich für meine Füße, denn das Ganze war mir so peinlich, dass mir die Röte ins Gesicht schoss.

»Geht es wieder?«, brachte sich der Mann in Erinnerung. »Kann ich Ihren Arm loslassen?«

»Ja«, hauchte ich, ohne aufzusehen. »Alles toll.«

Er löste seinen Griff und verschwand dann irgendwo hin.

Mir war es egal. Ich bedankte mich nicht einmal. Die Dirndlfrau ignorierte ich ebenfalls. Nur Doro krallte ich mir. »Was ist das hier, Doro«, keuchte ich.

»Komm, wir setzen uns erst einmal dort hinten in die Nische. Dann kannst du dich etwas beruhigen«, schlug Doro vor. Sie machte den Eindruck, als ob sie sich ein wenig schämen würde. Meinetwegen? Okay, aber konnte ich denn ahnen, dass Doro mit »Vorsicht, Stufe!« gemeint hatte, dass sofort eine Stufe kommen würde?!

Doro schob mich in eine kleine Nische, die so was von schön war, dass ich nur laut seufzen konnte: »Ist das unglaublich hier …«

Zwei kleine Bänke, ganz liebevoll mit fluffigen Plüschkissen drapiert, darüber ebenso nostalgische Bilder an den Wänden – alle handgemalt, bestimmt keine Drucke. Wie in einem richtigen Jagdschloss. Zwischen den bezogenen Bänken befand sich ein schmaler Tisch, auf dem silberne Kerzenleuchter und eine passende Schale wie zufällig in Szene gesetzt worden waren. Über all dem thronte ein pompöser Kronleuchter, den ich normalerweise als extrem kitschig eingestuft hätte, der hier jedoch das anrührende Gesamtwerk stilvoll abrundete.

»Wie bist du hier hergekommen? Ich meine, wie hast du dieses wunderschöne Café entdeckt?«, fragte ich.

»Lauryns Klassenkameradin Tessa hat hier ihr Pferd stehen«, sagte Doro.

»Ihr Pferd?« Ich schaute mich unsicher um. »Im Café?«

Doro winkte ab. »Natürlich stehen die Pferde im Stall und nicht hier im Gutshofcafé«, klärte sie mich grinsend auf. »Tessa hat Lauryn neulich nach der Schule mal mit hierher genommen. Mit Tessas Mutter war vereinbart, dass ich die Mädchen später wieder abholen sollte.« Doro machte eine kurze Pause, bevor sie mit bedeutungsvoller Miene weiter erzählte. »Erst habe ich mich schrecklich geärgert, als ich begriffen habe, wie weit die Strecke ist. Und dann gleich noch mal so viel, weil die beiden noch nicht mit dem Reiten fertig waren, als ich hier endlich angekommen war. Tessa hat dann vorgeschlagen, dass ich so lange im Gutshofcafé einen Cappuccino trinken sollte. Das würde ihre Mutter auch immer so machen. Tja, und dann war ich einfach nur baff, weil ich natürlich nicht damit gerechnet hatte, so ein traumhaft schönes Café hier in der Einöde vorzufinden.« Sie verpasste mir einen sanften Knuff gegen den Oberarm und fügte dann schmunzelnd hinzu: »Allerdings nicht so baff wie du. Jedenfalls musste mich niemand festhalten.«

Ich buffte schmunzelnd zurück. »Ja, ja, mach dich ruhig lustig über mich. Aber du hast recht, es ist wirklich traumhaft schön hier. Nur leider auch ziemlich weit draußen.«

Doro nickte. »Und das ist auch gut so, denn dann können wir hemmungslos kopieren.«

»Guten Tag, die Damen.« Die Dirndlfrau war an unseren Tisch getreten, sodass ich Doro erst einmal nicht fragen konnte, was sie damit gemeint hatte. »Darf ich Ihnen schon etwas bringen?« Dann legte sie mir plötzlich ihre warme Hand auf den Unterarm und erkundigte sich: »Geht's wieder?«

Ich nickte und lief prompt mal wieder rot an. Wie kindisch. Das musste ebenfalls an den Mutti-Hormonen liegen. Normalerweise brannten mir nicht bei jeder Gelegenheit gleich die Wangen wie zwei feurige Bratäpfel. »Alles gut. Ich war nur so beeindruckt und na ja …« Ich brachte den Satz nicht zu Ende, aber die Dirndlfrau hatte mich auch so verstanden.

Sie lachte hell auf. »Das geht den Meisten so.«

»Da bin ich aber beruhigt«, sagte ich. »Aber das alles hier ist auch wirklich ein Traum.«

Die Dirndlfrau reichte uns zwei in Leder gebundene Karten. »Ich habe mir mit dem Gutshofcafé tatsächlich einen Traum erfüllt. So wie mein Mann sich mit dem Pferdepensionsstall seinen erfüllt hat«, erklärte sie uns mit einem derartig glückseligen Lächeln im Gesicht, dass ich sie nicht nur um das Café beneidete, sondern auch um ihren Mann. Was natürlich Unsinn war. Bestimmt wollte ich Paul nicht gegen einen Pferdewirt eintauschen.

»Darf ich Ihnen jetzt etwas bringen?«

Doro und ich nickten im Takt.

»Unbedingt«, sagte Doro.

Nachdem wir unsere Bestellung aufgegeben hatten, legte Doro die Karte auf den Tisch und sah mich eindringlich an. »Ganz genauso könnte dein Teeladen auch aussehen, Clara«, sagte sie. »Und Maya könnte gemütlich neben einer schicken Standuhr liegen. Natürlich wird es schwer sein, ein ähnliches Prachtexemplar wie dieses hier zu finden, aber bei dir könnte ja alles etwas moderner und auch schon irgendwie luftiger sein.«

»Ja.« Ich schluckte. »Ich meine, nein!«

»Aber warum nicht?«, fragte Doro. »Gefällt es dir nicht?«

»Doch, natürlich sehr und ja, es wäre wirklich fantastisch, wenn man den Laden nach diesem Vorbild einrichten könnte und eben nicht nur Tee verkauft, sondern eine richtige Teestube daraus machen würde. Vielleicht sogar mit selbstgebackenem Kuchen und so.«

»Und warum machen wir es dann nicht?«, fragte Doro.

Ich zuckte nur hilflos die Achseln.

Eine Weile herrschte Schweigen, bevor ich stammelnd zu erklären versuchte: »Es … es geht eben nicht, Doro. Tut mir … leid.« Dann platzte es aus mir heraus: »Es ist wegen Katja. Sie hat mich dermaßen rund gemacht, weil sie meinetwegen nun doch den ganzen Stress mit der restlichen Ware und der Ladeneinrichtung hat. Und auch wegen Paul. Ich kann das nicht bringen. Stell dir mal vor, wenn er dann doch nicht so begeistert ist, sondern stocksauer, und außerdem will ich nichts mit Georgs Rachegelüsten Katja gegenüber zu tun haben.« Ich stockte, um tief Luft zu holen und dann zu erklären: »Nein, Doro, es soll nicht sein. Ich stoße damit allem Anschein nach zu vielen Menschen vor den Kopf. Und außerdem, meine Schwiegermutter hat sich doch bei uns einquartiert und sie würde sofort etwas mitbekommen und es dann Paul brühwarm petzen.«

»Und nun?«, fragte Doro leise und sichtbar enttäuscht.

Ich seufzte tief. »Verschiebe ich das Thema Teeladen auf irgendwann. Wenn die Kinder aus dem Gröbsten …« Ich konnte nicht weiterreden, weil ich plötzlich von einem bitteren Gefühl des Bedauerns ergriffen wurde. In meinem Magen schien ein schwerer Klumpen zu liegen, und meine Kehle schmerzte bei dem Versuch, die Tränen des Scheiterns zurückzuhalten. So laut ausgesprochen traf mich mein Entschluss gleich noch mal so hart. Außerdem merkte ich selber, wie schal meine Begründung klang.

»Verstehe«, sagte Doro nur, obwohl sie total verdattert aussah.

»Tut mir leid«, wiederholte ich mich. »Auch das mit dem ewigen Geheule. Das sind die Schwangerschaftshormone, weißt du?!«

Doro nickte wissend.

Dennoch fühlte ich mich verpflichtet, es ihr noch etwas anschaulicher zu erklären. »Gestern Abend habe ich mir mit den Mädchen ihre Lieblings-Sesamstraße-DVD angeguckt und bin glatt in Tränen ausgebrochen, weil Grobi dem Krümelmonster die Kekse weggenommen hat.«

»Echt?« Doro rang sich ein Lächeln ab. Aber ich ahnte, dass der Frust schrecklich in ihr rumorte. Schließlich fühlte ich mich ganz genauso.

Die Dirndlfrau servierte uns den Cappuccino. Wir bezahlten direkt, tranken unsere Tassen in Rekordzeit aus und machten uns dann auf den Heimweg.

Die ganze Rückfahrt lang sprachen wir nicht miteinander. Doro schien angestrengt über etwas nachzudenken, ihre Wangenknochen arbeiteten unermüdlich, und ich hatte das Gefühl, dass es besser war, sie in Ruhe zu lassen.

Als Doro schließlich ihren Wagen direkt hinter meinem parkte und den Motor ausstellte, verkündete sie entschlossen: »Dann mache ich es eben alleine!«

»Was?«, fragte ich erstaunt.

»Den Teeladen!«, sagte Doro.

Im ersten Moment wusste ich nicht, was ich darauf erwidern sollte. Doro hatte weder das Geld noch die Kontakte und schon mal gar nicht die Erfahrung, um so ein Projekt allein auf die Beine zu stellen. Zumal ich mir ziemlich sicher war, dass Georg ihr den Laden unter diesen Umständen sowieso nicht vermieten würde. Dann aber begriff ich, was sie damit bezweckte.

»Das sagst du doch nur, um mich aus der Reserve zu locken«, sagte ich.

Trotzig wie ein kleines Kind schob sie die Unterlippe vor. »Warum traust du mir das nicht zu?«

»Weil …«

Doch Doro ließ mich nicht weiterreden. »Nein, Clara, die Frage muss anders lauten: Warum traust du dir das nicht zu?«

»Das habe ich dir doch vorhin erklärt«, sagte ich.

Doro schnaufte wie ein wütender Stier. »Alles Blödsinn!«

»Wie bitte?«

»Katja ist ne blöde Kuh, die zurzeit wegen ihrem Ramón sogar ihre eigene Mutter verkaufen würde, und, dass du dich von ihr erpressen lässt, geht echt nicht in meinen Kopf. Und was Paul betrifft, warum vertraust du nicht einfach darauf, dass er begeistert sein wird und auch ganz schön stolz, wenn er sieht, was du ohne ihn geschafft hast? Wie kann es nur sein, dass du dich von ein paar Eventualitäten dermaßen verunsichern lässt?«

»Ich weiß nicht«, murmelte ich kleinlaut.

»Ich hätte dir wirklich mehr Energie und mehr Durchhaltevermögen zugetraut, Clara. Weißt du eigentlich, dass ich dich immer schon bewundert habe, wie locker du das alles hinbekommst mit deinen beiden Mädchen, Haus, Garten, Hund und einem Ehemann, der ständig beruflich in der Weltgeschichte herumdüst?!«

Ich schüttelte den Kopf.

»So ist es aber. Ich würde das nicht packen. Bin ja manchmal schon mit einer Tochter und kleiner Mietwohnung am Rande meiner Möglichkeiten. Aber du, Clara, du bist aus einem ganz anderen Holz geschnitzt, du hast das Zeug dazu. Zumindest war ich bis vor wenigen Momenten felsenfest davon überzeugt.«

Einen Moment lang sahen wir uns nur an. Dann begann meine Unterlippe zu zucken. Ich konnte nichts dagegen tun.

»Fängst du jetzt gleich wieder das Heulen an?«, fragte Doro.

»Nein«, gluckste ich.

»Ach so, du machst dich also über mich lustig?!«, stellte Doro mit hochgezogenen Augenbrauen fest.

Ich schüttelte den Kopf und dann brach es aus mir heraus.

Ich lachte mir den ganzen Frust von der Seele und Doro stieg nach einer Weile in mein Gejohle ein.

»Du hast so recht, Doro«, quiekte ich.

Bis sich plötzlich im Kofferraum vor uns etwas bewegte und mir schlagartig das Blut in den Adern gefror. Jetzt wusste ich endlich wieder, was ich vorhin vergessen hatte: Maya im Kofferraum.

KAPITEL 16

Das Glück zu halten: Welch vergebliche Hoffnung!
Fließendes Wasser mit den Händen zu halten,
vermag keiner der Menschen.

Chinesische Weisheit

Am Montagmorgen brachte ich Lilli und Luzie beschwingt in den Kindergarten. Henrietta schlief noch den Schlaf der Bequemen. Wenn sie dann gegen elf, halb zwölf bereit war, sich das Frühstück von mir servieren zu lassen, würde sie statt meiner Wenigkeit nur einen Zettel auf dem Esstisch vorfinden. Ich war dann längst im Teeladen, um gemeinsam mit Doro die erste Ware in Empfang zu nehmen. Julia hatte auch ihre Hilfe angeboten, und ich freute mich schon sehr darauf, mit den beiden zusammen den Tee auszupacken und in die Regale einzuräumen.

All das stand natürlich nicht auf dem Zettel, den ich Henrietta hinterlassen hatte, sondern nur kurz und knapp, dass ich einen Arzttermin hätte, und um halb zwei zurück sei.

Inzwischen war so viel passiert, dass ich es selbst kaum fassen konnte. Dank Doros hitziger Standpauke hatte ich tatsächlich den Mietvertrag für Katjas ehemaligen Jeansshop unterschrieben und zwar zu sensationellen Konditionen. Gleich darauf war Georg so richtig in Wallung geraten und hatte eine Firma damit beauftragt, den Laden leer zu räumen sowie von Grund auf zu renovieren.

Okay, in diesem Moment war das schlechte Gewissen noch mal so richtig in mir hochgekocht, doch dann hatte Georg mir anschaulich klar gemacht, dass Katja keineswegs gezwungen war, Fashion Point zu schließen. Zumindest nicht aus finanziellen Nöten. Der Laden lief zwar nicht bombastisch gut, aber, dass Georg regelmäßig Geld reingepumpt hätte, damit Katja nicht Konkurs anmelden musste, war schlichtweg falsch.

Meine Freundin hatte mich also ziemlich belogen. Ich konnte es nicht fassen, weil ich Katja so etwas niemals zugetraut hätte. Die Enttäuschung über ihr falsches Spiel tat mir schrecklich weh, so wie mich die Motivation für ihre Lügerei ratlos machte.

Doro, mit der ich schließlich darüber sprach, fand dann aber eine einfache, wie wohl auch logische Erklärung dafür. »Katja ist verliebt. Deshalb ist ihr alles andere gerade völlig egal. Aber ich bin mir sicher, wenn sie irgendwann mal wieder aus ihrem rauschartigen Zustand aufwacht, dann wird sie sich über sich selbst wundern und nur den Kopf schütteln können.«

»Das kann ich nur hoffen«, nickte ich.

Doch so richtig daran glauben, dass die Liebe an allem schuld sein sollte, das tat ich nicht. Die Liebe war für mich etwas ganz Wunderbares, ich mochte sie nicht für Handlungen verantwortlich machen, die andere verletzten. Auch wenn das naiv und dumm von mir war, denn das Leben hatte ja schon unzählige Male bewiesen, dass Doro völlig richtig mit ihrer Argumentation lag.

Nachdem das Inventar und die Fashion-Point-Ware abgeholt worden war, hatte ich mit Doro und Julias Unterstützung die Ladeneinrichtung bei Ikea gekauft. *Billy* in Weiß eignete sich nicht nur als Bücherregal, man konnte auch ganz wunderbar Teedosen darin unterbringen, hatte ich zu meiner übergroßen Freude festgestellt. Und was das Aufbauen betraf waren Julia und ich sowieso Vollprofis.

Wir erstanden noch mehrere unterschiedliche Stühle und vier weiße Tische, sowie einen super gemütlichen Lesesessel, der jedoch beinahe so viel kostete wie die zwölf Billy-Regale zusammen. Doch ich hatte einfach nicht widerstehen können. Insgeheim sah ich mich schon mit meinem Baby darin sitzen, Tee trinken, während Lilli und Luzie in der Spielecke, die ebenfalls zum Konzept des Teeladens gehörte, am Basteltisch malten oder sich ein Buch anschauten. Eines der Billy-Regale wollte ich tatsächlich für Bücher verwenden. Meine Kunden sollten sich bei mir rundum wohlfühlen, und dazu gehörte für mich neben einer Tasse Tee eben auch ein gutes Buch.

Natürlich hatte meine moderne wie extrem kostengünstige Einrichtung herzlich wenig mit den fast schon antiken und garantiert sehr teuren Möbeln im Gutshofcafé zu tun. Aber wenn der Teeladen erst einmal gut lief, dann wollte ich das ein oder andere Stück kaufen. Nach und nach würde hier dann bestimmt ein ähnlich herzerwärmender Ort entstehen, an dem man sich einfach nur hinsetzen und wohlfühlen wollte.

Kaum waren sämtliche Regale aufgebaut, die Tische und Stühle perfekt angeordnet, Blumen, Kerzenständer und Bilder dekorativ platziert und die Spielecke kunterbunt und kuschelig eingerichtet, hatte ich die erste Bestellung aufgegeben. Ich konnte mein Glück kaum fassen, weil der Lieferant sich aufgrund unserer früheren guten Zusammenarbeit dazu hatte hinreißen lassen, mir die erste Ware auf Kommission zu liefern, was natürlich für mein recht überschaubares Budget eine phänomenale Nachricht war. Dementsprechend laut war mein Jubel dann auch ausgefallen, nachdem ich das Telefonat mit dem netten Herrn Prignitz beendet hatte.

Das war einer von den Momenten in den letzten zwei Wochen gewesen, in denen Henrietta mich misstrauisch musterte und mit scharfer Stimme erfahren wollte: »Warum verschwindest du eigentlich ständig zum Telefonieren in den Garten, Clara?«

»Ich möchte dich halt nicht stören«, tat ich scheinheilig. »Ich weiß ja, wie sehr du deine Ruhe brauchst.«

»Wie rücksichtsvoll von dir«, heuchelte Henrietta lächelnd. »Was mich allerdings noch viel mehr wundert, ist, dass du in den letzten Tagen fast jeden Morgen irgendeinen dringenden Arzttermin hattest. Paul übrigens auch.«

Unmerklich zuckte ich zusammen. »Paul?«

Henrietta zeigte mir die obere Reihe ihres strahlendweißen Hollywoodgebisses. »Natürlich habe ich ihm davon berichtet, Clara. Oder denkst du, ich würde meinem Sohn etwas verheimlichen?«

Wie sie das *verheimlichen* betont hatte, und mich dabei mit ihren graublauen Augen anstierte, prompt lief mir ein eisigkalter Schauer des Schuldbewusstseins über den Rücken. Paul ahnte ja nach wie vor von all dem nichts und so sollte es nach Möglichkeit auch noch eine Weile lang bleiben. Doch Henriettas Misstrauen schwebte wie ein Damoklesschwert direkt über meinem Kopf.

»Ich war ja nicht nur bei meiner Frauenärztin«, log ich.

»Aha«, machte Henrietta spöttisch.

Bevor sie mich weiter in die Enge treiben konnte, war ich schnell zu Lilli und Luzie raus in den Garten geflüchtet, wo meine Mädchen gerade begeistert dabei waren, mit Maya nach Regenwürmern zu buddeln – natürlich mitten auf der schicken Rollrasenfläche.

Die Sache mit dem Teeladen vor Henrietta zu verheimlichen, gestaltete sich zunehmend schwieriger. Wenn ich nicht verdammt aufpasste, dann würde sie womöglich einen Privatdetektiv auf mich ansetzen. Zuzutrauen war ihr das allemal. Zumal Luzie, mit ihrem kaum zu stoppenden Plappermäulchen, ständig Gefahr lief, der Oma von Mamas tollem Laden und der knallschönen Spielecke zu erzählen. Es wurmte mich ganz schrecklich, dass ich meine Mädchen quasi zum Flunkern animieren musste, indem ich sie ständig daran erinnerte, dass sie weder dem Papa am Telefon, noch der Oma etwas verraten durften, weil doch dann die ganze schöne Überraschung dahin sei. Paul erst von meiner Selbstständigkeit zu erzählen, wenn alles in trockenen Tüchern war und wie geschmiert lief, war das eine. Auch was die Heimlichtuerei vor Henrietta betraf, verspürte ich null schlechtes Gewissen. Doch, meine Mädchen da mit reinziehen zu müssen – zumindest kam es mir ein wenig so vor –, bereitete mir ernsthaftes Unbehagen.

»Wie das duftet, herrlich.« Julias Oberkörper verschwand beinahe vollständig in dem großen braunen Karton. »Von jetzt an trinke ich nur noch Tee.«

Im Vorbeigehen tätschelte Doro ihr den Rücken. »Den du aber immer schön brav hier bei uns kaufst.«

Ruckartig richtete Julia sich wieder auf. Ihr langes blondes Haar war zerzaust, die Wangen rot wie Klatschmohn.

»Natürlich! Das ist ja wohl Ehrensache. Und nicht nur das, ich werde auch noch kräftig die Werbetrommel für euch rühren, Mädels«, versprach sie voller Inbrunst.

»Apropos Werbung, wann werden eigentlich die Flyer angeliefert, Clara?«, fragte Doro.

»Verflixt!« Klatschend schlug ich mir die flache Hand vor die Stirn. »Gar nicht, ich meine, so ein Mist, ich habe total vergessen die Bestellung aufzugeben.«

Doro sah mich ungläubig an. »Echt?«

Ich seufzte schwer. »Es ist zum Mäusemelken. Henrietta weicht mir zu Hause nicht mehr von der Seite und das macht mich inzwischen so kirre, das ich ständig vergesse, was ich noch so alles auf meiner To-do-Liste habe.«

»Ich denke, sie steht nicht vorm Mittagessen auf?«, sagte Julia.

Ich nickte. »Trotzdem habe ich ewig das Gefühl, dass sie alles mitbekommt. Ich sag's euch, die Frau hört selbst mit Ohropax noch 'ne Stecknadel fallen, wenn sie erst einmal misstrauisch ist.«

»Du Arme«, fand Julia zum wiederholten Male. »Vielleicht solltest du Paul doch die Wahrheit sagen?! Dann hast du wenigstens diese Heimlichtuerei vor deiner Schwiegermutter vom Hals.«

»Im Leben nicht!« Entschieden schüttelte ich den Kopf. »Alles läuft nach Plan. Klar ist Henrietta angespitzt. Aber noch immer wegen Georg. Gestern Abend hat Paul mir am Telefon gerade wieder erzählt, dass sie ihm deswegen ständig in den Ohren liegt.«

»Entschuldige, Clara, aber die Frau hat doch echt 'nen Knall«, fand Doro.

»Dafür musst du dich nicht entschuldigen, Doro, es entspricht ja der Wahrheit. Aber besser sie nervt Paul mit meinem angeblichen Geliebten, als dass sie hinter die Sache mit dem Teeladen kommt.«

Julia machte große Augen. »Dass dein Mann denkt, du hättest was mit Doktor Melchert, ist dir lieber, als dass er vorzeitig von deiner Selbständigkeit erfährt?«

Ich nickte. »So ist es.«

»Tatsächlich?« Julia konnte es nicht fassen.

Ich grinste sie schief an. »Nun mach dir mal keine Sorgen, Julia, Paul amüsiert sich köstlich über Henriettas Verdacht. Er weiß ganz genau, dass Georg so ziemlich der letzte Mann auf Erden ist, mit dem ich etwas anfangen würde. So, und jetzt laufe ich gleich rüber zur Druckerei und gebe die Flyer in Auftrag. Auf dem Rückweg gehe ich noch schnell beim Tischler vorbei und erkundige mich nach dem Tresen. Das wollte ich eigentlich auch schon längst erledigt haben. Kommt ihr hier solange ohne mich klar?«

Doro und Julia nickten im Takt.

»Prima, dann bis gleich«, winkte ich ihnen zu und rauschte aus dem Laden.

In der Druckerei dauerte es keine zehn Minuten, dafür verbrachte ich eine halbe Ewigkeit beim Tischler zu. Der gute Herr Schmidtke behauptete doch tatsächlich, dass er mich darauf hingewiesen hätte, ich müsse erst fünfzig Prozent anzahlen, bevor er mit der Fertigung des Verkaufstresens beginnen würde. Nun hatte er noch keinen Handschlag getan und die Zeit wurde wirklich knapp.

»Aber das stimmt doch gar nicht, Herr Schmidtke!« Empört schnappte ich nach Luft. »Sie haben gesagt, dass die Gesamtsumme bei Lieferung fällig sei.«

Doch, egal wie ich mich aufregte, der Tischler blieb stur. »Wissen Sie, Frau Obermueller, ich habe in unserer Stadt in den letzten Jahren so viele Geschäfte eröffnen und ebenso schnell wieder schließen gesehen.«

»Was mit meinem Laden garantiert nicht passieren wird«, erklärte ich selbstsicher.

Herr Schmidtke lachte mürrisch auf. »Das haben die alle behauptet. Und ein, zweimal bin ich auch drauf reingefallen. Nee, nee, Frau Obermueller, diesmal bleibe ich nicht auf meinem Geld sitzen. Nicht mit Schmidtke!«

»Dann eben nicht«, fuhr ich ihn barsch an und ließ die Tür ziemlich krachend hinter mir ins Schloss fallen.

Auf so einen unseriösen Geschäftspartner konnte ich gut verzichten. Dann würde eben erst einmal *Norden* als Verkaufstresen herhalten müssen. Wer brauchte schon einen maßangefertigten Tresen wenn er Ikeas Esstisch *Norden* haben konnte, der dazu auch noch wesentlich preiswerter war.

Mein Handy klingelte. Doro war am Apparat und wollte wissen, wo ich denn so lange bliebe.

»Dieser Tischler ist ein Arsch«, klärte ich sie knurrend auf. »Darum müssen wir heute Nachmittag doch noch mal schnell zu Ikea und *Norden* kaufen.«

»*Norden* ist super«, fand Doro. »Und verträgt sich auch sicher viel besser mit Billy und den ganzen anderen schwedischen Freunden.«

Ich lachte. Doro war echt genial. Gerade hatte ich mich noch so geärgert und jetzt war ich heilfroh, dass ich das Geld für den maßangefertigten aber garantiert namenlosen Tresen sparen konnte. »Kannst du Julia mal fragen, ob sie heute Nachmittag noch mal ihren Mini gegen Karstens Multivan eintauschen kann?«

Doro fragte, aber Julia verneinte bedauernd. Karsten war den ganzen Tag über in irgendwelchen geschäftlichen Besprechungen, sodass sie ihn nicht erreichen konnte.

»Aber morgen früh ginge es«, sollte Doro mir von ihr ausrichten. »Und ohne Kinder sind wir bestimmt auch wesentlich schneller bei Ikea durch.«

Damit hatte sie natürlich recht. Also verschoben wir das Ganze auf den nächsten Vormittag, auch wenn ich keinen Plan hatte, wie ich meine erneute vormittägige Abwesenheit der sowieso schon skeptischen Henrietta erklären sollte.

»Mir ist übrigens noch etwas eingefallen, Clara«, sagte Doro.

»Oh nein, jetzt sag bloß nicht, dass ich schon wieder was vergessen habe?!«

»Nein, nein«, beruhigte sie mich. »Aber wenn du sowieso schon unterwegs bist, dann kannst du doch gleich noch mal beim Gewerbeamt reingehen und nachfragen, wann du endlich deinen Gewerbeschein bekommst.«

»Stimmt, das wird langsam wirklich Zeit«, war ich ganz ihrer Meinung. »Und weißt du was, anschließend marschiere ich damit weiter zum Finanzamt. Allerdings schaffe ich es dann nicht mehr in den Teeladen, bevor der Kindergarten schließt.«

»Kein Problem«, beruhigte Doro mich. »Julia und ich sind sowieso schon fast fertig. Wo du allerdings das ganze Teezubehör hinhaben möchtest, weiß ich nicht. Aber das können wir doch einfach stehen lassen und dann morgen nach Ikea zusammen einräumen.«

»Gute Idee«, fand ich.

Ich verabschiedete mich und marschierte dann hochmotiviert zum Rathaus, indem sich auch das Gewerbeamt befand.

Wenn alles gut lief, dann war heute nicht nur die erste Ware im Teeladen eingezogen, sondern auch der ganze lästige Behördenkram erledigt.

Perfekt!

Und so blieb es auch – perfekt. Die nächsten Tage verliefen wie am Schnürchen. *Norden* fügte sich zwischen seinen schwedischen Freunden ganz hervorragend ein. Die restliche Ware kam nach und nach an, die kleine Registrierkasse wurde geliefert, und als sich endlich alles an Ort und Stelle befand, putzten und wienerten wir mit vereinten Kräften noch einmal alles auf Hochglanz.

Die gute Henrietta hatte mir unterdessen auch keinen größeren Strich durch die Rechnung gemacht. Für ihre Verhältnisse war es sogar recht erträglich mit ihr verlaufen. Vormittags stand sie nicht auf, um dann erst einmal für Ewigkeiten im Bad zu verschwinden. Die Nachmittage verbracht sie dann überwiegend damit, den Kindern beim Spielen zuzusehen oder mir bei der Hausarbeit. Selbst ihre bissigen Kommentare verloren allmählich an Schärfe und so war es mir in den letzten Tagen manchmal fast so vorgekommen, als wäre sie gar nicht da. Aber womöglich hatte es auch daran gelegen, dass meine Gedanken unentwegt um ganz andere Dinge geschwirrt waren.

Am späten Donnerstagnachmittag war es dann endlich so weit, alles war fertig.

»Ich kann es kaum fassen, wir haben es wirklich geschafft«, strahlte Doro ein wenig ungläubig, als wir unsere Schrubber, Eimer und Wischlappen im kleinen Abstellraum verstaut hatten und uns erschöpft, aber überglücklich an einem der Tische niederließen.

Keinen Moment zu früh übrigens, denn mein Sparkonto war inzwischen restlos geplündert. Allmählich wurde es Zeit, dass Geld reinkam. Die ersten Rechnungen warteten schon ungeduldig darauf, von mir beglichen zu werden.

Aber in diesem Moment, in dem ich mit Doro und Julia im fertig eingerichteten Teeladen saß, Lilli, Luzie und Julias Jungs, wie dem Bilderbuch entsprungen, artig und harmonisch in der kuscheligen Spielecke zusammenhockten, wollte ich nicht an Rechnungen, Schwiegermütter oder meine zerbrochene Freundschaft zu Katja denken. Diesen Augenblick wollte ich genießen und mich dem wohligen Gefühl des Stolzes hingeben. Ich wollte mich einfach nur freuen, auf das, was wir geschafft hatten, und natürlich auf Samstag, wenn die Teestube, wie ich meinen Laden genannt hatte, endlich eröffnet wurde.

»Danke«, lächelte ich meine beiden Freundinnen glückselig an. »Danke für alles.«

»Jetzt fang bloß nicht wieder zu heulen an, Clara, bitte«, winkte Doro schmunzelnd ab. Doch ich sah ganz deutlich, dass es auch in ihren Augen verdächtig funkelte.

Ich hatte schon den Mund aufgeklappt, um ihr zu versichern, dass ich das keineswegs vor hatte, als ein sonderbares Knirschen mich zusammenschrecken ließ.

»Was war das?«, rief Julia ebenso erschrocken.

Drei Sekunden später krachte eines der Billy-Regale mit einem lauten Scheppern in sich zusammen.

»Oh nein!«, jammerte Doro, während Julia versuchte, wenigstens einen Teil des Teegeschirrs aufzufangen, bevor es auf dem harten Fußboden zerschlug.

Ich stand einfach nur da und war zu geschockt, um irgendetwas zu tun. Ausgerechnet das Regal, in dem sich das Porzellan befand, musste den Geist aufgeben, noch bevor wir überhaupt eröffnet hatten.

»Mami, warum ist denn das Regal umgekippt?«, fragte mich Luzie. Sie war an meine Seite getreten und umfasste mit ihrer kleinen, warmen Hand meinen Unterarm.

»Weil ich es wohl nicht richtig zusammengebaut habe«, erklärte ich mit tonloser Stimme.

»Und warum hast du das gemacht?«, bohrte Luzie weiter.

Ich sah sie an und konnte nur hilflos die Schultern zucken.

»Alles halb so schlimm«, versuchte Julia mich aufzumuntern. »Bis auf drei Tassen und einem Stövchen ist alles heil geblieben. Und das Regal haben wir im Handumdrehen wieder aufgebaut und diesmal auch an der Wand verschraubt.«

»Trotzdem«, murmelte ich noch immer reichlich geschockt, »ist das kein gutes Zeichen, wenn der Laden sich noch vor der Eröffnung in seine Einzelteile zerlegt.«

Doro legte mir die Hand auf die Schulter. »Clara, Clara,

wo ist nur dein Optimismus hin, Scherben bringen Glück. Schon vergessen?!«

Okay, wenn man es so betrachten wollte, dann war es wohl tatsächlich ein gutes Omen.

Hoffentlich …

KAPITEL 17

Menschen zu finden, die mit uns fühlen und empfinden,
ist wohl das schönste Glück auf Erden.

Carl Spitteler

»Meine Güte, ich kann mich nicht erinnern, wann ich das letzte Mal so aufgeregt war.« Doros Augen flackerten nervös hin und her. »Hoffentlich haben wir nichts vergessen?!«

Beruhigend legte ich ihr die Hand auf den Unterarm.

»Alles wird gut.« Im Gegensatz zu ihr war ich überraschend entspannt. Aber es gab auch keinen Grund, sich zu sorgen, fand ich.

Der Teeladen war perfekt geworden. Alle Flyer verteilt. Genügend Ware in den Regalen. Die beiden kleinen Schaufenster wunderschön dekoriert. Julia hatte uns ihre Unterstützung am Eröffnungstag angeboten. Karsten kümmerte sich unterdessen um die vier Kinder. Der Aufkleber mit dem Namen *Teestube* war in aller letzter Sekunde doch noch geliefert worden und weil der Besitzer der Plotterie wegen des Verzugs voller schlechtem Gewissen war, hatte er den purpurroten Schriftzug sogar höchstpersönlich oben an der Eingangstür angebracht.

Zu all dem Glück, von dem ich mich zurzeit geküsst fühlte, war ich seit gestern Nachmittag ganz überraschend meine Schwiegermutter für eine Woche losgeworden. Irgend so ein wichtiges Senioren-Mode-Label hatte nach the-one-and-only-Henrietta für Werbefotos gerufen und – schwups – schon hatte ich ein Problem weniger.

Was sollte also noch schiefgehen?!

Außerdem hatte es ja schon jede Menge Glücksscherben gegeben.

Um kurz vor neun hatte sich dann sogar eine kleine Menschentraube vor der Eingangstür gebildet, die darauf wartete, dass wir endlich eröffneten.

»Ich glaube es nicht«, jubelte ich leise. »Die stehen Schlange.«

Okay, das war natürlich leicht übertrieben. Aber immerhin schoben sich gleich darauf vier Frauen, zwei Kinder und ein Mann in die Teestube und sahen sich neugierig um.

»Darf ich Ihnen etwas von unseren Teeproben anbieten?«, wurden sie sogleich von Julia in Empfang genommen. Sie hatte die Aufgabe übernommen, sämtliche Kunden mit der Teeverköstigung zu versorgen, die wir in bildschönen Probiertässchen anboten. Die Kinder bugsierte sie zeitgleich in die Spielecke und drückte anschließend den zahlungskräftigen Teetrinkern unsere Teesortiment-Broschüre in die Hand.

»Wenn Sie beraten werden möchten, Frau Obermueller und Frau Wenniger stehen Ihnen gern zur Verfügung.«

Julia war klasse. Genauso wie Doro, die innerhalb von wenigen Wochen zur Teeexpertin geworden war. Überhaupt war einfach alles nur klasse. In nur vier Wochen hatten wir es geschafft, aus Fashion Point eine wunderschöne Teestube zu machen. Mit ganz viel Frauenpower war uns das gelungen. Darauf konnten wir wahrhaftig stolz sein, fand ich.

In den nächsten Stunden verirrten sich dann auch überwältigend viele Menschen in die Teestube. Zeitweise kam Julia mit dem Anbieten der vier verschiedenen Probetees und dem Abwaschen der kleinen Tässchen nicht mehr hinterher, sodass Doro sie unterstützen musste. Ich selbst war voll und ganz damit beschäftigt, Fragen zu beantworten, Glückwünsche entgegenzunehmen, Tee aus den großen Vorratsdosen in die kleinen roten Tüten abzufüllen und natürlich zu verkaufen. Allerdings war das Verhältnis Schaulustige zu echten

Kunden um die Mittagszeit mächtig in Schieflage geraten. Die meisten sahen sich nur um, waren schon sichtbar angetan von den hellen, fluffigen Räumlichkeiten, lobten das Konzept der Teewohlfühl-Oase, blätterten in der Broschüre, versprachen, demnächst wieder reinzuschauen, und gingen wieder, ohne etwas gekauft zu haben.

So hatte ich zwar kurz vor Ladenschluss viele begeisterte Glückwünsche entgegengenommen und unzählige Fragen beantwortet, aber keine hundert Euro umgesetzt.

Um zwei Minuten vor eins kam dann Georg mit einem großen Blumenstrauß zur Tür hereingerauscht.

»Clara, herzlichen Glückwunsch!« Er zog mich über den Tresen hinweg in seine Arme und hauchte mir einen Windkuss auf die Wange. »Der Laden ist wirklich schön geworden.«

»Danke, Georg«, lächelte ich, während ich mich vorsichtig aus seiner Umarmung löste.

Das fehlte mir gerade noch, dass außer Henrietta noch jemand auf die Idee kam, ich und der Doc hätten eine Affäre. Inzwischen hatte sich die Trennung der wunderbaren Familie Doktor Melchert herumgesprochen und man wusste ja nie, auf welche Ideen die Leute kamen.

Georg drückte mir den Strauß in die Hand und begann dann, ausgiebig das Teesortiment zu studieren.

»Wunderbar, ich sehe, du hast an meine beiden Lieblingssorten gedacht«, freute er sich.

Ich kam nickend um den Tresen herum, um den wirklich phantastischen Strauß in eine Vase zu stellen. Als ich in etwa mit ihm gleichauf war, starrte er einen Moment lang konsterniert auf meinen inzwischen nicht mehr übersehbaren Babybauch. Bisher hatte ich ihn mit locker fallenden Oberteilen noch gut kaschieren können, aber zur Eröffnung war ich in meine Lieblingsbluse geschlüpft, die durch die leichte Taillierung natürlich eher betonte als verbarg. Doch ich hatte auch gar nicht vorgehabt, meine Schwangerschaft geheim zu halten. Nur bei all dem Trubel der letzten Wochen völlig vergessen, ihn davon in Kenntnis zu setzen.

Aber warum auch? Nur weil Georg jetzt mein Vermieter war, war ich ihm noch lange keine Rechenschaft schuldig, fand ich. Das Einzige, zu dem ich mich verpflichtet fühlte, war, pünktlich meine Miete zu bezahlen.

Dennoch verzog ich etwas schuldbewusst das Gesicht. »Ach ja, das habe ich dir noch gar nicht gesagt, ich bin wieder schwanger.«

Georg verschluckte sich an seiner eigenen Spucke. Ächzend begann er zu husten. »Was … ähm … was sagst du da?«

Aus irgendeiner Ecke des Ladens kam Doro angeflogen. Lächelnd legte sie den Arm um meine Schultern. »Das muss Sie als Gynäkologe doch ganz besonders freuen, nicht wahr, Dr. Melchert?!«, flötete sie.

Georg deutete ein Nicken an. »Sicher. Allerdings bin ich etwas irritiert«, gab er unumwunden zu. »Wie stellst du dir denn das Ganze zukünftig vor, Clara?«

Ich öffnete den Mund, kam aber nicht dazu, etwas zu sagen, denn Doro war schneller.

»Aber lieber Dr. Melchert«, klimperte sie ihn an, »Sie sind doch bestimmt der Letzte, der der Meinung ist, Muttersein und Berufstätigkeit ließe sich nicht vereinbaren?!«

Erneut nickte Georg. Diesmal sogar deutlicher. Und lächeln tat er auch. Sogar ziemlich charmant.

»Mit einer Mitarbeiterin wie Ihnen, Frau Wenniger, scheint das tatsächlich gut durchdacht zu sein«, erwiderte er.

Doro neigte den Kopf ein wenig zur Seite. »Und was lässt Sie darauf schließen?«, fragte sie mit ungewohnt rauer Stimme.

Wenn ich es nicht besser gewusst hätte, hätte ich vermutet, dass sie den Herrn Doktor gerade schamlos anflirtete. Aber das war natürlich Unsinn.

Oder doch nicht?

»Na ja«, säuselte nun auch Georg mit peinlicher Stimme und leicht verklärtem Gesichtsausdruck herum, »meine Exfrau hat mir schon immer von Ihnen vorgeschwärmt. Wie patent, verlässlich und organisiert Sie sind. Dazu Ihr besonders ansprechendes Äußeres, ich bin fest davon überzeugt, dass man mit Ihrer Unterstützung nur erfolgreich sein kann.«

Doro lachte hell auf. Und ich kam mir plötzlich wie im falschen Film vor.

»Wie charmant von Ihnen, Dr. Melchert.«

»Nennen Sie mich doch bitte Georg.«

Lächelnd streckte Doro ihm ihre schmale Hand entgegen. »Sehr gern. Ich bin die Dorothea.«

»Es ist mir ein Vergnügen«, erklärte Georg, ergriff ihre Hand, beugte sich leicht vor und hauchte einen Kuss darauf.

Die flirteten tatsächlich. Vor meinen Augen. In meinem Laden. Am Eröffnungstag. Doro und der Super-Öko-Doc.

Nein.

Nein!

Auf. Gar. Keinen. Fall.

Ich bereitete dem Turteltäubchengezwitscher ein entschlossenes Ende, indem ich Georg unterhakte und ihn von der verführerisch mit den Augen klimpernden Doro wegzog. »Möchtest du dir nicht auch den Rest der Teestube ansehen, Georg?«

»Ja, ähm … natürlich. Und kaufen wollte ich auch noch etwas.« Er warf einen sehnsüchtigen Blick über die Schulter zu der honigkuchenpferdgrinsenden Doro zurück. »Darum bin ich ja überhaupt hier hergekommen. Und natürlich, um dir zur Eröffnung zu gratulieren.«

»Na dann, was hindert dich daran«, grinste ich ihn auffordernd an.

»Nichts« erklärte Georg ebenso schmunzelnd, um dann tatsächlich aus einem eher umsatzmäßig bescheidenen Eröffnungstag noch einen richtig guten zu machen.

Als Georg eine knappe halbe Stunde später schwer bepackt die Teestube wieder verließ, befanden sich in den beiden braunen Papiertüten mit dem schicken Teestube-Logo eine Glasteekanne der exklusiven Marke Filio, gleich mehrere unterschiedlich große Teemaßlöffel, ein Wasserthermometer, zwei japanische Teenetze, ein elektronischer Tea Timer sowie fünf verschiedene Sorten Ökotee.

Als unangefochtener Kunde des Tages hatte ich ihn noch zu einem Gläschen Sekt eingeladen. Natürlich auch, weil er schließlich mein Vermieter war. Mit schmachtendem Blick auf Doro hatte Georg auch zunächst Anstalten gemacht, mit uns auf die Eröffnung anzustoßen. Doch dann war ihm in letzter Sekunde eingefallen, dass er von zu viel Säure immer Sodbrennen bekam. Außerdem war er mit dem Auto da und das wollte er auf gar keinen Fall stehen lassen, erklärte er und lehnte letztendlich dankend ab.

Mir war's recht. Doro scheinbar nicht.

»Schade«, murmelte sie, als sich die Tür hinter Georg schloss.

Ich kam nicht umhin sie zu fragen: »Sag mal, Doro, spinnst du?«

»Aber warum denn, Clara? Georg sieht verdammt gut aus, hat perfekte Manieren, ist wie ich Single und ziemlich vermögend. Klingt doch, als ob er der ideale Mann für mich wäre.«

Ich japste nach Luft. »Das ist jetzt nicht dein Ernst?«

»Doch!«

»Nein!«

»Ich denke aber bestimmt darüber nach.«

»Worüber diskutiert ihr?«, wollte Julia wissen.

Während Doro und ich aus unterschiedlichen Gründen mit Georg beschäftigt gewesen waren, hatte sie sämtliches Geschirr abgewaschen, die Spielecke aufgeräumt, und war nun im Begriff, die Ladentür von innen abzuschließen, denn Georg war der letzte Kunde des Eröffnungssamstags gewesen.

»Clara findet es nicht gut, dass ich die neue Frau Doktor Melchert werden möchte«, klärte Doro sie mit todernster Stimme auf.

Julia entglitten sämtliche Gesichtszüge. »Unsinn?«

»Frag sie doch«, forderte Doro sie auf.

Ich ließ mich auf den nächstbesten Stuhl sinken.

»Sie hat ihn tatsächlich angebaggert«, sagte ich an Julia gewandt.

»Und er?«, fragte Julia.

»Hat zurückgebaggert«, erklärte ich.

»Verdammt!«

»Und wie!«

»Also wirklich«, mischte Doro sich mit vorwurfsvoller Stimme ein. »Gönnt ihr mir etwa mein neues Glück nicht, oder wie soll ich eure Bestürzung verstehen?«

»Ich gönne dir nur das Allerbeste«, entgegnete ich nachdrücklich. »Aber doch nicht Georg. Hallo, Doro, hast du etwa schon vergessen, wie er Katja all die Jahre mit seinen Ökomacken und dem ewigen Zynismus das Leben zur Hölle gemacht hat?!«

»Nein, das habe ich nicht, Clara. Aber ganz ehrlich, woher wissen wir denn, dass das wirklich so war? Dass Georg glatt als Riesenarsch mit Ohren durchgeht, ist uns nur aus Katjas Schilderungen bekannt. Und dass sie es uns gegenüber mit der Wahrheit nicht so genau genommen hat, ist ja wohl auch eindeutig bewiesen. Oder etwa nicht?«

»Ich weiß nicht«, musste ich ehrlich zugeben.

Ohne den Blick von mir abzuwenden, setzte sie sich auf den Stuhl neben mich und legte mir sanft die Hand auf die Schulter.

»Clara, darf ich dich mal etwas fragen?«, sagte sie mit ernster Stimme.

Wenn sie jetzt auch noch meinen Segen wegen Georg haben wollte … nein, das konnte sie doch unmöglich von mir verlangen?!

»Wenn's unbedingt sein muss«, murmelte ich besorgt.

»Hast du schon mal was von Verkaufsstrategie gehört?«

»Wie bitte?«

Doro zwinkerte mit dem linken Auge. »Darin bin ich weltklasse.«

Bevor ich es kapierte, brach Julia in schallendes Gelächter aus.

»Chapeau, Doro«, kicherte sie. »Super Strategie.«

»Du meinst, du hast nur mit ihm geflirtet, damit er ordentlich was kauft?«, fragte ich allmählich begreifend.

»So ist es«, entgegnete Doro trocken.

»Gibt's ja gar nicht«, fand ich.

Ungerührt zuckte Doro die Schultern. »Warum? Hat doch prima geklappt.«

»Wie verwerflich«, gluckste Julia, »wie berechnend. Aber echt gut.«

Ich sah zwischen der kichernden Julia und der verschmitzt grienenden Doro hin und her. Was war ich doch für ein Glückspilz, dass ich die beiden hatte, wurde mir so überwältigend bewusst, dass sich meine Augen prompt mit heißen Tränen füllten.

»Ihr seid die besten Freundinnen, die man sich vorstellen kann. Ohne euch hätte ich das alles hier niemals geschafft«, schniefte ich.

»Oh nein«, mimte Doro Verzweiflung, »jetzt fängt sie schon wieder zu heulen an.«

»Daran sind nur diese dummen, ungezogenen Hormone schuld«, lachte ich unter Tränen.

»Was sagt eigentlich der Muckel?«, wollte Julia plötzlich wissen. »Gefällt ihm die Teestube?«

Ich legte meine Hände auf den Bauch, tat so, als ob ich angestrengt in mich hineinhorchte und nickte dann zufrieden. »Muckel findet es spitze hier und freut sich schon total darauf, mit den anderen Kindern die Spielecke unordentlich zu machen.«

»Apropos Kinder, die sitzen bestimmt schon mit Karsten drüben beim Italiener und warten auf uns«, sagte Julia mit Blick auf ihre Armbanduhr.

Entschlossen wischte ich mir die Tränen mit dem Handrücken aus den Augen und erhob mich. »Dann sollten wir sie wohl nicht länger warten lassen.«

Das sahen meine beiden Freundinnen ganz genauso, und gemeinsam und sehr beschwingt machten wir uns auf den Weg, um den restlichen Tag mit unseren Kindern und Karsten zu verbringen.

Als ich an diesem Abend ins Bett sank, so erschöpft, dass ich sogar vergaß, Paul zurückzurufen, der es diverse Male auf meinem Handy versucht hatte, war ich glücklich und besorgt zugleich. Trotz der vielen schönen Momente, die es heute eindeutig gegeben hatte, rumorte es heftig in mir. Dass Georg, von Doros verführerischem Augenaufschlag bezirzt, den Umsatz auf eine annehmbare Summe befördert hatte, konnte nicht darüber hinwegtäuschen, dass außer ihm verdammt wenige ihr Geld in der Teestube hatten lassen wollen. Trotz der tollen Eröffnungsangebote.

Ach was, Clara, du machst dir mal wieder viel zu viele Sorgen. Es ist Mitte Juni und die Sonne scheint. Am Montag soll das Wetter wieder schlechter werden. Sogar Regen ist angesagt. Dann werden die Kunden nur so in den Laden strömen, versuchte ich mich selbst zu beruhigen.

Ob mir das gelang, konnte ich nicht mit Sicherheit sagen, denn da war ich längst eingeschlafen.

KAPITEL 18

Du bist nicht auf der Erde,
um unglücklich zu werden.
Doch Glück ist allein der innere Friede.
Lern ihn finden. Du kannst es.
Überwinde dich selbst und
du wirst die Welt überwinden.

Buddha

Am Sonntagmorgen klingelte mein Handy auf der kleinen Kommode im Schlafzimmer, lange bevor der Wecker seinen Job erledigen konnte.

Im Halbschlaf wühlte ich mich aus dem Bett.

»Paul, du rufst echt früh an.«

Kurze Pause, dann ein sonderbares Schnaufen, bevor er eindeutig vorwurfsvoll erklärte: »Ich habe mir Sorgen gemacht.«

»Warum das denn?«

Gereizt lachte Paul auf. »Das fragst du wirklich?«

»Ähm … ja.«

»Ich versuche dich seit zwei Tagen zu erreichen. Zu Hause springt sofort der Anrufbeantworter an und an dein Handy gehst du nicht. Zurückzurufen scheint dir irgendwie auch nicht mal in den Sinn gekommen zu sein.«

»Ja, ich meine, entschuldige bitte. Die letzten Tage war irgendwie ständig was los«, versuchte ich mich rauszureden, während ich zurück ins Bett kroch.

»Was denn?«

»Na ja, Freitag habe ich mich mit Doro getroffen, Samstag mit Julia.« Das war nicht einmal gelogen.

»Aha«, machte Paul. »Und das war so anstrengend, dass du nicht ans Telefon gehen konntest, oder was?«

Ich lachte, um Zeit zu gewinnen. Dennoch wollte mir keine bessere Erklärung einfallen.

»Clara?«

»Ja doch«, erwiderte nun ich leicht gereizt.

Was rief er auch so früh an. Und überhaupt, was sollte eigentlich dieses Verhör?

»Da stimmt doch irgendetwas nicht?!«, brummte Paul.

»Quatsch. Es ist einfach nur sehr früh. Bis vor drei Minuten war ich noch im Tiefschlaf. Dann rufst du an und löcherst mich mit Fragen.«

»Soso, ich löchere dich also.«

Hölle, jetzt klang er auch noch beleidigt.

»Paul, Schatz, können wir nicht einfach noch mal in zwei Stunden telefonieren?«, versuchte ich mit sanfter Stimme einzulenken. »Dann bin ich richtig wach, habe eine Tasse Tee getrunken und kann dir ganz genau schildern, was ich gestern und vorgestern und von mir aus auch jeden anderen Tag davor gemacht habe. Falls mir das noch alles einfällt.«

»Nicht nötig«, erwiderte Paul pampig. »Ich wollte dir auch nur sagen, dass ich voraussichtlich in vier Wochen für einige Tage nach Hause komme.«

Der Schreck versetzte mir einen buchstäblichen Dolchstich.

»Was?«, rief ich erschrocken aus.

Stille. Nur Pauls Atmen war zu hören. Dann ein Zungenschnalzen.

»Wow, die Freude ist ja phänomenal groß, deinen Ehemann bald wiedersehen zu müssen. Oder wie sonst soll ich deine Panik auffassen?«, sagte er schließlich. Seine Stimme klang schrecklich verletzt und ich schämte mich abgrundtief.

»Nein, Paul, so war das echt nicht gemeint«, versuchte ich,

mich zu entschuldigen. »Das kam jetzt nur so überraschend, weil du doch gesagt hast, dass zwischendurch mal für ein, zwei Tage nach Hause kommen für dich quasi unmöglich sein wird.«

»Clara, ich stelle dir diese Frage nur ein einziges Mal, aber kann es sein, dass meine Mutter nicht ganz so daneben lag mit ihrer Vermutung? Hast du was mit Katjas Mann, diesem Hugh Grant für Arme?«

Mir blieb glatt die Luft weg. Nur deshalb konnte ich nicht sofort antworten.

»Alles klar, dein Schweigen ist mir Antwort genug.«

»Nein, Paul, nein, Blödsinn«, rief ich ins Telefon. »Natürlich habe ich nichts mit Georg. Um Himmels willen, niemals! Das ist doch total absurd.«

Doch anstatt sich wegen seiner dummen Anschuldigung reuevoll bei mir zu entschuldigen, machte er mit dem scharfen Ton weiter. »Ist meine Mutter in der Nähe?«

»Nein, ist sie nicht!«, zischte ich. Langsam wurde es mir nämlich wirklich zu dumm. »Oder denkst du, sie schläft inzwischen schon in unserem Ehebett, damit kein Platz für Georg ist?!«

Ich hörte Paul am anderen Ende der Leitung tief Luft holen. »Ich weiß gerade nicht, was ich denken soll, Clara.«

»Am besten nicht so einen Blödsinn. Und wenn du ernsthaft darüber *nachdenkst*, dann wird dir das auch bewusst. Am besten jetzt gleich. Und falls du wieder klar im Kopf bist, darfst du gern anrufen, um dich zu entschuldigen. So, und jetzt beende ich dieses eigenartige Telefonat und schlafe weiter. Tschüss!«

Ich wollte Paul nicht die Chance geben, etwas zu erwidern, und legte rasch auf.

Doch an weiterschlafen war jetzt natürlich nicht mehr zu

denken. Ich war hellwach und aufgewühlt. Fluchend strampelte ich die Zudecke ans Bettende, und stampfte ins gegenüberliegende Bad.

Ein Blick in den Spiegel ließ mich kummervoll aufstöhnen. Die Haare standen mir in einem wirren Chaos vom Kopf ab, und die Wimperntusche, die ich mir gestern Abend nicht mehr abgewaschen hatte, zog sich in einer dunklen Schicht bis hinunter zu den Wangenknochen.

Frankensteins Meisterstück!, dachte ich bitter, während ich mich aus T-Shirt und Unterwäsche pellte und unter die Dusche sprang. Ich spürte den warmen Wasserstrahl auf meiner Haut, schloss die Augen und versuchte, mich zu entspannen und dabei an nichts zu denken. Komm wieder runter, Clara, atme tief durch und ärgere dich nicht.

Doch prompt hatte ich Pauls Gesicht vor mir. Er blickte mich mit einer Mischung aus Enttäuschung und Misstrauen an, sodass ich in Windeseile das Duschen beendete. Ich trocknete mich notdürftig ab, hüllte mich in meinen Bademantel und umwickelte das nasse Haar mit einem Handtuch. Dann eilte ich runter in die Küche, wo ich mir einen extra starken Kaffee kochte und mich damit an den Esstisch hockte. Ich war so in meinen widersprüchlichen Gedanken versunken, dass ich erst nach einer ganzen Weile begriff, warum meine nackten Füße so kribbelten. Maya saß davor und schleckte sie mit intensivster Leidenschaft ab.

»Pfui, Maya, lass das doch!«, schimpfte ich sie aus und zog ruckartig die Füße unter den Stuhl.

Beleidigt trottete meine Hündin wieder in ihr Körbchen und rollte sich zusammen.

Erst Paul, jetzt auch noch die arme Maya. Das hast du echt prima hingekriegt, Frau Obermueller.

Aber wie konnte Paul auch nur so etwas total Absurdes

von mir denken? Ich war schwanger, zum dritten Mal, und zwar von ihm. Bisher war ich immer fest davon überzeugt gewesen, dass Paul nicht eine Sekunde lang an meiner Treue zweifelte. Genauso wie ich ihm vertraute. Wie sonst sollte eine Beziehung funktionieren, die davon geprägt war, dass der Ehemann ständig durch die Welt reiste?! Paul war in den letzten Jahren an so vielen spannenden Orten gewesen, hatte so viele interessante Menschen kennengelernt – natürlich auch Frauen. Wenn ich nicht von seiner Treue, seiner Aufrichtigkeit und seiner Liebe zu mir überzeugt wäre, welche Chance hätte unsere Ehe dann noch?

Ja, ich traute Paul bedingungslos und er musste doch ebenfalls wissen, dass ich ihn niemals hintergehen würde.

Und was ist mit der Teestube, Clara?!, wurde eine kleine verschämte Stimme in mir laut.

Am Nachmittag waren Lilli und Luzie zu einer Kinder-Geburtstags-Party eingeladen. Nachdem ich meine beiden Mädchen zu Fuß und mit Maya an der Leine zu ihrer Freundin gebracht hatte, beschloss ich, die kinderfreie Zeit in der Teestube zu verbringen.

Dort räumte ich dann diverse Teesorten um, putzte Tische und Tresen, legte die Tüten zurecht, rückte eine Tischgruppe weiter nach links, und veränderte sogar die Dekoration im kleinen Fenster, obwohl nichts davon notwendig war. Maya tappte erst schnuppernd durch den Laden, ließ sich dann aber letztendlich neben der Tür nieder und fing kurz darauf leise an zu schnarchen.

Von ihrem Gemüt hätte ich gern etwas abgehabt. Meins stand nämlich Kopf – komplett. Je mehr überflüssige Arbeiten ich erledigte, desto kribbeliger wurde ich. Dabei hatte ich mir genau das Gegenteil davon erhofft. Das frühmorgendliche Telefonat rumorte noch immer in mir. Danach hatte Paul sich nicht wieder gemeldet. Zumindest bis jetzt.

Doch Paul war kein Typ, der lange herumschmollte. Er war ein Mann der Tat und das beunruhigte mich wesentlich mehr, denn wenn er wirklich davon überzeugt war, dass zwischen Georg und mir etwas lief, dann würde er nicht länger in China herumhocken. Paul war es zuzutrauen, dass er sich in den nächstmöglichen Flieger setzte, um die angebliche Sache Auge in Auge zu klären. So tickte Paul, davon war ich ziemlich überzeugt und dementsprechend alarmiert. Aber quasi einen Tag nach der Eröffnung der Teestube war es weiß Gott zu früh, ihm meine Aktivitäten hinter seinem Rücken zu präsentieren, fand ich. Wenn die Eröffnung ein voller Erfolg gewesen wäre, dann vielleicht. Aber so … nein, noch war die Zeit nicht reif für Paul und meine Selbstständigkeit.

Unentschlossen kramte ich mein Handy aus der Tasche hervor und wählte seine Nummer. Doch dann verließ mich wieder der Mut, und ich beendete das Telefonat, noch bevor das Freizeichen erklang. Was sollte ich Paul denn sagen? Wie ihm seine womöglich sofortige Rückkehr ausreden, ohne ihn noch mehr belügen zu müssen?

Verdammt, ich kam mir schrecklich berechnend vor, aber ich musste Paul das Ganze ausreden. Egal wie. Und am besten sofort.

Erneut wählte ich seine Nummer und erreichte dann nur die Mailbox. »Hallo Paul, ich bin's noch mal, Clara. Ich wollte mich entschuldigen. Ja, du hörst richtig, ich entschuldige mich tatsächlich. Womöglich war ich ein bisschen … na ja … grob zu dir heute Morgen am Telefon. Aber erstens habe ich noch halb geschlafen und zweitens hat es mich wirklich geärgert, dass du mir diese blödsinnige Frage wegen Georg gestellt hast. Aber egal, deshalb rufe ich nicht an, sondern um dir zu sagen, dass ich dich liebe. Dich und keinen anderen. Und dass es den Mädchen und mir gut geht. Dem Kleinen übrigens auch, sagt Frau Doktor Riemknecht-Dose. Ich war am Mittwoch wieder zur Vorsorgeuntersuchung.« Ich legte eine kurze Pause ein, um schnell nach Luft zu schnappen. Dann fuhr ich eindringlich fort. »Außerdem wollte ich dir noch sagen, dass ich mich sehr darauf freue, dich ganz bald wieder zu Hause zu haben. Wirklich, Paul, aufrichtig und ehrlich. Das alles hätte ich dir natürlich am liebsten persönlich gesagt, aber ich bin mir sicher, deine Mailbox richtet es dir aus. Tschüss, mein Schatz, und noch einmal, ich liebe dich. Sogar sehr!«

Okay, das sollte an Überzeugungsarbeit ausreichend gewesen sein, fand ich. Und was die paar Tage betraf, die er demnächst zu Hause sein würde, entweder rannten uns bis dahin die Kunden den Laden ein und ich konnte Paul die Teestube vorzeitig präsentieren oder Doro musste eben meine Vormittagsschicht übernehmen.

Ob allerdings Lilli und Luzie dichthalten konnten, wenn sie Paul nicht am Telefon sondern leibhaftig vor sich hatten?

Bestimmt nicht!

Verdammt, dann musste eben ganz dringend Strategie Nummer eins hinhauen.

Doch davon konnte in den nächsten Tagen keine Rede sein. Der Montag war schlecht, der Dienstag nicht besser. Der Mittwoch sogar eine Katastrophe und als am Donnerstag um kurz vor eins Doro zur Tür hereinschneite, um mich abzulösen, hatte ich gerade Mal drei Kandisstangen und 250 Gramm Honeybusch-Tee verkauft. Dementsprechend geknickt war meine Stimmung.

Natürlich lief so ein neues Geschäft nicht über Nacht an.

Selbstverständlich musste sich die Existenz der Teestube erst einmal herumsprechen. Ohne Frage war ein Start mitten im Sommer auch nicht die beste Voraussetzung. All das war mir im Vorfeld klar gewesen, dennoch hatte ich nicht damit gerechnet, dass es so bitter für meine Teestube und mich aussehen könnte.

»Nun lass den Kopf nicht gleich hängen, Clara. Das wird schon«, versuchte Doro mich aufzubauen. Dabei sah sie nicht viel hoffnungsvoller aus. Ganz besonders, als ich ihr von dem genialen Vormittagsumsatz erzählte.

»Zumindest in der ersten Woche hatte ich mit ordentlichem Eröffnungsansturm gerechnet«, entgegnete ich ratlos. »Zumal wir doch wirklich tolle Angebote haben.«

Doro sah sich einen Moment im Laden um, als ob sie etwas suchen würde. Womöglich die Erleuchtung.

»Ich denke«, sagte sie schließlich, »wir müssen einfach noch mehr Werbung machen. Was hältst du zum Beispiel davon, wenn ich Lauryn heute Nachmittag losschicke, damit sie noch mal einen Schwung Flyer in der Innenstadt verteilt?«

Ich zuckte die Schultern. »Probieren können wir es ja.«

»Prima, ich schreibe ihr gleich mal eine Nachricht, dass sie um drei hierher kommen soll.« Doro strahlte mich an, als ob wir gerade eine Strategie zur Welteroberung beschlossen hätten. »Flyer müssten doch noch ausreichend da sein, oder?«

Ich nickte. »Eine Kiste mindestens.«

»Na dann«, sagte sie und kramte ihr Handy aus der Tasche hervor.

»Ich muss jetzt erstmal die Mädchen aus dem Kindergarten abholen. Aber nach dem Mittagessen komme ich mit den beiden wieder hierher. Vielleicht fällt uns gemeinsam noch die ein oder andere Werbeaktion ein.«

»Bestimmt«, sagte Doro und lächelte mich zuversichtlich an.

Im Kindergarten herrschte Hochbetrieb. Mühsam kämpfte ich mich durch das Gewusel, das im engen Garderobenflur herrschte, in den Pinguinraum vor. Dort fiel mein gehetzter Blick sofort auf Lilli. Sie stand mit verschränkten Armen, feuerroten Wangen und finsterem Gesichtsausdruck neben Elke. Als ich näher kam, erkannte ich, dass sie weinte.

»Was ist passiert?«, wandte ich mich besorgt an die Erzieherin, während ich vor Lilli in die Hocke ging und sanft ihre Oberarme umfasste. »Warum weinst du, Mäuschen? Hast du dir wehgetan?« Schon begann ich sie nach aufgeschlagenen Knien oder blutigen Beulen abzusuchen, da erklang Elkes energische Stimme über mir: »Ihre Tochter hat nicht *sich* verletzt, Frau Obermueller.«

Von ihrem scharfen Tonfall alarmiert richtete ich mich langsam wieder auf. »Was heißt *nicht sich*?«

Pfeifend schoss der Atem aus Elkes Mund. »Lilli hat Maxima wehgetan.«

»Was?« Perplex sah ich von der verstimmten Erzieherin zu meiner Tochter, deren blondgelockter Kopf fast vollständig zwischen den schmalen Schultern zu verschwinden drohte. Ihre Haltung rührte mich dermaßen an, dass ich nicht anders konnte, als sie sofort zu verteidigen. Auch wenn ich nicht einmal wusste, was genau geschehen war. Doch mein Mutterinstinkt sagte mir, dass Maxima etwas ganz Grässliches getan haben musste, wenn Lilli so rabiat mit ihr umgesprungen war.

»Hat Maxima dich wieder damit aufgezogen, dass sie besser lesen kann oder womit hat sie diesmal angegeben?«, fragte ich Lilli. Dabei legte ich ihr aufrichtig die Hand auf die Schulter. Ich bin nicht böse, meine Kleine, egal, was passiert ist, sollte ihr diese Geste vermitteln.

»Frau Obermueller, also wirklich. Ich halte es nicht für ratsam, die Schuld bei Maxima zu suchen«, tadelte sie mich.

Ich holte tief Luft. »Wissen Sie eigentlich, Elke, wie oft Lilli schon wegen Maxima geweint hat?«

»Nein, davon ist mir nichts bekannt.«

»Aber so ist es und deshalb bin ich erst einmal pauschal auf der Seite meiner Tochter, wenn es um Maxima geht.«

»Wenn Sie das für vorbildlich halten?!«, entgegnete Elke schnippisch.

Ich stemmte die linke Hand in die Seite, während meine andere Lilli noch immer bestärkte, und blickte Elke fest in die braunen Augen. »Da gehen die Meinungen ja bekanntlich weit auseinander. Aber jetzt würde ich gern erfahren, worüber wir hier eigentlich reden. Hat Lilli Maxima gekniffen? Oder ihr an den Haaren gezogen? Vielleicht sogar geschubst? Nicht, dass ich der Meinung wäre, das liefe nicht unter wehtun und ginge daher in Ordnung. Bestimmt nicht. Aber ich möchte schon wissen, was Lilli nun eigentlich getan hat?!«

»Ich habe sie eine Oberschlammblödkuh genannt«, piepste Lilli.

»Wie bitte?« Verständnislos sah ich Elke an. »Sagten Sie nicht gerade, dass Lilli Maxima *wehgetan* hätte?«

Vorwurfsvoll schüttelte Elke den Kopf. »Aber Frau Obermueller, ist Ihnen denn nicht bewusst, wie verletzend solche Worte sein können?«

Ich zählte innerlich bis zehn. Bleib ruhig, Clara, lass dich jetzt bloß nicht zu irgendeiner zickigen Bemerkung hinreißen, denk an deine Vorbildfunktion, reagiere gelassen und weise.

»Wissen Sie was, Elke«, lächelte ich die Erzieherin an. »Von all dem habe ich tatsächlich schon mal gehört, und ja, sie haben recht, Worte können manchmal weitaus verletzender sein, als Fäuste. Aber was die *Oberschlammblödkotzkuh* in Bezug auf Maxima betrifft, so kann ich damit gut leben.«

Elke entglitten die Gesichtszüge, während Lilli lispelte: »Oberschlammblödkuh, Mami. Kotze hab ich gar nicht gesagt, weil du es mir doch verboten hast.«

Liebevoll strich ich Lilli über das weiche, blonde Haar. »Stimmt, das habe ich wohl gerade dazu erfunden. Aber, Lilli, jetzt sag doch mal, was hat Maxima denn getan, dass du so wütend geworden bist?«

Erneut füllten sich Lillis Augen mit Tränen und mein Herz krampfte sich schmerzhaft zusammen. »Ach, Mäuschen, so schlimm?!«

Sie nickte mit zitternder Unterlippe. »Dass Papa und du uns nicht liebhabt, also mich und Luzie.«

»Das gibt es ja gar nicht«, regte ich mich auf. Wie kam denn dieses unmögliche Kind bitte schön auf so eine ungeheuerliche wie gemeine Behauptung.

Lilli erklärte es mir. »Ihre Mama hat gesagt, dass Papa und du lieber arbeitet und eigentlich gar keine Kinder haben wollt.«

In einer fließenden Bewegung ging ich erneut in die Hocke, drückte Lilli ganz fest an mich und versicherte ihr: »Das ist der größte Blödsinn, den ich jemals gehört habe, und von vorne bis hinten gelogen, Lilli. So etwas darfst du niemals glauben.«

»Hab ich auch nicht«, schniefte Lilli. »Aber sie hat mich nicht in Ruhe gelassen und dann habe ich sie eine Oberschlammblödkuh genannt. Und dann ist sie gleich zu Elke gelaufen und dann habe ich Ärger bekommen, weil ich so etwas doch nicht sagen darf.«

Lilli noch immer fest im Arm blickte ich auf. Direkt in Elkes nun leicht gerötetes Gesicht. »Entschuldigung«, näselte sie verlegen, »das habe ich natürlich nicht gewusst.«

Ich hätte eine Menge darauf erwidern können, zum Beispiel, dass es immer besser war, sich erst einmal beide Seiten anzuhören. Aber ihrem Gesichtsausdruck nach zu urteilen, war ihr das selbst gerade alles aufgegangen. Darum begnügte ich mich damit, sie mit einem vorwurfsvollen Kopfschütteln abzustrafen und dann mit Lilli und Luzie schnurstracks den Kindergarten zu verlassen.

Die hämische Gesina und ihre redselige Maxima konnten verdammt froh sein, dass sie dabei nicht unseren Weg kreuzten. Ich hätte für nichts garantieren können.

KAPITEL 19

Man ist niemals so glücklich
oder so unglücklich, wie man glaubt.
Francoise La Rochefoucauld

Am Freitagabend kam Henrietta zurück. Beladen mit einem Koffer mehr als sie abgereist war, stand sie vor der Tür und machte einen ungewohnt gutgelaunten Eindruck auf mich.

»Da bin ich wieder«, trällerte sie.

»Wie schön.« Ich verzog das Gesicht zu einem gequälten Lächeln. »Wir haben dich schrecklich vermisst.«

Henrietta lachte hell auf. »Das dachte ich mir schon. Aber jetzt bin ich ja da und kann mich wieder um alles kümmern.«

Ich konnte nicht anders, auch wenn ich ahnte, dass es dann schlagartig mit Henriettas Hochstimmung vorbei sein würde, aber diese Frage musste einfach gestellt werden. »Entschuldige bitte, Henrietta, aber wann hast du dich denn jemals um irgendetwas hier gekümmert?«

Doch meine Schwiegermutter ignorierte überraschenderweise meinen bissigen Kommentar und rauschte an mir vorbei ins Haus. »Bist du so lieb, Clara und trägst die drei Koffer hoch in mein Zimmer?«

Ich sah sie ungläubig an. »Ähm … Henrietta, ich bin schwanger.«

»Das ist kaum noch zu übersehen«, entgegnete sie nun wieder gewohnt giftig. »Aber schwanger bedeutet doch nicht gleich krank. Ich hingegen habe es schrecklich im Rücken und mein Osteopath hat mich ausdrücklich darauf hingewiesen, dass schwer tragen ein absolutes no-go für mich ist. Sei froh, dass der junge Taxifahrer so nett war und mir mein Gepäck bis zur Haustür gebracht hat.«

Damit trippelte sie durch ins Wohnzimmer und ließ mich mit den Koffern vor der Tür zurück.

»Und wenn du dann noch so lieb wärst, und mir ein kleines leichtes Abendbrot zubereiten würdest ...?!«, hörte ich sie zwischen Lilli und Luzies Begeisterungsquietschen rufen.

Es war für mich ein undurchschaubares Mysterium, dass meine beiden Töchter dermaßen freudig auf Henrietta reagierten. Ich hatte wirklich keinen Schimmer, wie diese Frau es anstellte, dass Lilli und Luzie sie für die weltbeste Oma hielten, obwohl sie nichts anderes tat, als einfach nur zuzugucken. Beim Spielen, beim Malen, beim Essen, beim ... ach, die Liste war unendlich lang mit Aktivitäten, die Henrietta lediglich beobachtete, an denen sie jedoch niemals aktiv teilnahm.

Ächzend schleppte ich die drei Koffer nacheinander hoch ins Gästezimmer. Natürlich hätte ich mich weigern können, nur wozu? Am Ende war ich ja dann doch diejenige, die sich mit den Koffern abmühen musste, weil Henrietta sie einfach stehen lassen würde, wusste ich. Anschließend bereitete ich Henrietta ihr leichtes Abendessen, brachte danach die Mädchen ins Bett, war heilfroh, dass auch meine Schwiegermutter sich sofort in ihr Zimmer verabschiedete, und erlag fast der Versuchung Paul anzurufen, um ihn hemmungslos wegen seiner Mutter zu beschimpfen. Doch in letzter Sekunde, schon mit dem Hörer in der Hand, würgte ich meinen Frust mühsam herunter. Gerade hatten wir uns wieder vertragen. Paul hatte sich bei mir für seine wirklich dumme Verdächtigung reuevoll entschuldigt. Anschließend hatten wir uns gegenseitig unsere Liebe und Sehnsucht nacheinander versichert. Nicht mehr lange, dann würde er wieder hier sein, und ja, ich freute mich riesig auf ihn. Auch wenn die Panik mich immer kribbeliger werden ließ, dass er nun doch frühzeitiger als geplant von meiner Teestube erfuhr – und in einer Phase, in der es noch reichlich Luft nach oben gab.

Am nächsten Morgen klagte Lilli über schlimmes Bauchweh. Nach dem Frühstück behauptete sie dann jedoch, dass alles wieder gut sei und bestand darauf, in den Kindergarten gebracht zu werden. Sicherheitshalber hatte ich schon Doro angerufen und sie gefragt, ob sie für mich einspringen könne. Natürlich hatte sie sofort zugesagt, und auch wenn es für mich eine enorme Entlastung bedeutete, dass ich mich jederzeit auf Doro verlassen konnte, so wurde die Frage immer bohrender, ob ich Doro am Ende dann auch für die ganze Mehrarbeit würde bezahlen können.

Mein Startkapital war inzwischen restlos aufgebraucht und leider inzwischen auch mein Girokonto gnadenlos im Dispo. Diesen Monat wollte ich Doro noch als Aushilfe beschäftigen, auf 400 Euro Basis. Doch danach hatte ich versprochen, sie als Dreiviertelkraft festanzustellen. Anders war es auch kaum möglich, denn den Großteil der Öffnungszeiten musste Doro abdecken. Natürlich würde ich zu Hause nicht tatenlos sein, sondern den Internetversand auf die Beine stellen.

Als Doro und ich uns vor einigen Wochen all das zurechtlegten, hatte es so einfach und logisch geklungen. Dass mir jedoch gleich zu Beginn das Geld knapp werden könnte, war mir nicht in den Sinn gekommen. Nun hatte ich keinen wirklichen Plan B, außer zur Bank zu gehen, und einen Kredit zu beantragen – einen Kredit für den unser Familien-Konto bürgen müsste. Und das war wiederum etwas, das ich um jeden Preis vermeiden wollte.

Kaum hatten wir den Kindergarten betreten, kehrten Lillis Bauchschmerzen zurück.

»Ich kann doch nicht hierbleiben, Mami«, piepste sie und wollte partout meine Hand nicht loslassen.

»Dann will ich aber auch wieder nach Hause«, erklärte Luzie sofort.

Verdammt, nun hatte ich Doro bereits Entwarnung gegeben. Aber was soll's, dann musste eben eine neue Planänderung her. Nur war Doro einfach nicht zu erreichen. Um neun öffnete die Teestube. Wenn ich mich beeilte, dann schaffte ich es, die Mädchen schnell wieder nach Hause zu bringen, Henrietta zu wecken und sie zu bitten, heute Vormittag auf die beiden aufzupassen. Doch dann musste ich natürlich erklären, warum ich sofort wieder wegwollte. Mit irgendwelchen Arztterminen konnte ich ihr nicht mehr kommen. Diese Begründung hatte ich wahrhaftig überstrapaziert.

»Was haltet ihr denn davon, wenn ihr mit Mami in die Teestube kommt?«, schlug ich also meinen Mädchen vor.

Luzie war sofort begeistert. »Oh ja«, rief sie und klatschte aufgeregt in die kleinen Hände. »Ich will malen.«

Lilli war weniger glücklich darüber. »Ich möchte aber lieber nach Hause«, wisperte sie.

»Ist es denn so schlimm mit deinen Bauschmerzen?«, erkundigte ich mich besorgt.

Mit leidigem Gesichtsausdruck zuckte sie die schmalen Schultern und allmählich ging mir ein Licht auf.

Sanft umfasste ich ihre Oberarme und bat sie, mich anzuschauen. »Lilli, kann es sein, dass du gar kein Bauchweh hast?!«, fragte ich sie.

Wieder nur vages Schulterzucken.

»Okay, ist es wegen Maxima?«

»Weiß nich«, murmelte sie und senkte den Blick.

Ich holte tief Luft. »Also ja. Du magst nicht hierbleiben, weil du nicht auf Maxima treffen möchtest.«

Nun nickte Lilli, während Luzie mit großen Kulleraugen zwischen uns hin und herguckte. »Wann gehen wir denn malen?«, wollte sie wissen.

»Gleich, Luzie, einen Moment noch, ja?!«, bat ich sie. Dann wandte ich mich wieder an Lilli. »Mäuschen, lass dich doch nicht ärgern. Wir haben doch gestern Nachmittag ganz lange darüber geredet und …«

»Was ist denn los mit dir, Lilli?«, fiel Elke mir ins Wort. Ich hatte überhaupt nicht bemerkt, dass sie inzwischen neben uns stand und die Ohren spitzte.

Vorwurfsvoll blickte ich zur Seite. »Sie mag nicht hierbleiben. Wegen Maxima!«

»Das kommt gar nicht in Frage, Lilli.« Elke schüttelte entschieden den Kopf. Nicht unfreundlich, aber schon bestimmend. »Ich habe das nämlich gestern noch mit Maxima und ihrer Mama geklärt. Sie wird sich heute bei dir entschuldigen und hat ganz fest versprochen, dass so etwas nie wieder vorkommt.«

»Wirklich«, wisperte Lilli hoffnungsvoll.

Elke nickte erneut. »Du kannst dich darauf verlassen. Sobald ihre Mama sie gebracht hat, klären wir das. Noch vorm Morgenkreis!«

Ein kleines, erleichtertes Lächeln huschte über Lillis Gesicht. »Dann möchte ich doch hierbleiben, Mama«, erklärte sie.

Kaum ausgesprochen, schon war sie in den Gruppenraum getippelt. Erst wollte ich noch nach Luzie suchen, die inzwischen auch irgendwohin entschwunden war, bestimmt zu den anderen Pinguinen an den Maltisch. Doch Elke bot mir an, das für mich zu übernehmen, und versprach mir hoch und heilig, dass sie ein Auge auf Lilli und Maxima haben würde.

»Sie brauchen sich wirklich keine Sorgen zu machen, Frau Obermueller«, sagte sie und legte mir beruhigend die Hand auf den Arm. Damit gab ich mich dann dankbar zufrieden. – Zumal mir inzwischen die Zeit nur so davongerannt war.

Was war ich doch für eine leichtgläubige Ganz-bestimmt-nicht-Supermutter.

Der kleine Zeiger traf sich gerade mit dem großen auf der zwölf, als die Ladentür schwungvoll aufgeschoben wurde und eine todschick gekleidete Frau in Begleitung von zwei kleinen Mädchen hereinkam.

Ich war gerade dabei, einen Kunden zu bedienen, der tatsächlich für Umsatz sorgen wollte, als ich die drei mit einem strahlenden Lächeln begrüßte – ein Lächeln, das mir jedoch augenblicklich im Gesicht gefror, als ich sah, um wen es sich bei der neuen Kundschaft handelte. Wie versteinert keuchte ich: »Verdammt, Henrietta, was machst du denn hier? Und wieso sind Lilli und Luzie bei dir?«

Der junge Mann, dem ich gerade etwas von dem Darjeeling First Flush umfüllen wollte, erkannte wohl die brisante Lage, denn er meinte, er würde später noch mal wiederkommen und war im nächsten Moment auch schon zur Ladentür herausgeeilt.

»Ist etwas passiert?«

Was für eine blöde Frage, Clara. Henrietta stand mitten im Laden, von dem sie eigentlich gar nichts wusste und meine Mädchen die ich friedlich und sicher im Kindergarten glaubte waren bei ihr: Natürlich war etwas passiert!

»Das kann man wohl sagen«, legte Henrietta nun auch vorwurfsvoll los, während Luzie mir zuwinkte und dann in die Spielecke ging und Lilli halb hinter Maya verschwand.

Im ersten Schreckmoment hatte ich sie überhaupt nicht bemerkt. Henrietta mit ihr an der Leine, das war ein völlig absurd-ungewohntes Bild. Meine Schwiegermutter mochte keine Hunde. Natürlich freute sich Maya wie verrückt, mich zu sehen. Aufgeregt sprang sie um mich herum.

»Sitz, Hund!«, herrschte Henrietta die wild mit der Rute schlagende Maya an, die sich daraufhin sofort auf ihren Hintern pflanzte und Ruhe gab. So einen harschen Ton war sie eben nicht gewohnt.

»Mitten in der Nacht hat das Telefon geklingelt und geklingelt«, fuhr Henrietta schließlich aufgeregt fort. »Irgendwann habe ich eingesehen, dass es nicht von allein aufhört und bin drangegangen. Eine völlig aufgelöste Frau namens Elke war am Apparat und wollte dich dringend sprechen. Doch leider warst du ja mal wieder nicht da. Sie wollte natürlich wissen, wo du bist oder wie sie dich erreichen könne. Ich erklärte ihr, dass ich das selbst gern wüsste.« Henrietta stockte, sah sich im Laden um, blickte dann wieder zu mir und fasste das Telefonat mit »dieser Elke« in knappen Worten zusammen: Lilli habe auf der Stelle abgeholt werden müssen. Es sei etwas Schlimmes passiert und wenn es sich bei ihr um die Oma handelte, dann sollte sie halt kommen und Lilli holen. Daraufhin hatte Henrietta sich in Windeseile angezogen und ein Taxi gerufen. Doch Maya war in solch ein herzerweichendes Jaulen ausgebrochen, dass sie die Hündin spontan mitgenommen hatte. Dank des netten Taxifahrers war sie dann kurz darauf im Kindergarten angekommen, wo Lilli und Luzie sie schon sehnsüchtig erwarteten, aber darauf bestanden, sofort zu ihrer Mami gebracht zu werden.

»Ich weiß aber leider nicht, wo eure Mutter sich gerade aufhält«, hatte Henrietta erwidert.

Woraufhin Lilli wie selbstverständlich erklärte: »Mama ist in ihrem Laden.«

In einem Tonfall der nicht mehr ganz so wütend klang, stellte sie dann fest: »Nun weiß ich es ja, Clara, und bin ziemlich gespannt auf deine Erklärung.«

»Aber was ist denn los? Was ist denn eigentlich geschehen, dass Lilli unbedingt abgeholt werden musste?«

Henrietta sah Lilli an. »Möchtest du, oder soll ich?«

Meine Tochter zierte sich erst noch ein wenig, gestand dann aber, nachdem sie noch einmal tief Luft geholt hatte: »Ich habe Maxima einen Zahn ausgeschlagen.« Wenn mich nicht alles täuschte, war da eben ein Hauch von Stolz in ihrer Stimme mitgeklungen. »Aber nur einen Milchzahn.«

»Was?« Ich konnte es nicht fassen. Das war doch Blödsinn. Völliger Blödsinn!

»Mit einem gezielten Faustschlag!«, erklärte meine Schwiegermutter trocken.

»Nein!«, keuchte ich.

»Und ob«, nickte Henrietta. »Aber laut Aussage der Erzieherin hat das andere Kind zuerst zugeschlagen und Lilli sich lediglich gewehrt. Eigentlich hat sie auch nur angerufen, weil Lilli unbedingt abgeholt werden wollte. Sie hat wohl lauthals nach ihrer Mama geschrien und Luzie hat aus lauter Solidarität mitgemacht.«

»Oh mein Gott …«, konnte ich nur betroffen murmeln.

Nun war ich endgültig gescheitert! Und zwar auf ganzer Linie. Der Laden entpuppte sich als Pleite, und Henrietta würde nun keine Zeit verstreichen lassen, um Paul von meinen heimlichen Aktivitäten zu erzählen. Außerdem fühlte sich die Tatsache ganz schrecklich an, dass meine Töchter im Kindergarten verzweifelt nach ihrer Mama gerufen hatten, während die ihren egoistischen Karriereplänen nacheiferte. Ich konnte mich nicht erinnern, wann ich mir das letzte Mal so erbärmlich vorgekommen war.

»Und das hier ist wirklich dein eigener Laden, Clara?«, holte Henriettas Stimme mich mitten aus dem Jammertal. Mich beschäftigte aber etwas ganz anderes als das plötzliche Interesse meiner Schwiegermutter. Warum hatte Elke mich verflixt noch mal nicht auf dem Handy angerufen? Diese Nummer war ihr als Notfallnummer bekannt. Ich eilte die drei Schritte zum Tresen zurück, wo mein Handy halb unter die Tüten gerutscht war und mir bei näherer Betrachtung sechs Anrufe in Abwesenheit anzeigte. Verdammt, aus irgendeinem Grund war es auf lautlos gestellt. Nicht einmal der Vibrationsmodus war aktiviert. Irgendwie musste ich heute Morgen im Kindergarten, als ich verzweifelt versucht hatte Doro anzurufen, den Ton ausgestellt haben.

Nachdem ich mein Handy kopfschüttelnd auf den Tresen zurückgelegt hatte, kam es mir endlich in den Sinn, mich nach Lillis Verfassung, der körperlichen wie seelischen, zu erkundigen. Schließlich hatte sie gerade laut Henrietta eine handfeste und bestimmt nicht ganz unblutige Prügelei hinter sich. Doch Lilli war äußerlich bis auf einen kleinen Minikratzer am rechten Unterarm unversehrt und innerlich längst wieder obenauf. Auf Nachfrage erfuhr ich auch, warum: Ihre Oma hatte ihr eindringlich klargemacht, dass sie enorm stolz auf sich sein könnte. So ein Milchzahn schlug sich nicht durch einen Windhauchfaustschlag aus. Dazu brauchte es schon einen ordentlichen Wumms, über den Lilli Henriettas Meinung nach verfügte.

Selbstverständlich war das eine total unmögliche und bestimmt nicht vorbildliche Aussage. Aber im Moment beließ ich es dabei. So wippte Lilli dann auch recht vergnügt zu Luzie an den Maltisch rüber, um gemeinsam mit ihr Maxima mit neuer Zahnlücke zu zeichnen.

Okay, später würde ich den beiden natürlich anschaulich

erklären, dass so etwas selbstredend ganz, ganz unmöglich war und es keine Entschuldigung dafür gab. Dass Maxima wegen Lilli einen Zahn verloren hatte, konnte ich wirklich nicht gutheißen und dafür musste sich Lilli auch bei ihr entschuldigen. Später, nicht gleich. Jetzt musste ich erst einmal Schadensbegrenzung betreiben, indem ich mich um Henrietta kümmerte. Vielleicht bestand ja die winzige Chance, dass sie mich selbst Paul alles beichten lassen würde?! Das war allemal besser, als dass er von Henrietta brühwarm geschildert bekam, was ich hinter seinem Rücken so alles getrieben hatte. Ich konnte mir nämlich schon vorstellen wie theatralisch meine Schwiegermutter ihrem Sohn von diesem nicht wieder gutzumachenden Verrat und Betrug berichtete. »Paul, du weißt, ich habe nie etwas von deiner Ehefrau gehalten, aber deine Entscheidung, ohne zu protestieren, natürlich akzeptiert. Doch nun hat sie endlich ihr wahres Gesicht gezeigt. Es tut mir zwar sehr, sehr leid, weil ich ahne, wie sehr es dich treffen muss, aber letztendlich habe ich recht behalten. Diese Clara Specht ist einfach nicht die richtige Frau für dich, mein Junge.«

Doch sonderbarer Weise hatte Henrietta es gar nicht eilig, Paul klarzumachen, was für ein hinterhältiges Frauenzimmer er arglos wie ein Schaf zur Frau genommen hatte. Ganz im Gegenteil. Sie übergab mir Mayas Leine, schlenderte ewig durch den Laden, sah sich alles sehr genau an, nahm hier etwas in die Hand, betrachtete dort was anderes und ließ sich schließlich mit einem – wie es mir vorkam – recht zufriedenen Gesichtsausdruck in den Lesesessel sinken.

»Wirklich schön, Clara. Ich bin beeindruckt.«

»Du lächelst ja gar nicht?!«, konnte ich es mir nicht verkneifen.

Fragend blickte meine Schwiegermutter mich an.

»Normalerweise lächeln Menschen, wenn sie einen Witz machen.«

»Das war aber kein Witz. Ich finde es wunderschön hier. Sehr gemütlich.«

»Danke«, murmelte ich misstrauisch.

»Das hat Mama alles ganz alleine gemacht«, krakeelte Lilli los. »Nur Doro und Jans Mama haben ihr dabei geholfen. Es soll nämlich eine Überraschung sein. Für Papa. Und auch für dich, hat Mama gesagt, und deshalb durften wir gar nicht darüber reden.«

Nun lächelte Henrietta wirklich. »Ist das tatsächlich so?«

Ich antwortete für die Mädchen, die beide sowieso längst wieder ins Malen vertieft waren.

»Ja, so ist der Stand der Dinge.« Meine Stimme klang eisiger als beabsichtigt. »Und falls es dich interessiert, momentan ist leider noch kein durchschlagender Erfolg in Sicht.«

»Wie lange gibt es denn den Laden schon?«

»Bald zwei Wochen.«

»Soso, und ich habe tatsächlich nichts davon mitbekommen. Meine Güte …« Mitten im Satz klingelte Henriettas Handy in ihrer weißen Handtasche. Sie warf einen Blick aufs Display. »Entschuldige, aber da muss ich drangehen«, erklärte sie und nahm das Gespräch entgegen.

Es war Paul. Jetzt war ich endgültig geliefert. Einen Moment machten die beiden Smalltalk, während mein Herz wie bekloppt raste und sich mein Magen schmerzvoll zusammenkrampfte. Henrietta erzählte von ihrem Job der letzten Tage und einem angeblich überaus talentierten jungen Designer, dem sie eine große Karriere voraussagte. Dann schien Paul sie gefragt zu haben, wo sie denn gerade sei, denn mit einem Augenzwinkern in meine Richtung säuselte sie: »Nein, nein, ich bin nicht bei euch zu Hause. Ich habe eben einen wunderschönen kleinen Laden entdeckt. Gerade wollte ich ganz in Ruhe eine Tasse Tee trinken, da hast du angerufen.«

Henrietta lauschte lächelnd dem, was Paul darauf erwiderte, und entgegnete dann: »Ja, ich bin mir auch sicher, dass es Clara hier gut gefallen würde. Wenn ich später wieder zu Hause bin, dann erzähle ich ihr von dem hübschen kleinen Geschäft. Gute Idee, das wird sie bestimmt etwas aufmuntern.«

Danach beendete sie das Telefonat mit Paul. Ich konnte sie nur fassungslos anstarren. Warum hatte sie mich nicht verraten? Und was sollte dieses ewige Gezwinker? Meine Schwiegermutter hatte mir noch niemals zugezwinkert. Wenn schon, dann hatte sie die Augen gerollt. Natürlich genervt.

Und es sollte noch putziger werden. In der nächsten halben Stunde löcherte Henrietta mich mit Fragen rund um den Laden und wollte wissen, warum ich das Ganze hinter Pauls Rücken aufzog. Situationsbedingt ergeben beantwortete ich ihr jede, ließ kein noch so uncharmantes Detail aus und war zunehmend verwundert, dass sie weder gehässig oder gar vorwurfsvoll wurde. Im Gegenteil, in ihrem Blick lag etwas, dass ich bisher absolut nicht bei ihr vermutet hatte: Verständnis.

Doch am Ende – wie hatte ich auch nur einen winzigen Augenblick daran zweifeln können – straffte sie die knöchrigen Schultern und erklärte im gewohnt zynischen Tonfall: »Tja, meine liebe Clara, ich bin schon recht beeindruckt, was du da auf die Beine gestellt hast. Auch wenn dir scheinbar noch das gewisse Etwas fehlt, damit aus einem Luftschloss ein erfolgreiches Geschäft werden kann. Allerdings habe ich meinen Sohn noch niemals belogen oder ihm etwas verheimlicht, und es gefällt mir gar nicht, dass ich ihm eben am Telefon so eine Show vorgespielt habe.« Sie legte eine kleine Pause ein, um tief durchzuatmen und dabei theatralisch den Kopf zu schütteln. »Nein, das ist nicht in Ordnung, nein, so mag ich nicht mit meinem Sohn umgehen.«

Ich schluckte schwer. »Ich rufe ihn gleich an und erzähle ihm alles«, murmelte ich.

Doch erneut schüttelte Henrietta den Kopf. »Das halte ich für keine gute Idee!«, und rauschte aus der Teestube.

»Wo geht Oma denn hin?«, erklang Lillis Stimme vom Maltisch.

»Papa anrufen«, gab ich niedergeschlagen zurück. Und insgeheim fügte ich hinzu: »Um mich ordentlich in die Pfanne zu hauen!«

Den Rest des Tages bekam ich Henrietta nicht mehr zu Gesicht. Als ich mit den Mädchen und Maya im Kümmelloch ankam, war von ihr keine Spur. Genauso wenig wie ich wusste, wo sie sich aufhielt, ahnte ich, ob sie Paul bereits angerufen hatte und wann der wiederum mich anrief, um mir seine Wut und Enttäuschung via Telefon entgegenzuschmettern.

Natürlich hätte ich selbst versuchen können, ihn zu erreichen. Doch ich fühlte mich zu schwach, ja, zu unfähig, um den Hörer in die Hand zu nehmen und mich somit früher als nötig dem Gespräch mit ihm zu stellen.

Doch das Schlimmste an der Situation waren meine Selbstzweifel – ich hätte mich wahrhaftig selbst dafür ohrfeigen können, dass ich einfach nur dasaß, buchstäblich den Kopf einzog und auf die Standpauke wartete, und dabei immer nur dachte: Wusste ich doch, dass das Ganze am Ende nicht gut ausgeht.

Ein schreckliches, mich komplett lähmendes Gefühl, das ich so bisher noch nicht empfunden hatte und für das ich mich gleichzeitig schämte und über das ich mich schrecklich ärgerte.

KAPITEL 20

Im Glück wird man vergesslich.
Menander

Als ich am nächsten Morgen mit meinen Töchtern zum Kindergarten aufbrach, hatte mich weder Paul angerufen, noch war ich Henrietta begegnet. Beides beruhigte mich genauso, wie es mich verwirrte.

Im Kindergarten wurden wir von Elke in Empfang genommen, die Lilli und mich ins Büro brachte, wo eine deutlich geknickte Maxima samt ebenso beschämt guckender Mutter bereits auf uns warteten.

Die Ansage der Kindergartenleiterin fiel recht kurz und knapp, aber extrem deutlich aus. »Falls Maxima noch einmal handgreiflich werden sollte, dann komme ich nicht umhin, Sie zu bitten, sich nach einem anderen Kindergartenplatz umzusehen.«

Gesina nickte betroffen und versicherte ihr: »So etwas kommt nicht wieder vor! Niemals! Ich habe das ausführlich mit Maxima besprochen.«

Dann forderte sie ihre Tochter reichlich barsch auf, sich bei Lilli zu entschuldigen, und bat mich ebenfalls um Verzeihung: »Du weißt doch wie das ist, Clara«, appellierte sie an mein mütterliches Zusammengehörigkeitsgefühl. »Manchmal ist es nicht so leicht mit den Kindern.«

Ich hätte tausend Dinge erwidern können, doch ich beließ es bei einem Schulterzucken und der Aussage: »Wenn Maxima sich zukünftig bitte von meinen Töchtern fernhalten könnte, dann ist die Sache für uns hiermit erledigt. Und ja, Lilli möchte sich natürlich auch noch entschuldigen. Auf Gewalt mit Gewalt zu reagieren, ist nicht gerade die beste Lösung.«

Als ich eine Viertelstunde später die Teestube aufschloss, war ich mir sicher, dass das Thema Maxima erst einmal erledigt war. Für wie lange stand allerdings auf einem ganz anderen Blatt.

Der Vormittag zog sich wie Kaugummi, unentwegt musste ich an Paul denken, malte mir dabei die schlimmsten Sachen aus, während ich die Teedosen umräumte, und anschließend eine ältere Kundin, die durch Zufall die Teestube entdeckt hatte, ewiglange beriet. Um kurz vor halb eins hielt ich es nicht mehr länger aus und beschloss, Paul anzurufen, um mich der Auseinandersetzung mit ihm zu stellen. So konnte es schließlich nicht weitergehen!

Doch gerade als ich mein Handy aus meiner Handtasche gekramt hatte, schneite Henrietta in den Laden.

»Alleinstellungsmerkmal ist das Stichwort«, sagte sie und grinste dabei triumphierend.

Ich starrte sie verständnislos an. »Wie bitte?«

Henrietta nickte. »Was unterscheidet dein Unternehmen von der Konkurrenz? Wie kannst du dich von der breiten Masse abheben? Was macht deine Teestube außergewöhnlich?«

»Keine Ahnung«, gab ich offen zu.

Mit allem hatte ich gerechnet. Dass sie mich beschimpfte. Dass sie Paul gesprochen hatte und mir davon brühwarm berichten wollte. Dass sie mich noch einmal mit verächtlichem Blick abstrafte, um dann empört wieder abzurauschen. Doch stattdessen ließ sie sich in den Lesesessel sinken, lächelte mich an. Sie machte einen buchstäblich freundlichen Eindruck auf mich.

Nichts hätte mich perplexer dastehen lassen können als ein ehrlich gemeintes Lächeln meiner Schwiegermutter, das für mich bestimmt war.

»Und genau das ist dein Problem, Clara«, fuhr Henrietta unbeirrt meines eindeutig dusseligen Gesichtsausdrucks euphorisch fort. »Als ich vor vielen, vielen Jahren mit dem Modeln angefangen habe – damals gab es noch keine von diesen fürchterlichen Castingshows, in denen aus einem ahnungslosen sechzehnjährigen Mädchen vom Lande angeblich ein unverwechselbarer Typ gemacht wird –, hat mir ein junger Fotograf eine karriereentscheidende Frage gestellt: Was ist das Besondere, das ganz Einmalige an Helga Obermueller aus Rheinhausen?«

Noch immer traute ich dem Frieden nicht. Noch immer wartete ich auf irgendeinen fiesen Spruch. Noch immer war ich innerlich in Lauerstellung. Dennoch wagte ich leise zu fragen: »Und was ist daraus geworden?«

Henrietta lachte hell auf. Kein bisschen zynisch wie sonst, eher leicht gedankenversunken, und in mir keimte immer mehr der Verdacht auf, dass Henrietta tatsächlich an einem ernstgemeinten Gespräch mit mir interessiert sein könnte.

»Aus Peter, der in derselben Stadt wie ich aufgewachsen ist, wurde ein Weltstar. Einer der international erfolgreichsten Modefotografen. Aus der dürren Helga mit den langen Stelzen wurde Henrietta de Maizière, deren Markenzeichen ihre fantastisch langen, wohlgeformten Beine waren.« Henrietta winkte ab. »Was heißt waren, bis heute sind sie mein Markenzeichen geblieben. In meiner Generation gibt es kein Model, das längere Beine hat.«

Okay, das klang wirklich interessant. Und ja, ich war beeindruckt. Nur was hatten ihre langen Beine bitte schön mit meiner Teestube zu tun?

»Schöne Geschichte«, sagte ich vorsichtig. »Aber ich befürchte, auch mit zehn Zentimeter längeren Beinen würde ich nicht wesentlich mehr Tee verkaufen.«

Erneut lachte Henrietta auf. Wieder wagte ich meinen Ohren kaum zu trauen, denn es klang amüsiert und nicht überheblich.

»An deinen kurzen Beinen liegt es bestimmt nicht, dass der durchschlagende Erfolg noch auf sich warten lässt.«

»Okay«, sagte ich gedehnt. »Woran liegt es deiner Meinung nach denn dann?«

Eigentlich hatte ich Henrietta diese Frage nicht stellen wollen. Bis vor wenigen Augenblicken war sie die Letzte, von der ich mir einen Ratschlag erhofft hatte. Bis vor einigen Minuten war ich mir auch sicher, dass sie längst mit Paul gesprochen hatte.

Aber irgendetwas hatte sich verändert. Ich konnte nicht so richtig festmachen, woran es lag – war es ihr Blick ohne Verachtung? Ihre Stimme die ernsthaft beteiligt klang?

»Versteh mich bitte nicht falsch, Clara«, erklärte sie nun auch prompt. »Ich finde deine Teestube wunderschön. Du hast mich damit wirklich überrascht. Positiv. Absolut! Bisher habe ich dich immer für eine von diesen Frauen gehalten, die irgendwann mal einen Job erlernt haben, aber nur, um schnell geheiratet zu werden und versorgt zu sein. Dass ich mich mit diesem Typ Frau etwas schwer tue, mag dir vielleicht nicht entgangen sein? Aber ich muss zugeben, ich habe mich schwer in dir getäuscht, und weißt du was, das freut mich.«

Ich nickte nur – obwohl mir spontan ein paar sarkastische Bemerkungen dazu einfielen.

»Natürlich finde ich es nicht gut, dass du das Ganze hinter Pauls Rücken aufgezogen hast, aber ich verstehe deine Motivation und darum werde ich dir bestimmt keinen Strick daraus drehen. Ich hätte an deiner Stelle womöglich ganz genauso gehandelt, das ist mir letzte Nacht klargeworden, quasi schon mit dem Telefonhörer in der Hand, um Paul anzurufen. Und um deiner Frage zuvorzukommen, nein, ich habe ihm nichts erzählt.«

»Wie gnädig«, lag es mir auf der Zunge zu sagen. So wirklich konnte ich mich nicht daran gewöhnen, dass meine Schwiegermutter es augenscheinlich gut mit mir meinte – dass sie Gefallen an etwas fand, das auf meinem Mist gewachsen war. Die ganze Zeit wartete ich darauf, dass sie ihre beringten Finger zusammenklatschte und höhnisch ausrief: »Meine Güte, bist du naiv, Clara, wenn du tatsächlich glaubst, mein Interesse an dir und deinem dusseligen Teeladen könnte etwas anderes als geheuchelt sein!«

Doch nichts dergleichen geschah. Ganz im Gegenteil.

»Dein Sortiment ist erstklassig, Clara, daran kann es also nicht liegen. Die Räumlichkeiten sind wirklich ansprechend gestaltet und da du vom Fach bist, gehe ich von einer professionellen Kundenberatung aus.«

Oh. Mein. Gott. Das waren gerade drei an meine Adresse gerichtete Lobe aus Henriettas Mund. Unfassbar.

»Aber ganz ehrlich, was soll mich im Sommer, der zwar bisher ein recht nasskalter ist, dazu verleiten, in deinen Teeladen zu gehen und mein Geld bei dir auszugeben?«

»Ich trinke das ganze Jahr über Tee«, erklärte ich. »Für mich hat Teetrinken nichts mit der Jahreszeit zu tun.«

Henrietta nickt. »Bei Teetrinkern ist das so. Aber gerade die nehmen sich lieber im Supermarkt ihren Beuteltee mit, weil es billiger und auch bequemer ist.«

Georg nicht, wollte ich schon erwidern. Doch, wo es gerade so ungewöhnlich gut und entspannt zwischen Henrietta und mir lief, verzichtete ich wohl besser auf die Erwähnung seines Namens.

»Die breite Masse macht das womöglich so, aber echte

Teeliebhaber bestimmt nicht«, widersprach ich ihr. »Außerdem findet meine Kundschaft hier nicht nur ihren Lieblingstee, sondern auch eine Art Wohlfühloase vor. Das kann ein Supermarkt nicht bieten.«

Nachdenklich schaute Henrietta sich erneut im Laden um. »Das stimmt. Du hast dir wirklich viel Mühe gemacht, deine Kundschaft für einen Moment in eine andere Welt zu entführen. Man betritt deinen Laden und fühlt sich gleich wohl. Einen Augenblick abschalten, entspannen, hinsetzen, eine Tasse Tee trinken, in einem Buch blättern, um sich dann gestärkt und mit neuer Energie wieder reinzuwerfen ins pralle, hektische Leben da draußen. Natürlich nimmt solch ein zufriedener Kunde diesen Tee dann auch mit und beschert dir somit den Umsatz, den du brauchst. Ich verstehe das Konzept, Clara, und finde es wirklich gut.«

»Aber?«, fragte ich misstrauisch, denn ihre kleine Ansprache hatte verdammt nach einem Aber geklungen.

Langsam richtete sich Henrietta aus dem Lesesessel auf und begann dann im Laden umherzugehen. »Irgendetwas fehlt noch …«, sagte Henrietta nachdenklich. »Noch weiß ich es nicht, aber die Sache ist nicht ganz rund …«

»Na ja, ich könnte nach und nach die günstigen Ikeamöbel gegen etwas bessere, womöglich auch das ein oder andere antike Teil austauschen. Doch dazu muss erst einmal Geld in die Kasse kommen und ganz genau das ist ja mein Problem. Die Leute gucken, und gehen dann wieder.«

Henrietta schüttelte den Kopf. »Das meinte ich damit auch überhaupt nicht. Die Einrichtung ist perfekt. Leicht, jung, frisch und dennoch gemütlich. Ich denke noch immer über dein Alleinstellungsmerkmal nach.«

»Aber das ergibt sich doch aus dem Konzept«, fand ich. »In der Teestube bekommt man nicht nur Tee und das ganze

Zubehör zu kaufen, sondern auch einen Moment des Auftankens in gemütlicher Atmosphäre gratis dazu.«

Ein paar Atemzüge lang blieb Henrietta still. Sie stand einfach nur da und sah sich mit leicht vorgeschobener Unterlippe um. Unwillkürlich musste ich an Paul denken. Wenn er angestrengt über etwas grübelte, hatte er einen ähnlichen Gesichtsausdruck. Lilli übrigens auch.

»Und was machen deine Kunden dann damit?«, fragte sie schließlich.

»Wie meinst du das?«

Henrietta ging zum Tresen und nahm einen der Teesträuße, die ich meiner Kundschaft als Geschenktipp empfahl, in die Hand. Aufmerksam betrachtete sie das Arrangement, bestehend aus zwei verschiedenen Früchtetees, einem Kräutertee und einem Schwarztee mit Aroma sowie zwei Kandisstangen, das ich in einen hellgelben Blütenkranz eingebunden hatte.

»Wie heißt dieser Strauß?«, wollte sie erfahren.

Ich zuckte die Schultern. »Er hat keinen Namen. Teestrauß eben.«

Henrietta schnaufte eigenartig. »Ich bitte dich, Clara«, sagte sie leicht vorwurfsvoll. »So ein traumhaft schöner Strauß und er ist dir nicht einmal einen Namen wert?!«

War das eine ernstgemeinte Frage oder machte sie sich mal wieder über mich lustig. Ich wurde aus dieser Frau einfach nicht schlau. Darum beließ ich es auch beim ratlosen Schulterzucken.

»Wie wäre es zum Beispiel mit Sommerwind?«, schlug Henrietta unbeirrt fort.

»Klingt gut«, musste ich zugeben. »Aber ganz ehrlich, Henrietta, glaubst du, nur weil ich den Sträußen fortan schöne Namen verpasse, stürmen die kaufwilligen Teeliebhaber zukünftig meinen Laden?« Ich konnte den Sarkasmus in der

Stimme nicht ganz unterdrücken, was Henriettas linke Augenbraue emporschnellen ließ.

»Ja, Clara, das glaube ich tatsächlich!«, entgegnete sie in gewohnt schnippischem Tonfall.

Welcome back, real Henrietta, schoss es mir bitter durch den Kopf.

»Ich habe gerade einen jungen Designer kennengelernt«, fuhr Henrietta dennoch fort. »Ein wirklich vielversprechender Mann. Ich habe mich lange mit ihm unterhalten, um herauszufinden, was ihn zurzeit so angesagt macht. Oder anders, warum er mich mit seiner Mode so beeindrucken konnte.« Henrietta schien über sich selbst den Kopf zu schütteln. »Nein, noch ganz anders, was ist es, was ich als so besonders an seinem Design empfunden habe?«

Ich wusste nicht, was ich dazu sagen sollte, weil ich nicht wusste, was Henrietta *mir* eigentlich damit sagen wollte. Worum ging es hier? Um meine Teestube, die zwar hübsch, aber eben nicht besonders genug war? Oder dass Henrietta jemanden kennengelernt hatte, der sie beeindruckte?

»Es ist die Geschichte, Clara«, sagte Henrietta und strich sich mit einer langsamen Geste das Haar zurück.

»Welche Geschichte?«

Bevor Henrietta antworten konnte, tauchte Doro auf der Bildfläche auf, um mich im Laden abzulösen. Erst lächelte sie geschäftsmäßig, weil sie in der eleganten, großen Frau bestimmt eine Kundin vermutete. Doch dann erkannte sie in ihr meine Schwiegermutter und das Lächeln gefror ihr in den Mundwinkeln.

»Ach du meine Güte«, japste sie. Doro war derart geschockt, dass sie sich am Tresen abstützen musste.

»Guten Tag, und wer sind Sie?« Missbilligend musterte Henrietta meine wunderbare Doro, der es allerdings gerade enorm an Souveränität mangelte. Aber ich konnte es ihr nicht verübeln, denn das, was sie von mir über Henrietta gehört hatte, konnte einen schon mal kurzzeitig die Fassung verlieren lassen.

»Das ist meine Freundin und Mitstreiterin Dorothea Wenniger«, erklärte ich. Erst hatte ich Angestellte sagen wollen. Doch momentan wusste ich nicht einmal, ob das jemals zutreffen würde.

»Mitstreiterin?«, fragte Henrietta. »Du hast also eine Geschäftspartnerin?!«

Ich schüttelte den Kopf. Doro nickte.

»So ist es«, erklärte sie. »Clara würde ja niemals auf die Idee kommen, so einen Laden gänzlich allein und dazu auch noch schwanger aufzuziehen.« Sie lachte übertrieben und mir wurde klar, dass ich sie dringend ausbremsen musste – oder aufklären.

»Schon gut, Doro«, entschied ich mich für die Aufklärungsvariante. »Meine Schwiegermutter weiß Bescheid.«

»Ach so«, nuschelte Doro sichtbar verwirrt.

Meine Schwiegermutter hingegen lachte leicht spöttisch auf. »Herrje, du musst mich ja als den schlimmsten Schwiegermutterdrachen weit und breit beschrieben haben, liebe Clara, wenn deiner Freundin allein bei meinem Anblick vollständig die Farbe aus dem Gesicht rutscht.«

Ich klappte den Mund auf, um abzustreiten, doch Henrietta winkte ab. »Schon gut, Clara, du musst mir gar nichts erklären. Ich versteh es auch so.«

»Okay«, mischte Doro sich mit betont sachlicher Stimme ein. »Und was ich weiß, ist, dass du dich jetzt beeilen musst, Clara. In zehn Minuten macht der Kindergarten zu.«

Doro sagte immer das Richtige – immer! Dafür, und für so vieles andere, liebte ich sie.

»Ich rufe dich später an, Doro«, versprach ich ihr, dann eilte ich mit Henrietta aus der Teestube. Die Stimmung zwischen uns war eindeutig aufgeladen, positiv aufgeladen.

Was in meinem Fall sicher an Henriettas abschließenden Worten lag: »Je mehr man unter Druck steht, desto mehr sollte einen das anspornen!«

Recht hatte sie!, dachte ich und musste innerlich grinsen: Ich hätte niemals vermutet, dass ich so etwas jemals denken würde.

KAPITEL 21

Jeder kann zaubern,
jeder kann seine Ziele erreichen,
wenn er denken kann.

Hermann Hesse

Der Tag endete wie er angefangen hatte: mit Bauchschmerzen. Jedoch war es diesmal nicht Lilli, die unter leichten, aber sehr beängstigenden Krämpfen litt, sondern ich.

»Am besten wird es sein, wenn wir den Notarzt verständigen«, schlug meine nach wie vor komplett ausgewechselte Schwiegermutter besorgt vor.

Ich lag auf dem Sofa und presste mir eine Wärmflasche gegen den Leib, während die Angst, dass nicht die Mayonnaise für meinen Zustand verantwortlich war, sondern dass etwas mit dem Kleinen nicht stimmen könnte, zunehmend größer wurde.

»Bestimmt hast du nur etwas gegessen, das dir jetzt auf den Magen drückt«, versuchte Henrietta mich zu beruhigen. »Aber sicher ist sicher.«

Ich wollte aber keinen Notarzt kommen lassen, der mich dann sofort ins nächste Krankenhaus verfrachtete, wo man mich tagelang auf den Kopf stellte, um dann festzustellen, dass es doch nur das fettige Zeug auf meinem Salamibrot gewesen war, das ich mir einfach nicht hatte verkneifen können.

Wie sagte mein Vater immer so schön: Wenn die dich erstmal unter ihre Fittiche bekommen haben, dann lassen sie dich freiwillig so schnell nicht wieder gehen.

»Georg könnte ja mal nach mir sehen«, schlug ich stattdessen vor.

Henrietta bekam zwar einen leicht befremdlichen Gesichtsausdruck, aber sie fragte mich nach seiner Telefonnummer, und keine Viertelstunde später hockte Georg neben mir auf dem Sofa und tastete sanft meinen Bauch ab.

»Ich denke, wegen des Babys musst du dir keine Sorgen machen. So wie du mir deine Beschwerden schilderst, hört sich das tatsächlich nach einer Magenverstimmung an. Womöglich schon schwangerschaftsbedingt, weil man eben nicht unbedingt alles essen sollte, worauf man gerade Heißhunger hat. Doch eine hundertprozentige Diagnose kann ich nur nach einer Ultraschalluntersuchung stellen.«

»Das heißt«, mischte Henrietta sich ein, »meine Schwiegertochter sollte sich sicherheitshalber in eine gynäkologische Praxis begeben?!«

Während Georg mich untersuchte, war sie nicht einen Zentimeter von meiner Seite gewichen. Jedes seiner Worte, jede Geste wurde von ihr misstrauisch beäugt. So als wollte sie sich noch immer nicht endgültig von ihrem idiotischen Verdacht verabschieden, dass Georg mein heimlicher Lover sei und somit auch als zukünftiger Kindsvater in Frage käme.

Georg seufzte tief. »Tja, um auf Nummer sicher zu gehen, würde ich dich tatsächlich gern morgen früh in der Praxis wiedersehen, Clara.«

Es war mir zwar ziemlich peinlich, ganz besonders weil der Gute quasi seinen verdienten Feierabend für mich geopfert hatte, dennoch erklärte ich mit kleinlauter Stimme: »Ähm, okay, dann mache ich das wohl besser. Allerdings ist ja eigentlich Frau Doktor Riemknecht-Dose meine behandelnde Gynäkologin.«

Georg winkte großzügig ab. »Das weiß ich doch, Clara. Aber falls du kurzfristig keinen Termin bei ihr bekommen solltest, in meiner Praxis bist du herzlich willkommen. Auch vertretungsweise.« Damit packte er seine Sachen zusammen und erhob sich langsam, um jedoch unschlüssig vorm Sofa stehen zu bleiben.

»Na dann, Herr Doktor!« Henrietta nickte ihm auffordernd zu.

»Darf ich wohl einen Moment unter vier Augen mit meiner Patientin sprechen?!«, knurrte Georg ähnlich charmant zurück.

Henrietta verzog den Mund. »Meine Schwiegertochter ist aber nicht *Ihre Patientin.*«

Georg konterte mit einem genervten Schnaufen. »Dann eben mit meiner Mieterin, wenn Ihnen diese Formulierung besser behagt?!«

»Bitte, Henrietta, kannst du nicht mal nach den Mädchen sehen?!«, versuchte ich das Hin- und Her abzukürzen. »Die spielen so verdächtig leise oben in ihrem Zimmer.«

»Tzzz«, machte Henrietta schnippisch, warf den Kopf in den Nacken und rauschte aus dem Wohnzimmer.

Okay, damit hatte ich dann wohl den kurzzeitigen Frieden mit ihr flugs wieder zunichte gemacht.

»Was gibt es denn, Georg?«, fragte ich, kaum, dass die Tür hinter Henrietta ins Schloss gekracht war. Insgeheim hoffte ich, dass es nicht schon bis zu ihm vorgedrungen war, dass meine Teestube mehr schlecht als recht lief, und er nun um die pünktliche Zahlung seiner Miete bangte.

Georg räusperte sich – wie es mir vorkam etwas verlegen. »Ich weiß, du hast gerade ganz andere Sorgen, und ich bin mir auch gar nicht sicher, ob ich dir diese Frage wirklich stellen sollte, aber …«

»Okay«, fiel ich ihm ins Wort, weil mich sein Herumgedruckse ganz verrückt machte. Außerdem wollte ich es hinter mich bringen. Auf der Stelle: »Ich bin auch etwas enttäuscht. Aber womöglich liegt es an der Jahreszeit? Oder wir haben nicht ausreichend Werbung gemacht? Oder …«

»Wovon redest du eigentlich, Clara?«, unterbrach Georg nun mich.

»Von der Teestube natürlich.«

Georg zog erstaunt das Kinn ein. »Ach so. Was ist denn damit?«

Mist! Mist! Verdammter Mist! Bis eben war Georg ahnungslos und ich dummes Huhn hatte nichts Besseres zu tun, als ihm in meiner Dusseligkeit brühwarm vom miesen Umsatz der ersten Wochen zu berichten.

Meine Güte, Clara, erst denken, dann reden!

»Nee, soweit alles okay«, versuchte ich meine Aussage von eben abzuschwächen. »Könnte natürlich mehr los sein. Aber du musst dir keine Sorge um deine Miete machen.«

Nun guckte Georg noch eine Spur verunsicherter. »Bis eben habe ich das auch nicht.«

Themenwechsel, sofort! Oder die Leidende mimen – auch gut. Obwohl es mir inzwischen wieder besser ging. Das Ziehen hatte deutlich nachgelassen und übel war mir auch nicht mehr.

»Aber was wolltest du denn nun eigentlich mit mir besprechen, Georg?«

Einen Moment schien Georg noch zu überlegen – soll ich oder soll ich nicht? Dann aber holte er tief Luft und sagte mit belegter Stimme: »Es ist wegen Frau Wenniger, also der Doro. Ich weiß nicht so recht, wie ich in dieser Sache vorgehen soll, und da dachte ich mir, ich frage dich einfach mal?!«

Sache? Vorgehen? Doro? Irgendwie stand ich gerade völlig auf der Leitung.

Georg schien es mir anzusehen, denn er fügte erklärend hinzu: »Na ja, so richtig Übung habe ich in Herzensangelegenheiten ja nicht mehr. Immerhin ist es über zwanzig Jahre her, dass ich um eine Frau geworben habe.«

Heiliges Kanonenrohr! Es ging um Doros verkaufsfördernde Flirtaktion vom Eröffnungstag. Allem Anschein nach hatte das Ganze einen bleibenden Eindruck auf Georg gemacht. Wenn ich sein nervöses Hemdärmelnesteln richtig deutete, dann hatte es den Neu-Single-Gynäkologen sogar richtig schwer erwischt.

»Ja … ähm … die Doro …« Stotternd suchte ich nach den richtigen Worten. Ich konnte ihm ja wohl kaum verraten, dass Doros schmachtender Augenaufschlag nur zur Umsatzsteigerung gedient hatte. Das war fies. Das war sogar richtig fies. Und außerdem, natürlich hatte ich Georg in den letzten Katjajahren nicht gerade als besonders sympathisch empfunden. Doch inzwischen sah ich ihn mit ganz anderen Augen. Er war ein leicht verschrobener Kerl – ohne Frage. Aber irgendwie, auf seine ganz eigene Art und Weise, doch ein recht liebenswerter und sehr, sehr hilfsbereiter. Womöglich hatte Katja das im Verlauf ihrer Ehe einfach nur vergessen und am Ende war dann nur noch das Bild vom zynischen Superökobesserwisser-Ehemann übriggeblieben. Und dass Georg ein gutaussehender Mann war, daran bestand absolut kein Zweifel.

Je länger ich darüber nachdachte, desto besser gefiel mir der Gedanke, dass aus Doro und ihm tatsächlich etwas werden könnte. Doro war schon ewig Single und sehnte sich bestimmt nach einer starken Schulter, die ihr dazu auch ein wenig die Zahnspangen- und anderen Sorgen abnehmen könnte. Georg wiederum wünschte sich eine gepflegte und patente Frau, die nach Möglichkeiten nicht so sprunghaft und flippig durchs Leben rauschte wie seine Ex.

Verdammt, warum war ich bloß nicht vorher draufgekommen: Die beiden waren das perfekte Paar!

»Doro liebt Helene Fischer über alles«, kam es mir spontan in den Sinn.

Georgs Augen weiteten sich entsetzt. »Ach du meine Güte, warum hast du mir das nicht gleich gesagt?« Seine Stimme klang etwas vorwurfsvoll.

»Ähm … bisher sah ich keine Veranlassung dazu. Also warum sollte ich«, wunderte ich mich – zu recht, wie ich fand!

Eigenartig brummend fuhr er sich mit den Händen durch seinen dichten Haarschopf. »Aber warum hat sie dann mit mir geflirtet? Oder habe ich da vielleicht etwas missverstanden?«

Ich schüttelte den Kopf. »Hast du nicht. Sie hat mit dir geflirtet.« Den Anlass dafür musste ich ihm ja nicht unbedingt auf die Nase binden.

»Dann verstehe ich das Ganze noch weniger. Wie kann sie mit mir flirten, mir quasi Hoffnungen machen, wenn sie diese Helene liebt?«, sagte Georg.

Ich holte tief Luft. »Georg, sorry, irgendwie kann ich dir nicht so richtig folgen. Was für ein Problem hast du damit, dass Doro sich sehr über Konzertkarten für Helene Fischer freuen würde?«

Georg machte: »PÖH!« Und zwar ziemlich schnippisch. »Du glaubst doch wohl nicht, dass ich ihr und ihrer *Freundin* auch noch die Karten kaufen werde. Nein, bestimmt nicht. Klar gefällt sie mir gut, aber deshalb werde ich mich bestimmt nicht so erniedrigen.«

»Von welcher Freundin redest du, Georg?« Okay, ich nahm alles zurück: Georg war nicht nur leicht verschroben, der Mann hatte einen ausgewachsenen Vollknall.

»Natürlich von dieser Helene Fischer, in die Doro ja scheinbar schwer verliebt ist.«

Ich biss mir verzweifelt auf die Unterlippe, konnte aber

letztendlich nicht verhindern, dass ich losprusten musste, was Georg mit beleidigtem Gesicht quittierte.

»Mag ja sein, dass ich etwas zu konservativ eingestellt bin, Clara, aber für dieses ganze *bi* und so bin ich nun mal nicht zu haben.«

»Helene Fischer«, juchzte ich, »ist eine der zurzeit angesagtesten Schlagersängerinnen überhaupt. Wenn ich sage, Doro *liebt* Helene, dann meine ich damit ihre Musik. Georg, Doro liebt Helene Fischers *Musik* und ist ganz bestimmt nicht *lesbisch,* falls du das daraus geschlossen hast. Ich wollte dir damit nur sagen, finde heraus, wann und wo Helene das nächste Mal ein Konzert gibt, kauf zwei Karten und lade Doro dazu ein. Dann hast du schon halb gewonnen. Ansonsten tut es auch ein nettes Abendessen mit Helenes Musik im Hintergrund. Ganz besonders steht sie auf ›Atemlos‹.«

Als ob sie nur auf ein Startsignal gewartet hätte, kam Henrietta ins Wohnzimmer getänzelt und trällerte: »Atemlos durch die Nacht, spür was Liebe mit uns macht. Atemlos, schwindelfrei, großes Kino für uns zwei …«

Georg sah völlig perplex von Henrietta zu mir und wieder zurück. »Haben Sie etwa an der Tür gelauscht?!«

»Natürlich!«, gab Henrietta ohne den kleinsten Anflug von Scham zu. »Und nicht nur das, Herr Doktor, ich kann Ihnen sogar behilflich sein.«

»Das wiederum kann ich mir kaum vorstellen«, entgegnete Georg recht verschnupft.

Wie der Magier das weiße Kaninchen aus dem Zylinder hervorzauberte, hatte sie plötzlich zwei Karten in der Hand, mit denen sie direkt vor Georgs Gesicht herumwedelte.

»Was ist das?«, fragte Georg.

»Ihre Eintrittskarten ins Liebeskarussell«, zwitscherte Henrietta vergnügt.

Augenscheinlich verstand Georg noch immer nicht. Ich aber schon und war erneut völlig baff. Diese Henrietta, die da vor dem ratlos guckenden Georg stand, und wie ein Honigkuchenpferd grinste, hatte so gar nichts mit der Henrietta zu tun, mit der ich mich seit Jahren angenervt herumschlagen musste.

»Das sind zwei Eintrittskarten für das Helene Fischer Konzert am Samstag in zwei Wochen in Hamburg, welches übrigens seit Monaten restlos ausverkauft ist. Ich denke, Ihre Angebetete wird Ihnen auf ewig dankbar sein, wenn Sie sie damit überraschen.«

»Wie jetzt?«, stotterte Georg perplex. »Das heißt, Sie wollen mir Ihre Karten überlassen … oder wie darf ich das ververstehen?«

Henrietta nickte. »Auch ich *liebe* Helene. Aber Hamburg war mir sowieso zu weit. Die Karten sind ein Geschenk von meiner Agentin gewesen, die wiederum eine gute Bekannte von Helene ist. Wenn ich mag, dann kann ich jederzeit ein Konzert von ihr besuchen. Von daher, bitteschön!«

Zögerlich nahm Georg ihr die Karten aus der Hand. »Sie meinen das ernst?!«

Henrietta nickte. »Todernst!«

»Danke«, hauchte Georg sichtbar bewegt. »Das ist wirklich unglaublich nett von Ihnen. Aber wie kann ich das denn nur wiedergutmachen?«

Henrietta lächelte. »Werden Sie einfach glücklich mit Ihrer Doro. Dann geht das schon in Ordnung.«

Wow! Vor Rührung trieb es mir glatt die Tränen in die Augen. Natürlich waren daran mal wieder meine sentimentalen Hormone schuld.

Absolut!

»Mit dem Baby ist alles in Ordnung, Frau Obermueller.« Frau Doktor Riemknecht-Dose lächelte mich zuversichtlich an. »Besser geht es gar nicht.«

Ich atmete erleichtert durch. »Zum Glück.«

Meine Gynäkologin neigte den Kopf ein wenig zur Seite. »Ja, das ist es wirklich. Aber manchmal haben die Menschen so viel zu tun, sind mit tausend Dingen gleichzeitig beschäftigt, dass ihnen gar nicht bewusst wird, wie glücklich sie sich eigentlich schätzen können.«

In Sekundenschnelle lief ich puterrot an, weil ich ahnte, dass ihre ganz allgemein gehaltene Lebensweisheit am Ende dann doch nur an meine Adresse ging.

Zuhause wurde ich von Henrietta schon sehnsüchtig erwartet. Eigentlich hatte sie mich zu meiner Ärztin begleiten wollen. Doch das hatte ich ihr zum Glück ausreden können. Auch wenn es urplötzlich ganz gut zwischen uns lief, so wollte ich es mit der Harmonie dann aber doch nicht übertreiben. Außerdem hatte ich nur einen Nachmittagstermin bei Frau Doktor bekommen, und meine Töchter hatten keine Lust gehabt, mich zu meiner Ärztin zu begleiten, sodass Henrietta sich bereit erklärt hatte, auf die beiden aufzupassen.

»Alles okay, Henrietta. Es war tatsächlich die dumme Mayonnaise«, erklärte ich und ging ins Wohnzimmer durch.

Ich traute meinen Augen kaum, es war aufgeräumt. Und nicht nur das, der Tisch war gedeckt. Mit meinem liebsten Teegeschirr. Sogar Plätzchen entdeckte ich. Wo hatte sie die denn hergezaubert?

»Sind die etwa selbstgebacken?«, fragte ich.

Henrietta hob abwehrend die Hände. »Ich bitte dich, ich kann doch überhaupt nicht backen. Und kochen auch nicht.«

Logisch!

»Wo sind die Mädchen?«

Henrietta grinste. »Wo wohl, in ihrem Zimmer und dreimal darfst du raten, was sie dort tun?«

Ich rollte mit den Augen. »Malen?!«

Henrietta nickte, während sie mir Tee einschenkte. »Die beiden sind wirklich tolle Mädchen.« Ihre Stimme klang so liebevoll wie selten. Und ich musste nun endlich etwas loswerden. »Was ist eigentlich passiert, Henrietta, dass du so anders, ja regelrecht ausgewechselt bist? Ich meine, nur weil du jetzt mitbekommen hast, dass ich einen Teeladen eröffnet habe, der dazu auch noch alles andere als gut läuft, kann doch nicht allein der Grund für deine … na ja … plötzliche *Freundlichkeit* sein.«

Henrietta ließ sich auf den Stuhl sinken. Mit dem Zeigefinger zeichnete sie unsichtbare Muster auf die helle Tischplatte, bevor sie den Kopf hob und mir direkt in die Augen blickte. »Es tut mir wirklich leid, Clara, dass ich dich all die Jahre so verkannt habe.«

Ich zuckte die Achseln. »Ich bin immer noch dieselbe, Henrietta, mit oder ohne Teeladen.«

Einen Moment schwieg meine Schwiegermutter. Dann begann sie langsam den Kopf zu schütteln. Scheinbar über sich selbst.

»Du hast recht, Clara, ich habe lange davor geahnt, dass *ich* diejenige bin, die einfach nicht die Kurve kriegt.«

»Wie bitte?«

Henrietta zupfte sich einen unsichtbaren Fusel vom Blusenärmel. »Eigentlich mochte ich dich vom ersten Moment an, Clara«, erklärte meine Schwiegermutter.

Ich lachte ungläubig auf. »Das hast du aber verdammt gut verheimlicht!«

Henrietta nippte an ihrem Tee, stellte die Tasse dann wieder zurück auf den Tisch und seufzte tief. »Die Eifersucht war schuld, oder anders, *meine* Eifersucht ist für all die Gemeinheiten, mit denen ich dich die letzten Jahre konfrontiert habe, verantwortlich. Ich habe dich gesehen, und wusste sofort, von nun an bist du nicht mehr die Nummer eins in Pauls Leben und das, ich weiß, es ist lächerlich und dumm, wollte ich einfach nicht wahrhaben.«

Ich wusste nicht, was ich auf diese plötzliche Eröffnung sagen sollte, und beließ es daher beim erstauntem Schauen.

»Tja, und irgendwann war ich so in meiner ablehnenden Haltung gefangen, dass ich nicht in der Lage war, daran etwas zu ändern. Auch wenn ich es immer wieder versucht habe.«

»Wann? Ich meine, ganz ehrlich, mir ist nichts dergleichen aufgefallen«, erklärte ich.

Henrietta lehnte sich weit auf ihrem Stuhl zurück. »Ich habe Paul vorgeschlagen, während seiner Abwesenheit bei euch einzuziehen, um mich um dich und die Mädchen zu kümmern.«

»Wie jetzt, das Ganze war überhaupt nicht Pauls Idee?« Dass ich mich stattdessen um sie gekümmert hatte, verkniff ich mir jetzt lieber mal.

Henrietta schüttelte den Kopf. »Ganz im Gegenteil, er wollte es mir auf Biegen und Brechen ausreden. Er meinte, ich hätte mich all die Jahre einfach nur ätzend, ja, ganz so hat er es gesagt, dir gegenüber verhalten und er wolle auf gar keinen Fall, dass ich dich in deinem Zustand zusätzlich mit meiner Anwesenheit stressen würde. Aber ich habe ihm hoch und heilig versprochen, dass das nicht der Fall sein würde.«

»Komisch, auch das ist mir gar nicht aufgefallen.« Meine Stimme triefte vor Ironie – ganz bestimmt. Es fiel mir nun mal schwer, mich so schnell an unsere neue Situation zu gewöhnen. Wenn ich das gerade richtig verstanden hatte, dann mochte meine Schwiegermutter mich eigentlich, war aber zu eifersüchtig, um das zeigen zu können, und hatte mir deshalb lieber das Leben zur Hölle gemacht?! Was war das denn für eine schräge Logik?

»Und die Sache mit Georg? Das Erste, was du mir zur Begrüßung an den Kopf geschleudert hast«, erinnerte ich sie, »war eine Affäre mit Georg. Keine guten Voraussetzungen für eine entspannte Zeit samt versöhnlicher Aussprache.«

Henrietta nickte. »Das war wirklich dumm von mir«, gab sie kleinlaut zu. »Aber du hast mich so entsetzt angestarrt, richtig ablehnend, da bin ich einfach sofort wieder in mein altes Muster verfallen.« Sie holte tief Luft. »Außerdem habe ich dich maßlos bewundert: fast dreifache Mutter, ein Ehemann, der ständig unterwegs ist, Haus, Garten, Hund und du bekommst das so locker und gutgelaunt geregelt, dass man sich einfach nur wundern kann. Ich könnte das nicht. Keinen einzigen Tag lang würde ich das geregelt bekommen.«

Okay, nun fühlte ich mich geschmeichelt – da konnte ich noch so stinksauer auf Henrietta sein wollen, das eben war eindeutig Labsal für meine schwer geknickte Seele.

Dennoch musste ich schnell etwas klarstellen. »Glaub bitte nicht, dass alles Gold ist, was glänzt. Es gibt Tage, an denen möchte ich einfach nur auf eine einsame Insel flüchten. Gerade jetzt, wo die Sache mit dem Teeladen verdammt noch mal nicht hinhauen will und ich Paul demnächst erklären darf, dass ich hinter seinem Rücken unser Sparkonto geplündert und dazu den Dispo bis zur Obergrenze ausgereizt habe.«

»Bereust du es, Clara?«, fragte Henrietta.

Darüber musste ich einen Moment nachdenken.

»Nein«, sagte ich schließlich. »Wenn ich es nicht versucht hätte, das hätte ich bereut.«

Henrietta nickte verstehend, und erklärte dann: »Der Lieblingsspruch meines Vaters lautete: Nimm das Glück in beide Hände!« Sie hielt kurz inne, lächelte versonnen und erklärte schließlich: »Das ist es, was ich versuche.«

Mein Handy klingelte, am anderen Ende war eine aufgeregt klingende Doro, die mir erzählte, dass zur Sekunde Georg den Laden wieder verlassen hätte.

»Clara, mir zittern noch immer die Hände und mein Herz donnert wie bekloppt, aber, ob du es glaubst oder nicht, er hat mich zum Helene Fischer Konzert eingeladen. Ist das nicht unglaublich?! Was für ein wunderbarer Mann, so feinfühlig und verständnisvoll, dass er mich zu einem Konzert zu Helene einlädt. Unfassbar! Ich wusste gar nicht, dass es solche Männer noch gibt.« Sie stockte, lachte leicht irre auf und fuhr dann mit kindlich-bettelnder Stimme fort: »Clara, kannst du es mir verzeihen, wenn ich mich in ihn verliebe? Ich meine ernsthaft, nicht nur, damit er Unmengen von Tee kauft?!«

Jetzt lachte ich und nachdem ich ihr erklärt hatte, dass ich das sogar für eine gute Idee hielt, und sie mir daraufhin begeistert ins Ohr kreischte, wollte sie erfahren, wie es mit Henrietta weitergegangen war. Meine Antwort darauf fiel etwas wage und vor allem ausweichend aus, schließlich saß Henrietta mir direkt gegenüber.

»Sieht so aus, als ob du gerade zwei Menschen richtig glücklich gemacht hättest«, schmunzelte Henrietta, nachdem ich das Telefonat mit Doro beendet hatte.

»Na ja, allzu viel habe ich ja nicht getan. Lediglich den beiden ein bisschen auf die Sprünge geholfen.«

»Das ist es!« Mit einem Mal bekam Henrietta glänzende Augen.

»Ähm was …?«

Klatschend schlug sich meine Schwiegermutter die Hand

vor die Stirn. »Das Alleinstellungsmerkmal!«, keuchte sie atemlos. »Das Besondere, das deine Kunden nur bei dir bekommen und dich somit von all den anderen abhebt.«

»Ähm … was?«, wiederholte ich mich.

»Clara, du verkaufst deinen Kunden nicht nur den Tee, sondern lieferst ihnen gleich die Anleitung zum Entspannen, Ausruhen, Genießen – eben zum Glücklichsein mit dazu. Dieser Service ist quasi deine langen Beine!«

»Meine langen Beine?«

»Erzähl deinen Kunden die Geschichte zum Tee«, fuhr Henrietta begeistert fort. Ihre Wangen glühten vor Aufregung, ihr sonst so perfekt frisiertes Haar war etwas zerzaust. Womöglich weil sie sich in den letzten paar Minuten immer wieder mit den Händen hindurchgefahren war. So etwas bedeutete natürlich das Ende für so ziemlich jede Frisur.

»So wie der Designer, von dem ich dir erzählt habe, seinen Kundinnen die Geschichte zum Kleid mit auf den Weg gibt. Stell ihnen eine Art von Thema zusammen. Zum Beispiel für einen Moment der Entspannung. Begleite sie dabei ein wenig … leite sie an …«

»Du meinst«, fragte ich staunend, »ich soll dem Tee quasi so etwas wie eine Gebrauchsanweisung beilegen?!«

»Nenn es einen Leitfaden zum Träumen, eine Anleitung zur Entspannung oder auch eine Gebrauchsanweisung für die Zeit zu zweit. Aber genau das ist es, was vielen Menschen heutzutage fehlt – wonach sie sich sehnen: Eine Art von Glücks-Rezept!«

Ich war begeistert. Ich war elektrisiert. Ich war völlig von der Rolle, so genial fand ich Henriettas Idee. Doch der Phase der unendlichen Euphorie folgte prompt die eiskalte Ernüchterung.

»Wie aber soll nur eine Menschenseele davon etwas mitbekommen, wenn sich quasi niemand in meinen Laden verirrt?«

Enthusiastisch klatschte Henrietta in die Hände. »Weißt du, Clara, ich habe nie besonders damit angegeben, aber ich verfüge über eine Reihe von hervorragenden Kontakten zu Menschen, die gern mal auf den Titelseiten der Hochglanz-Magazine zu sehen sind.«

Erstens, sie hatte damit angegeben und zwar ständig. Zweitens, es kam mir mehr als unwahrscheinlich vor, dass diese sich fortan auf den Weg in unsere beschauliche Kleinstadt machen würden, um sich bei mir ihre Anleitung zum entspannten Teetrinken und Wohlfühlen abzuholen. Auch wenn ich meine Schwiegermutter gerade ganz neu kennengelernt hatte, und ja, bei allem neugewonnenen Respekt vor ihr, das war absolut unrealistisch.

Und ganz genau das sagte ich Henrietta jetzt auch.

»Darüber mach dir mal keine Gedanken, Clara, das übernehme ich. Deine Aufgabe ist es lediglich die Themen zusammenzustellen und die Anleitungen zu schreiben. Am besten sofort. Und wie bereits gesagt, um den Rest kümmere ich mich!«

KAPITEL 22

Solange man Leidenschaft hat,
wird man nicht aufhören,
die Welt zu entdecken.

Cesare Pavese

Morgenlächeln

Eine unruhige Nacht liegt hinter dir. Erst haben dich deine rasenden Gedanken am Einschlafen gehindert, dann hat dich ein wirrer Traum aufschrecken lassen.

Nun ist es morgens und du fühlst dich übermüdet, gerädert und möchtest diesem Tag am liebsten keine Chance geben?

Dann nimm dir am besten noch einen Moment Zeit für dich!

ZUTATEN: Komposition aus grünem Tee, Sonnenblumenblüten, Rosenblütenblättern, Kornblumenblüten und mangofruchtigem Aroma. Mit etwas weißem Kandis oder Akazienhonig süßen.

ANLEITUNG: Bleib noch einen Moment im Bett sitzen, nippe an deinem köstlichen Tee und lass den Atem fließen. Spüre wie er Schluck für Schluck ein Morgenlächeln auf dein Gesicht zaubert.

Worauf freust du dich an diesem Tag? Was liegt vor dir – an kleinen und großen Dingen?

Besinne dich auf die Glücksmomente, die dieser Tag für dich bereithält.

»Morgenlächeln« war das letzte von vielen Glücksrezepten, die ich mir in den vergangenen Tagen und Nächten hatte einfallen lassen und die ich aufgeschrieben hatte. Wie im Rausch, euphorisch beflügelt – ein unfassbares Erlebnis, das ich ausgerechnet meiner Schwiegermutter zu verdanken hatte.

Niemals hätte ich damit gerechnet, dass ich diese Worte einmal zu meiner Schwiegermutter sagen würde: »Danke, Henrietta, ohne deine Unterstützung hätte ich das nicht geschafft.«

Als Paul Momente später aus der Gepäckzone in die Ankunftshalle des Flughafens eilte und sich dabei suchend umschaute, bekam er ein Bild geboten, dass ihm womöglich für alle Zeiten in Erinnerung bleiben würde: Henrietta und ich, Arm in Arm, heulend!

»Ist was mit den Mädchen?« lautete seine erste, angstvolle Frage.

Henrietta und ich schüttelten zeitgleich den Kopf.

»Sie schlafen längst. Lauryn hat das Babysitten übernommen.«

»Ach so«, murmelte Paul erleichtert.

»Das passte ganz gut, weil Doro heute auch ein Date hat.«

»Ein Date?«

Ich grinste. »Mit Georg.«

»Welchem Georg?«

»Katjas Ex-Georg.«

»Quatsch!«

»Wenn ich es dir doch sage. Die beiden sind ein Paar. Na ja, so gut wie. Doro ziert sich noch ein bisschen. Sie meint, es schickt sich nicht, solange Georg noch mit Katja verheiratet ist. Die wiederum hat sich auch bei mir gemeldet. Gerade gestern.« Ich stockte, holte tief Luft und fuhr dann nachdenklich fort: »Na ja, wir wollen demnächst mal ausführlicher telefonieren und dann …«

Räuspernd fiel Henrietta mir ins Wort. »Sagt mal, Kinder, was ist das denn für eine Begrüßung? Ihr redet nur über Doro und ihren Hugh Grant für Arme, anstatt euch endlich mal zu küssen.«

»Stimmt«, schmunzelte ich und flog auch schon in Pauls Arme.

Er erwiderte meinen Kuss jedoch eher fragend, als leidenschaftlich. Aber war das ein Wunder? Bestimmt nicht. Immerhin fehlten ihm einige Wochen und was in denen so alles geschehen war, kam selbst mir, die schließlich dabei gewesen war, noch immer wie ein verrückter Traum vor – ganz besonders die letzten Tage.

Als wir das Flughafengebäude verließen, steuerte Henrietta zielstrebig den Taxistand an.

»Wir sind doch mit dem Auto da«, erinnerte ich sie.

»Ich bin noch nicht senil«, grinste Henrietta. »Keine Sorge, Clara. Aber ich denke, ihr beide solltet alleine in die Mörikestraße fahren.«

»Aber«, klappte ich den Mund auf, um sie daran zu erinnern, dass sie mir versprochen hatte, mich nicht im Stich zu lassen, wenn ich Paul gleich alles beichten würde.

Henrietta hob die Hand. »Nichts aber, Clara, du schaffst das schon. Auch ohne mich.«

Damit hauchte sie dem noch immer völlig verdutzt guckenden Paul einen Kuss auf die unrasierte Wange und war auch schon im nächstbesten Taxi verschwunden.

Ich starrte dem davonfahrenden Mercedes hinterher, fühlte die Panik in mir aufsteigen. Und wenn Paul nun stocksauer und stinkstiefelenttäuscht auf meine Teestube reagierte? Henrietta hatte gemeint, niemals. Paul würde womöglich einen Moment schmollen, eben weil er ein Mann war und die wollten letztendlich immer gefragt werden. Aber richtig übel würde er mir sowieso nichts nehmen können.

»Dazu liebt dich mein Sohn viel zu sehr«, hatte Henrietta gemeint, und ich hoffte inständig, dass sie mit ihrer Einschätzung nicht komplett daneben lag.

»Paul, du, ich muss dir was sag …« Mitten im Wort stoppte ich. »Es-es hat sich gerade bewegt«, rief ich aufgeregt. »Das erste Mal!«

»Wo?«

»In meinem Bauch natürlich«, lachte ich überglücklich, nahm seine Hand und presste sie sanft gegen die linke Unterseite meines Bauches, wo es noch immer ordentlich strampelte.

In Pauls Gesicht ging die Sonne auf. »Wow, hat der einen Wumms drauf. Bestimmt wird er mal Fußballspieler. Ich sehe ihn schon in der Bundesliga. Reuters und Co. können sich schon mal warm anziehen. Und ich werde sein Manager.«

Ich fuhr ihm zärtlich durch sein blondes wie immer leicht zerzaustes Haar. »Du spinnst, mein Schatz.«

Paul küsste meine Nasenspitze. »Na und?!«

Arm in Arm schlenderten wir zum Parkhaus.

»Lass mal, ich fahre«, erklärte ich, als Paul die Fahrertür ansteuerte. »Du bist doch bestimmt noch total erledigt von dem langen Flug?!«

Paul blinzelte zwar leicht verwundert, normalerweise nutzte ich jede Gelegenheit, um mich von ihm chauffieren zu lassen, überließ mir dann aber bereitwillig den Platz hinterm Lenkrad.

»Ich bin übrigens sehr gespannt«, sagte Paul, kaum dass ich den Wagen durch die Parkhausschranke gelenkt hatte und auf die Umgehungsstraße bog, die direkt in die Innenstadt führte.

»Worauf?«

»Na ja, meine Mutter meinte doch vorhin, dass du irgendetwas allein mit mir regeln müsstest. Darauf bin ich echt gespannt. Und natürlich brenne ich, zu erfahren, was passiert ist. Scheinbar ist die Eiszeit zwischen Henrietta und dir ja beendet?!«

Ich seufzte tief. »Tja, mein Vater würde jetzt wohl sagen, das Leben steckt voller Überraschungen.«

Nicht gerade die beste Antwort meines Lebens, aber Paul gab sich überraschenderweise damit zufrieden. – Zumindest bis ich den kleinen Parkplatz schräg gegenüber der Mörikestraße ansteuerte.

»Und was wollen wir nun hier? Zum Essengehen ist es wohl etwas spät.« Er warf einen kurzen Blick auf seine Armbanduhr. »Kurz vor halb elf.«

»Gleich«, erklärte ich ausweichend und stieg aus dem Wagen. Paul folgte mir.

Wenige Meter vor der Teestube blieb er plötzlich stehen und krächzte fassungslos: »Ich glaub es nicht, Clara, du hast es tatsächlich getan.«

Schuldbewusst zog ich den Kopf ein. »Schlimm?«

Paul hob die Hände, ließ sie gleich wieder fallen und sah mich dann kopfschüttelnd an. »Schlimm? Das fragst du mich wirklich?«

Ich traute mich kaum, zu atmen.

»Wollen wir nicht erstmal reingehen?«, schlug ich kleinlaut vor.

Paul guckte mich aus wütenden Augen an, es war schlimmer als ich befürchtet hatte, aber er nickte.

Meine Hände zitterten leicht, als ich den Schlüssel ins Schloss steckte, die Tür aufschob und das Licht anmachte. Ich ging voran, wagte erst mich nach ihm umzudrehen, als ich hörte wie die Tür zufiel.

Paul stand einfach nur da und schaute sich um. Sein Gesichtsausdruck verriet nichts Gutes.

»Nun sag doch bitte was«, bat ich mit dünnem Stimmchen.

»Was denn?«, brummte er.

»Zum Beispiel, dass du mir nicht böse bist.«

Er seufzte tief. »Bin ich aber.«

Verdammt!

Ich klappte den Mund auf, und wollte zur umfangreichen Erklärung ansetzen, da hob er die Hand.

»Eigentlich habe ich es gewusst, Clara. Solange wie wir uns kennen, hast du immer das getan, was du für richtig hältst. Daher ist die Überraschung nun nicht allzu groß. Ich frage mich jedoch, ob ich so ein Ekel von tyrannischem Ehemann bin, dass du gemeint hast, mich wochenlang anlügen zu müssen?!«

»Ich habe dich nicht belogen«, beeilte ich mich schnell klarzustellen. »Ich habe dir nur nicht alles gesagt.«

Paul lachte kurz auf. »Tja, so kann man es wohl auch ausdrücken.«

Ich nickte.

Wieder herrschte einen Moment lang Schweigen. Paul ging im Laden umher, sah sich weiter um, während ich vor innerer Anspannung die Tüten auf dem Tresen von links nach rechts räumte. Direkt daneben lag der Auftragsblock, und, dass der so gut gefüllt war, verdankte ich eindeutig Henrietta.

Es war unfassbar, über was für Kontakte meine Schwiegermutter tatsächlich verfügte und wie werbewirksam sie verstand, diese für meine Teestube einzusetzen.

Die Menschen tickten echt komisch. Seitdem das seliglächelnde Gesicht eines gewissen deutschen Designers, mit dem Vornamen Guido, auf den neuen Flyern prangte, der *Claras Tee-Glücks-Rezepte* in den höchsten Tönen lobte, kamen die Kunden in Scharen.

»Und was hat nun Henrietta damit zu tun?«, fragte Paul schließlich. Seine Stimme klang nicht mehr ganz so mürrisch, was mich sofort Hoffnung schöpfen ließ.

»Erst mal gar nichts. Nur Doro und Julia haben davon gewusst – und natürlich Georg.«

»Georg?«

Ich nickte. »Er ist mein Vermieter.«

Paul sah aus, als ob er etwas fragen wollte, schwieg dann jedoch, so dass ich fortfuhr. »Aber dann ist etwas wirklich Blödes passiert und Henrietta stand plötzlich im Laden. Erst dachte ich, sie würde total ausflippen und mich beschimpfen, aber das Gegenteil war der Fall. Was soll ich dir sagen, Paul, aber ohne Henrietta hätte ich womöglich nach kurzer Zeit wieder geschlossen, weil ich es finanziell nicht mehr hätte tragen können. Aber sie hat mich richtig aufgebaut und mir Mut gemacht, sodass ich das Ganze noch mal von vorne angegangen bin. Nun läuft der Laden ganz gut, natürlich ist immer noch Luft nach oben, aber ich bin mir sicher, dass am Ende alles gut wird.«

Ich hatte so schnell und aufgeregt geredet, dass ich nun erst einmal nach Luft schnappen musste, während in Pauls Mundwinkeln ein kleines Lächeln erschien.

»Tja, meine Mutter ist eben eine echte Powerfrau …«

Ich nickte. Danach herrschte erneut Schweigen. Wir standen einfach nur da und blickten uns in die Augen. Irgendwann streckte Paul die Hand nach meiner aus und sagte leise, aber eindeutig stolz: »Genauso wie du, Clara!«

»Und?«, fragte ich. »Schlimm?«

Er schüttelte den Kopf. »Nicht *schlimm*, nur eben manchmal etwas anstrengend. Aber was soll ich sagen, ich liebe Powerfrauen.«

Er lächelte und ich erwiderte sein Lächeln. Doch noch konnte ich nicht durchatmen, denn bisher kannte Paul nicht die ganze Wahrheit.

»Ich muss dir noch etwas gestehen«, sagte ich leise.

»Ich bin auf alles gefasst«, dachte Paul.

»Unsere Ersparnisse sind weg. Und mein Girokonto komplett ausgereizt.«

Paul schluckte schwer. Und ich beeilte mich, schnell hinzuzufügen: »Aber nicht mehr lange, Schatz. Bestimmt nicht! Die letzten Tage waren phantastisch und für die nächsten Wochen habe ich schon unfassbar viele Bestellungen vorliegen. Außerdem sind wir gerade dabei, die Internetseite einzurichten. Unsere Tee-Glücks-Rezepte sind nämlich nicht nur hier heiß begehrt. Henrietta hat so vielen Leute davon vorgeschwärmt, dass wir unbedingt vorzeitig das Onlinegeschäft in Angriff nehmen müssen, weißt du?!«

»Das klingt gut«, sagte Paul. »Wirklich. Zwar ziemlich konfus, aber wie sagt dein Vater so schön: Wer nicht wagt, der nicht gewinnt.«

Langsam zog er mich in seine Arme, um mir mit spöttisch-liebevoller Stimme ins Ohr zu raunen: »Du bist unmöglich, Clara. Du hast den schlimmsten Dickkopf, den man sich vorstellen kann. Du bist unvernünftig, chaotisch, redest zu viel und vor allem zu schnell und manchmal garantiert nicht pädagogisch wertvoll. Aber ich könnte mir keine bessere Mutter für meine Kinder und keine bessere Frau für mich vorstellen.«

Stürmisch hauchte ich ihm unzählig kleine Küsse auf Stirn, Nase, Wangen und schließlich einen etwas intensiveren auf den Mund.

»Eine Bedingung habe ich allerdings«, bremste mich Paul jedoch gleich wieder aus. Nun wieder mit wesentlich ernsthafterer Stimme.

»Und die wäre?«, fragte ich leise.

Er legte mir die Hand auf den Bauch. »Der Kleine wird Paul junior genannt.«

Ich lachte erleichtert auf. »Und wenn es ein Mädchen wird?«

Schmunzelnd neigte Paul den Kopf etwas zur Seite. »Dann darfst du den Namen bestimmen und wir üben weiter.«

»Spinner!«, sagte ich.

»Dito!«, antwortete Paul.

EPILOG

Glück ist das Einzige, was sich verdoppelt,
wenn man es teilt.

Albert Schweizer

Ich war gerade dabei die Einkäufe fürs Mittagessen aufs Kassenband zu legen, als meine Fruchtblase platzte.

»Iiih, Lilli, guck mal, Mama hat sich in die Hose gemacht!«, krakelte Luzie lauthals durch den Supermarkt.

Die Kassiererin bedachte mich erst mit pikiertem Blick, als sie jedoch die Lage erfasste, wahrscheinlich weil ich stöhnend in die Knie gegangen war und mir dabei mit beiden Händen den Bauch hielt, beugte sie sich übers Mikro und plärrte für jeden Kunden im Laden hörbar hinein: »Herr Günzel-Hubertmeier, ruf mal bitte sofort 'nen Krankenwagen. Bei mir an Kasse 3 kriegt gerade eine ihr Baby!«

Kurz darauf wurde ich von zwei überaus netten Rote-Kreuz-Männern auf die Trage gehievt und ohne viel Trara, aber mit meinen völlig aufgelösten Töchtern im Schlepptau, in den Krankenwagen verfrachtet.

Mein erster Anruf galt Paul. Der zweite Julia, die zu meiner unendlichen Erleichterung im Krankenhaus schon auf uns wartete. Sie nahm Lilli und Luzie in ihre Obhut und nach vielen Küsschen, Daumendrücken und ›Clara, du schaffst das schon – bist ja Vollprofi‹, nahm sie meine beiden Mädchen mit zu sich nach Hause, wo sie bleiben sollten, bis das Kleine das grelle Licht der Welt erblickt hatte.

Vor dem Kreissaal entdeckte ich dann Paul. Er tänzelte mit kalkweißem Gesicht direkt vor der gläsernen Tür von einem Fuß auf den anderen.

»Clara, Gott sei Dank, ich habe mir solche Sorgen gemacht … wo sind die Mädchen?«

»Bei Julia.«

Paul nickte gerade erleichtert, da öffnete sich die Tür und eine recht stämmige dunkelhaarige Frau bugsierte uns ins Innere des Kreissaals.

»Ich bin Olga, Ihre Hebamme«, erklärte sie mit einem gewinnenden Lächeln und eindeutig osteuropäischen Dialekt.

Ich fand sie auf Anhieb sympathisch und war mir sicher in den allerbesten Händen bei ihr zu sein. Allerdings nur solange, bis ich ihr meinen Mutterpass reichte, der sich glücklicherweise in meiner Handtasche befand und sie nach kurzem Durchblättern erklärte: »Ach, das flutscht bei Ihnen bestimmt wie der Hering im Gelee, Frau Obermueller. Schließlich ist es ihre dritte Geburt.«

Mein Kind war also ein Hering und ich Gelee. Super Voraussetzungen für eine entspannte Geburt.

»Ich kann schon das Köpfchen sehen, Frau Obermueller«, jubelte diese Lügnerin von einer Hebamme. Jawohl, die Frau, die da unten zwischen meinen weit auseinandergespreizten Beinen stand und nun auch noch irgendetwas von dunklen Haaren faselte, war eine hinterhältige und total erbärmliche Lügnerin.

Seit Stunden versprach sie mir schon, dass es jetzt nicht mehr lange dauern würde. Nichts als Lüge!

Genauso wie sie vor gefühlten drei Tagen mein Kind mit einem Hering verglichen hatte.

»So, und jetzt der Endspurt, Frau Obermueller«, feuerte Olga aus Oberschlesien mich an.

Hektisch blitzten die Kreissaallampen auf, während Paul mir noch einen Zacken euphorischer mit diesem elenden feuchten Lappen im Gesicht herumwischte, so lange, bis ich ihn schließlich anschnauzte: »Lass das, sonst scheuere ich dir eine!«

Daraufhin meinte er dann murmeln zu müssen: »Ruhig, Clara, ruhig. Alles wird gut. Das Schlimmste hast du überstanden.«

Was für eine bodenlose Frechheit! Ich meine, was maßte sich diese Memme von einem Mann eigentlich an, so einen völlig unqualifizierten Kommentar von sich zu geben? Als ob er eine Ahnung davon hätte, was schlimm war. Jemand, der sich beim Heckeschneiden in den Finger schnitt, um dann kalkblass auf den Rasen niederzusinken, weil ihm von dem vielen Blut ganz kodderig wurde, sollte bitteschön seine Klappe halten, wenn es darum ging eine Wassermelone durch ein Loch zu quetschen, das für einen Golfball ausgelegt war.

»Na los, Frau Obermueller, jetzt wollen wir noch mal schön zusammen pressen«, hörte ich plötzlich eine männliche Stimme. »Wir haben es gleich, noch einmal alle Kraft mobilisieren und dann … preeesseeen!«

»Wer ist das?«, kreischte ich hysterisch. »Wer ist dieser Kerl da?«

»Beruhige dich doch, Clara.« Paul tätschelte mir die Wange. »Das ist nur der Arzt.«

»Der Arzt? Warum? Ist etwas mit dem Kind nicht in Ordnung?«

Bevor mir irgendjemand antworten konnte, ging ein Ruck durch meinen Körper. Gefolgt von einem höllischen Krampf. Es zerriss mich innerlich. Hölle, was für ein fieser, abartiger Schmerz. So schlimm hatte ich das Ganze überhaupt nicht mehr in Erinnerung. Ansonsten hätte ich doch alles Menschenmögliche unternommen, um so etwas nie wieder mitmachen zu müssen.

»Nicht schlappmachen, Frau Obermueller, kommen Sie, halten Sie durch!«

IDIOT!

Jawohl, ich war komplett von Idioten umzingelt. Der schlimmste von ihnen war Paul. Schließlich war er an meinem Dilemma schuld. Am liebsten hätte ich ihn geschlagen. Genau, ich würde ihm jetzt eine schallende Ohrfeige verpassen. Doch bevor ich mich aufrichten konnte, um ordentlich auszuholen, erklang ein nie enden wollender Schrei und dann – endlich – Erleichterung.

»Es ist ein Junge. Herzlichen Glückwunsch!«, freute sich Olga und legte mir ein kleines, glitschiges Etwas auf die Brust.

»Ein Junge, oh mein Gott, Clara, es ist tatsächlich ein Junge«, röchelte Paul direkt neben mir.

Etwas tropfte auf meine linke Schulter. Womöglich Pauls Freudentränen. Doch ich hatte nur Augen für meinen kleinen Jungen.

»Willkommen«, flüsterte ich, während mein Herz vor Glück und Liebe fast überquoll. »Willkommen bei den Obermuellers, mein kleiner Prinz!«

ENDE

Powermix

Manchmal fühlst du dich ausgelaugt, kraft- und energielos?

Zu nichts hast du Lust, würdest dich am liebsten unter meterhohen Kissenbergen verstecken? Dann brauchst du dringend neue Power!

KOMPOSITION: Außergewöhnliche Früchtemischung mit Apfel, Papaya, Mango- und Pfirsichstücken, Aloe Vera, Cranberries, Sanddornbeeren, Karottenwürfel, Kornblumenblüten, Aroma von Hibiskusblüten.

ANLEITUNG: Wende dein Gesicht dem Licht zu, zeige dich, nippe an deinem Tee und spüre, wie jede Faser deines Körpers neue Energie auftankt. Nichts kann dich aufhalten, keiner kann dich bremsen.

Morgenlächeln

Eine unruhige Nacht liegt hinter dir. Erst haben dich deine rasenden Gedanken am Einschlafen gehindert, dann hat dich ein wirrer Traum aufschrecken lassen.

Nun ist es morgens und du fühlst dich übermüdet, gerädert und möchtest diesem Tag am liebsten keine Chance geben? Dann nimm dir am besten noch einen Moment Zeit für dich!

KOMPOSITION: Komposition aus grünem Tee, Sonnenblumenblüten, Rosenblütenblättern, Kornblumenblüten und mangofruchtigem Aroma. Mit etwas weißem Kandis oder Akazienhonig süßen.

ANLEITUNG: Bleib noch einen Moment im Bett sitzen, nippe an deinem köstlichen Tee und lass den Atem fließen. Spüre wie er Schluck für Schluck ein Morgenlächeln auf dein Gesicht zaubert.

Worauf freust du dich an diesem Tag? Was liegt vor dir – an kleinen und großen Dingen?

Besinne dich auf die Glücksmomente, die dieser Tag für dich bereithält.

Kleine Zauberei

Manchmal möchtest du einfach mal die Zeit anhalten können und – Simsalabim, der Hektik des Alltags entkommen.

Dann zaubere dich doch einen Augenblick fort ...

KOMPOSITION: Eine zauberhafte Mischung aus Hanftee, Melissen-, Verbenen- und Himbeerblätter, Löwenzahn, Saflorblüten und Zimt. Mit Akazienhonig oder etwas weißem Kandis genießen.

ANLEITUNG: Such dir ein ruhiges Plätzchen, setz dich bequem hin und atme ... ein und aus, ein und aus, ein und aus ...

Mit jedem Atemzug wirst du ruhiger und entspannter – als wäre es Zauberei.

Schietwetter-Traum

Draußen ist es kalt und regnerisch. Fröstelnd ziehst du die Schultern hoch, hetzt durch die Straßen. Menschen, die ähnlich gejagt aussehen, kommen dir entgegen. Der Regen hat sie den Kopf senken lassen. Du musst ihnen ausweichen, stampfst in eine tiefe Pfütze hinein. Innerhalb von Sekunden ist dein Schuh durchnässt. Was für ein schrecklicher und ungemütlicher Tag.

Zeit, dass sich daran schleunigst etwas ändert!

KOMPOSITION: Schwarzer Tee, Orangenstückchen, Nelken, Vanille Cuts und das Aroma von Vanille-Zimt-Geschmack. Genieße diese besondere Teemischung mit braunem Krümel- oder Krustenkandis, Honig oder Rum.

ANLEITUNG: Mach es dir so richtig gemütlich. Zünde ein paar Kerzen an, leg deine Lieblings-CD ein, setz dich aufs

Sofa und kuschele dich in eine warme Decke ein. Atme tief durch. Trinke deinen Tee in kleinen Schlückchen und spüre, wie die wohlige Wärme dich von innen heraus langsam erfasst und zunehmend entspannt.

Stern von Arabien

Träumst du dich auch manchmal mit offenen Augen an einen anderen Ort? In ein fernes Land? An einen magischen Platz? Dort wo die Sterne am Nachthimmel ganz besonders strahlend und geheimnisvoll leuchten?

Worauf wartest du noch? Mach dich auf den Weg!

KOMPOSITION: Mischung aus Rosenblütenblättern, Jasminblüten, Ringelblumen und lieblich maracujafruchtige Aromen.

Verfeinere diese belebende Tasse mit einem Hauch von Vanillekandis.

ANLEITUNG: Such dir einen ruhigen Ort, an dem du ganz für dich bist und deine Gedanken auf eine Reise schicken kannst.

Trinke nun von dem köstlichen Tee und entfliehe für einen Moment deinem Alltag.

Kannst du den Stern von Arabien über dir am Himmel sehen? Er leuchtet nur für dich.

Flotte Limette

Manchmal fehlt es einem irgendwie an Schwung. Die Gedanken scheinen festgefahren zu sein – weit und breit nichts Neues in Sicht. Man kommt sich wie in einer Sackgasse vor, hat das Gefühl, gegen Windräder anzulaufen. Alles ist eng, fest zugezurrt und scheint zu stagnieren.

Du brauchst dringend eine Erfrischung für Geist und Körper!

KOMPOSITION: Grüner und Schwarzer Tee mit Lemongras und Zitronenstückchen gemischt. Abgerundet wird diese zitrusfruchtige Tasse mit erfrischenden Aromen. Nach Belieben mit Akazienhonig süßen.

ANLEITUNG: Such dir einen schönen Ort, oder stell dir einen sonnigen Platz vor. Horch mal in dich hinein. Ist es nicht wunderbar, was du schon so alles in deinem Leben erreicht hast?! Sonne dich in deinen Erfolgen, den großen und kleinen, und bald schon spürst du, du kannst einfach alles schaffen!

Wunderbar!

ICH DANKE:

Meinem Agenten Bastian Schlück für seine Zuversicht, seine Geduld und Ruhe, das stets offene Ohr, die vielen Gespräche und vor allem den Glauben an mich. Schön, Bastian, dass es dich gibt!

Meiner Lektorin Anne Gabler für die wunderbare und unkomplizierte Zusammenarbeit. Es hat mir großen Spaß gemacht, oh ja, es war mir ein Vergnügen!

Den fabelhaften Mädels vom Dammacker-Hof, die schon ganz gespannt auf »Clara« warten – Michelle, Sabrina, Tabea, Mirka, Katharina – und natürlich auch Caroline (Line), auch wenn du nicht so gerne liest.

Meiner »alten« und nun wiederentdeckten Freundin Carola Schulmeister, weil es einfach nur schön mit ihr ist – und lustig und turbulent und chaotisch.

Meiner Freundin Claudia Grupe für ihre Freundschaft, auch wenn es oftmals alles so hektisch und schnell mit mir ist und ich kaum Zeit habe. Du weißt, dass du mir sehr wichtig bist!

Meiner Schwester Regina Leinemann dafür, dass sie meine Schwester ist. Hab' dich lieb, Gina.

Meiner Kollegin und Freundin Gabriella Engelmann für ihre Freundschaft und Unterstützung, ihren Rat und die morgendlichen Telefonate. Und natürlich den unvergesslichen Urlaub auf Sylt – freue mich schon auf unsere nächste Reise. Ja, du hast recht, es ist verdammt schade, dass du in Hamburg und ich in Hannover wohne.

Meiner Kollegin und Freundin in der Ferne Barbara Rose – ich ziehe den Hut vor deiner Energie und deiner Gelassenheit. Vier Kinder, Haus, Garten und Full-Time-Job. Ups, das kommt mir irgendwie bekannt vor.

Sandra Budde fürs erste Lesen und die erste begeisterte Rückmeldung und die aufbauenden Worte. Freue mich sehr, dich bald einmal wieder persönlich zu treffen.

Dagmar H. Mueller für das Ue. Ich hoffe, ich kann mich in England noch blicken lassen, liebe Dagmar, und auch, dass es deiner Jumpkuh gut geht?!

Meiner weltbesten Familie, die übrigens kein bisschen Ähnlichkeit mit den Obermuellers hat, denn bei uns gibt es nicht nur einen, sondern gleich zwei Hunde, drei Pferde und jede Menge Goldfische. Doch turbulent bis chaotisch, ja, so geht es manchmal auch bei den sechs Szillats zu – woran ich natürlich stets unschuldig bin.

Und ganz zum Schluss bedanke ich mich bei Clara Obermueller für die herrliche Zeit mit ihr. Dass sie mir eingefallen ist und mir beim Schreiben stets ein wenig über die Schulter blickte.

Nun mach schon, Antje, nimm das Glück in beide Hände!